韩小庆
（总攻大人）
著

如玉生烟

总攻大人

新世界出版社
NEW WORLD PRESS

图书在版编目（CIP）数据

如玉生烟 / 韩小庆（总攻大人）著. -- 北京：新世界出版社，2018.1

ISBN 978-7-5104-5621-3

Ⅰ. ①如… Ⅱ. ①韩… Ⅲ. ①长篇小说－中国－当代 Ⅳ. ① I247.5

中国版本图书馆 CIP 数据核字（2017）第 309048 号

如玉生烟

作　　者：韩小庆（总攻大人）
责任编辑：冀　晖
特约编辑：董向文　汪海英
责任印制：王宝根　苏爱玲
出版发行：新世界出版社
社　　址：北京西城区百万庄大街 24 号（100037）
发 行 部：（010）6899 5968　（010）6899 8705（传真）
总 编 室：（010）6899 5424　（010）6832 6679（传真）
http://www.nwp.cn
http://www.newworld-press.com
版 权 部：+8610 6899 6306
版权部电子信箱：nwpcd@sina.com
印　　刷：北京君升印刷有限公司
经　　销：新华书店
开　　本：880mm×1230mm　1/32
字　　数：381 千字　印张：12
版　　次：2018 年 1 月第 1 版　2018 年 1 月第 1 次印刷
书　　号：ISBN 978-7-5104-5621-3
定　　价：38.00 元

一

江城外滩，长椅边放着两个箱子，路易威登，老花设计，说好听点儿是老牌贵族。

女孩子纤细白皙的手搭在箱子上，前胸起伏深呼吸。

她已经在这里坐了四个小时，现在是中午十二点，大家都去吃饭了，她的肚子也在叫。

拿出钱包，看看里面一串银行卡，四个小时前她在江城最大的酒店刷卡入住，被告知所有卡片都已经被冻结，一毛钱都划不出来。

除了银行卡，包里只剩下不到一千块钱，她以前没有准备现金的习惯，想不到如今，平时最没有放在眼里的钱却成了她生存下去的最大难题。

片刻，这位名叫林琅的女孩站起来，拖着两个行李箱朝商业街走去。

顶着烈日徒步走了几十分钟，她停在一家典当行外面，再次深呼吸，好看的眉头皱成川字，酝酿了好半天才走进去，在老板面前打开行李箱，从里面拿出一只手袋，放到桌上。

“爱马仕今年夏季的最新款，专卖店排队拿货都排到明年了，给多少？”

林琅的话刚说完，老板就露出轻蔑的笑容。

“小姐拿回去吧，你自己也说了，专卖店排队都排到明年了，你这是哪来的？”老板撇着嘴角，很看不起人的样子，“假货就别拿来浪费我的时间啦。”

林琅的脸顿时变成猪肝色，千金小姐的架势一下子就上来了，她一身名牌，气质尊贵，看着像是用假货的人吗？她抬手指着老板道：“是真是假你自己看看就知道了，你看都不看，就说我浪费你时间？你就是这样做生意的？难怪做到今天都只有这么小个门面。”

老板被她那气势惊到了，半晌才反应过来，有点儿结巴地说：“你——你——你什么意思？我门面小怎么了？你觉得用得起这包的人至于来当物吗？”

林琅噎住说不出话来，眼神落寞。老板低头扫了一眼那只手袋，好像还真有点儿意思，于是戴上眼镜仔细看了看，过了好一会儿才意味深长道：“你要非说是真的，你有买包时的单据吗？”

“单据？”林琅吃惊地说，“还用单据？我从来不要那东西。”

“当然了，你说是真的总得有个证明吧，你没单据，我只用眼睛看可不敢保证看得准啊。”典当行老板坐到椅子上，好整以暇地说，“这样吧，给你五千块，这包我收下了，就当冒个险，不管真假我认栽。”

林琅闻言，憋得脸都紫了，她努力吐出一口气，抬手按着心口，好一会儿才冷静下来。

“你知不知道这包多少钱？”林琅黑着脸问。

碎骨头，那也能叫排骨吗？

林琅本打算说点儿什么，可想起自己目前的处境，还是给钱离开了事。

这会儿已经下午三点多，往常这个时候她正在喝下午茶，胡淡淡她们会准时敲响她的家门约她出去玩，一群千金小姐在一起扫货、美容。但她现在这副样子，别说扫货了，美容院都舍不得进。

林琅觉得特别委屈，余光瞥见路边的电线杆上贴着一张老式的信纸，上面用毛笔写着几排字，离近了看，是招租启示，地址是离这里不远处的一套四合院，里面有一间房要出租，下面留了一个手机号。

林琅累坏了，实在不想走，这地方也很安静，干脆掏出手机，拨通了招租启示上的电话。

电话很快就接通了，那头是位年迈的老奶奶，听到她想租房子便很热情地详细叙述了四合院所在的位置，林琅顺着对方的指引，在闹市中唯一僻静的地方见到了那套古旧的四合院。

这套四合院从外面看有点儿年久失修的样子，她犹豫半晌才上前敲门，大门倒是古色古香很结实，不用担心会被敲坏。

等了约莫一分多钟，木门从里面打开，满头花白的老人笑着说："你就是打电话的林小姐吧？"

林琅点头说："是我，奶奶您好，我想看看房子。"

老奶奶侧身把她迎进去，林琅一进门就发现她简直太小看这院子了，虽然外面看着旧了些，里面却别有洞天，布置得相当有情趣。

院子很宽，有池塘，有花架，花架上挂着鸟笼，鸟儿在里面鸣叫，花架下有石桌石椅，还挂了个秋千，正随风微晃着。院子西南角还用栅栏围了一片地，里面种着一些当季的蔬菜。怎么说呢，陶渊明诗里的"采菊东篱下，悠然见南山"大概就是这种意境吧。

“这里真漂亮。”林琅发自内心地赞赏，她父亲最喜欢这种古典田园风格的住所，要是见到这地方，肯定不管花多少钱都要买下来，只是……他再也没机会看见了。

想到这些，林琅的心情就愈发低落，她随老奶奶进去，听她介绍要出租的那间屋子。

“就是这间屋，林小姐可以住在这儿，这里虽然一直空着，但我都有打扫，里面摆设也全，如果你需要别的东西可以自己再添置，为了方便，前几年重修房子时还置了洗手间，你出了屋拐个弯就是。”

老奶奶指给她方向，林琅看过去，果然瞧见门外面有个挂着洗手间牌子的小隔间。

“这里的月租是多少？”林琅问出了自己心里最在意的问题，她现在一共有不到六千块钱，还需要用来做很多事，不可能全拿来交房租，于是她又接着问，“我可以先付一个月的吗？”

老奶奶很好说话，和蔼可亲地说：“可以，林小姐一个月给我一千块就行。”

一千块一个月，这个地理位置，可真是……太便宜了！

虽然之前被中介嘲笑，但林琅对房地产行业其实比他们更了解，即便她无心从商，但林氏集团是做地产起家的，现在才开始涉足其他多个行业，她耳濡目染那么多年，怎么会一点儿都不懂呢？

“可以，那我先付给您一个月的房租。”

林琅好像生怕老奶奶反悔一样，迅速拿出钱包付了钱，对方道了谢便先离开了。林琅提着行李进屋，里面的装修让她有点儿回到民国的错觉，雕花红木的家具，价钱应该低不了，这样的地方，一个月一千块往外租还不得抢疯了，难不成她是第一个注意到招租启示的人？

也是，启示贴得那么隐秘，纸张又那么另类，除了她这样走投无路的人，谁会去在意?

林琅将自己的东西从行李箱里一样一样拿出来归置好，心情稍稍好了些。

说到底，天无绝人之路，尽管前路坎坷，但至少这一个月她不用担心流落街头了。

二

林琅住进四合院的第一天晚上就出了小意外。

老奶奶姓庄，林琅叫她庄奶奶。庄奶奶嘱咐她平日里住着要安静些，说是“谢老板”不喜欢吵，吵到他会不高兴的。

林琅好奇，蟹老板？有派大星吗？

晚上，庄奶奶做饭，邀请林琅一起去吃。处在人生最低谷的人，感受到他人一点小小的善意也会当作天大的恩赐，所以她很珍视这顿饭，特地换了衣服化了妆才出门，谁知在院子里碰见了个陌生人。

那人侧身对着她，身影单薄，穿着白色的对襟长褂，手上戴着一串佛珠，夏日天黑得晚，这会儿才有一点点暮色，他站在那儿，像被雾笼罩，整个人线条都变得柔和。

察觉到她的注视，他顺着她的视线转过身，只见清隽疏朗的一张脸，五官稍显阴柔，却丝毫不女气，俊得不行，身段也很好，如果走起路来，步伐定是优雅别致，摇曳生姿，当真是眉眼如画，玉树临风。

“是谁站在那儿？”他冷淡地询问，眉宇间带着些桀骜与清高，肌肤白得几乎透明，一副不食人间烟火的样子。

林琅穿着奶白色的高级定制连衣裙，有点儿短，刚过大腿，散着一头齐腰的长发，手里握着一瓶红酒，五官漂亮，大大的眼睛灵气十足，透着一股单纯又世故的美感。

“新租客。”林琅走过去，礼貌地朝他伸出手，“您好，您是谢老板？”

那人低头看了看她的手，素白修长，骨节分明，煞是好看，如果用来唱戏，那就完美无缺了，但可惜，拿着一瓶难喝的酒。

他没说话，直接转身走了，背影瘦削高挑，毫不留情，拒人于千里之外，可问题是，后面那女孩居然跟着他过来了。

走上台阶，开门进去之前，他回头望向她，正要说什么，庄奶奶从房间里出来，拉住他的手说：“谢老板回来了，快进去坐吧，林小姐也到了，正好，介绍你们认识。”

谢老板就这么被庄奶奶强行拉了进去，林琅进去的时候听见他正用那种十分幽雅柔和的声音问她：“不是说了不出租，为什么还要招租客。”

谢老板说话的声音不但好听，而且很特别，打个虚浮的比方，就像一首诗，一杯酒，一阵风，像波澜不惊的湖面，像簌簌落下的雪花，悦耳柔软，没有重量。

庄奶奶小声说：“房间闲着也是闲着，租出去还可以赚点儿钱，也热闹一些，我之前和你说过啦，你当时答应我了。”

“我什么时候答应了？”

“就是那天我买菜回来，问你多一个人好不好，你说‘很好’啊。”庄奶奶一本正经地说。

谢老板的远山眉皱在一起：“你明明是问‘一个人好不好’。”

庄奶奶不想多谈的样子："好好好，那是我年纪大听错了，但林小姐都住进来了，你就先别说这个了。"说完就望向门口，"林小姐快进来，我饭都做好了，刚好谢老板回来，我们三个认识一下，一起吃饭。"

林琅刚才一直在外面观望，听见庄奶奶的话就走了进来。其实她十分好奇庄奶奶和这位谢老板的关系，虽然庄奶奶称呼对方"老板"，但并不怎么见外，谢老板虽然不愿意她私自租房间给外人，但也不打算追究责任，二人关系应该不浅。

"谢谢。"林琅露出礼貌的微笑，"这瓶拉菲是我收藏的，算是见面礼吧。"

庄奶奶接过去一看，酒瓶上都是英文，看不懂，于是想递给谢老板认认，哪料谢老板往椅子上一坐，端起茶杯抿了一口，冷漠地说："我不喝酒。"

林琅有点儿尴尬，一口气堵在嗓子眼儿，半晌才说："这瓶酒很贵，是我爸以前送我的，我一直没舍得喝，放在酒窖收着，这次是……"这次是被扫地出门，不想放下任何父亲送她的东西，所以才带出来的。她愿意拿出这瓶酒来也是示好，可对方好像并不领情。

"您收回吧。"谢老板放下茶杯站起来朝另一间屋子走，很快消失不见。

庄奶奶把酒还给林琅，带着歉意道："林小姐，你父亲送你这么名贵的酒，你就别破费了，谢老板的确不喝酒，他要养嗓子。"

林琅接过酒说："留着也没用了，这地方没有收藏这酒的条件。"她抿抿唇，"算了，我先送回去。"

庄奶奶看着林琅转身离开，心想，小姑娘长得是真好看，身材好，脾气也不错的样子，她们家谢老板这么不客气人家都没生气，这回招租应该是招对了。

林琅再次回来的时候，发现谢老板已经开始用餐了。

她是租客，人家是主人，不等她，她当然没意见。

向递给她碗筷的庄奶奶道了谢，中午只吃了一碗糙面的林琅对着一桌精致的江城本帮菜真是眼睛都要泛绿光了。她也顾不上什么矜持，吃得很快，眼见着菜和饭迅速减少，其他两人却挑不出什么错处来，她虽然吃得多一些快一些，却一直很优雅，看得出受过极好的教育。

吃饭的时候，谢老板倒是没说什么，他很安静，拿筷子的手势十分优雅，林琅一个千金小姐都自愧弗如，等吃完了饭，自己肚子都撑了。

庄奶奶要收拾餐厅和洗碗，林琅就去帮忙，虽然她没怎么做过这种事。可当她拿着碗去洗碗池里洗的时候，脑海中就浮现出她人生第一次洗碗的场景。

那天她和父亲因为学习上的一些事吵了架，心情不好，赌气不再依靠父亲，连用人也不想用，因为那是父亲花钱请来的，所以她吃完饭之后就要自己洗碗。

父亲得知这个消息，立刻跑到厨房，心疼地上前说："哎呀，我的心肝宝贝，你洗什么碗啊，这不是存心让爸爸难受吗？我的宝贝哪里需要洗碗，你快去躺着，让阿姨洗就行了，爸爸错了，爸爸以后不欺负你了，乖啊。"

想起这些，林琅便忍不住眼眶发热，她抬手抹掉眼角的泪水，将碗洗出来，庄奶奶出来恰好瞧见这一幕，她本来就心软，这下不免有点心儿疼。

"林小姐是不是想家了？"庄奶奶走过来接过她手里的碗，柔声说，"我来洗吧，你去休息，这些事我做久了，你不让我做我反而不自在呢。"

林琅放下手里的碗，转开话题："我还不知道谢老板的名字，以后怎么称呼他？"

庄奶奶一笑："瞧我，都忘介绍了，谢老板名叫瑾年，是我看着长大的，你别看他对人冷淡，其实是个善良的孩子。以前戏班里那么多人欺负他，说他像小姑娘，他都从来不还手。"

"戏班？"林琅挑了挑眉。

"对，你没听说过吗？谢瑾年谢老板。"庄奶奶一脸骄傲，"京剧名角儿！"

原来是唱戏的。

林琅中规中矩地赞赏："我说呢，难怪风华绝代的。"

庄奶奶得意道："那是，你没见过以前谢老板最风光的时候，那些权贵领导都抢着看他的戏，只是现在……"她叹了口气。

林琅不由想起第一眼看见谢瑾年时的模样，他站在哪儿，仿佛光就在哪儿。

京剧名角儿吗？父亲生前是很喜欢听京剧的，尤其喜欢听《贵妃醉酒》，只是她那时候对父亲的喜好并不关注，觉得京剧很闷很无聊，现在想陪他一起听，都没了机会。

帮庄奶奶收拾得差不多，林琅便起身离开，走出门时，发现院子里的花架下掌着一盏灯，谢瑾年坐在石椅上，手里拿着本线装的蓝本书漫不经心地读。他一身白色对襟长袖，得体优雅，配上那景儿，当真像是民国时候的清贵，不免让人产生一种穿越感。

有那么一瞬间，林琅对谢瑾年的印象好转了许多，尽管一开始他表现得并不友善。

不过，第二天一早，林琅这个想法彻底消失了。

她昨晚失眠，凌晨时分好不容易睡着，大清早就听见外面有人吊嗓子。若是平时她还能假装欣赏一下，可这会儿起床气一上来，果断踢了被子找准拖鞋，穿着睡衣就出了门。

她站在门口，面无表情地盯着院子里站在花架下一身青衫的男人。此时的她黑眼圈严重得像只熊猫，再加上还没彻底清醒，呆滞无神的眼睛，直接让发现她的谢瑾年在心里说了句：粗人。

林琅见他轻慢地扫了自己一眼，依旧旁若无人地站在那里吊嗓子，丝毫没有扰民的自觉，也忍不住在心里回了句：智障！

三

谢瑾年不怎么忙的样子。

早上不欢而散之后，林琅就没见他出门，最近天气还好，不算太热，他大多时间会在花架下乘凉。临近中午，庄奶奶特地跑到林琅这边，千叮咛万嘱咐地告诉她不要出门，说是谢老板一会儿要练功，不喜欢被人打扰。

林琅答应下来，把屋子里的红木圆桌搬到窗边，打开窗子，开了那瓶拉菲。找不到高脚杯，她只能皱着眉头用瓷杯子代替，真是不中不西，不伦不类。

林琅这间屋的窗户正对着院子里的花架，如今正是花开的季节，花架上爬满了不知名的鲜花，从这边看去，与花架后方的建筑异常和谐，如果不是知道身处现代，她真以为自己回到了民国。

尤其是当谢瑾年出现的时候。

他身上有一种特别浓厚的年代气息，走路时当真是仪态万千，也不知道小时候经过多刻苦的训练，才练就了这么一副一颦一笑一举一动都优雅非常的水准。林琅的父亲也给她安排过很多礼仪课，她每次都翘课去干别的，虽说水平不至于在上流社会丢人，却也算不上极好，要是跟谢瑾年比，那就真是东施效颦了。

这会儿林琅只知道谢瑾年是唱戏的，但不知道他具体唱什么，所以当他将一件长褂水袖穿上身，她都有点儿惊讶了。

中国的四大名旦全都是男人，她很清楚，这是文学常识。梅艳芳、程砚秋这些大师的成就她也如雷贯耳，因为父亲老是念叨，她想不知道都难。

她原以为谢瑾年这副唇红齿白的模样必然是唱小生的，哪料到唱的是旦角。

林琅有点儿忘记喝她的拉菲了，只单手撑着头透过窗子注视着谢瑾年。他身披长褂，水袖一条搭在肩上，另一条垂在身下，她将视线下移，这才发现花架下竟然铺上了毯子，庄奶奶靠在一边慈祥地笑着，画面和谐美丽，透着一股温馨。

林琅作为年轻人，对京戏这东西并不热衷，如果不是父亲喜欢，偶尔会被迫听上一点儿，那对京戏就真是半分概念也无了。

她听父亲说过，京戏中，男怕“夜奔”，女怕“思凡”，当时她还以为《思凡》说的是青蛇白蛇的折子，闹了好一顿笑话，其实讲的是尼姑“思凡”的故事。

谢瑾年正在唱的便是《思凡》。

他转了身背对着这边，明明没有鼓点，也没有锣声，可他的唱词却依旧悦耳婉转，即便是林琅这种外行人，竟也觉得十分好听。

“小尼姑年方二八，正青春被师父削去了头发。

“我本是女娇娥，又不是男儿郎，为何……”

唱到此处，谢瑾年略顿，停下了动作，庄奶奶不解地看着他，林琅却对唱词微讶。

其实当下这个年代，人们对他人的这方面已经非常宽容，但谢瑾年的模样配上这样的唱词，很难不让人误会，所幸他接下来不再唱《思凡》，换了另外一折戏。

林琅抿了一口红酒，她穿着条黑色一字领连衣裙，绾着一头黑色长卷发，浑身上下都充满了现代气息。她和谢瑾年，远远看来，就像生活在两个年代的人，明明同在一套四合院，中间一扇窗户隔开，却是完全不同的两幅画面。

林琅就这么一直坐在那看着，直到谢瑾年回了房间，她才收了东西躺回床上。

她还不知道接下来要怎么做。

她需要好好缓和一下情绪，彻底冷静下来之后再想想该怎么把父亲的公司夺回来，让那位处心积虑四十几年的“亲人”得到惩罚，找出父母意外的真相。

她过惯了无忧无虑的千金小姐生活，父母将她保护得很好，现在突然一下子跌落到这样的低谷，面上还能强颜欢笑、谈笑风生，可心里头就不是那么回事了。

夜深人静的时候，最容易回想起过往，所以她最近一直失眠，早上又被谢瑾年吵醒，本就没什么精神，这会儿往床上一躺，就迷迷糊糊睡着了。

庄奶奶本来还想请她一起吃午饭，看她睡了就没打搅。

下午两点多，林琅醒了过来，她靠在床头，在心里告诉自己，她得做点儿什么了，再不让生活充实些，自己迟早会被梦魇折磨得疯掉。

她打开房门想去洗漱，一眼就瞧见谢瑾年正在院子里喂鸟，他个子高，身段好，人又清高，走起路来步步生莲，一身青色长衫把他衬得肤白如雪，眉眼如画，当真是丰神俊朗，气度超凡，令人赏心悦目，看见心情都好了许多。

人家说看人先看脸，想来也是有些道理的，对着谢瑾年这副面孔，真是很难对他产生不好的印象，早上那一点儿起床怨气，现在早就烟消云散，也不再觉得他多讨厌。林琅扯出一个笑容，转身想走，却听见谢瑾年不疾不徐地开了口。

只是那么好听的声音，却净说些让人无地自容的话，真是生怕别人对他产生好感。

“早上偷听，现在偷看，林小姐以前做什么营生的？”

谢瑾年抬起眼，不紧不慢地扫了一眼林琅，她身上的衣服好像总少那么几块布料，不是露大腿就是露锁骨，一字肩的裙子干脆整个肩都露了出来，看得他频频皱眉，即便没说话，林琅也能猜到他心里在想些什么。

觉得她有伤风化？

林琅挑挑眉，耳边莫名响起杨翌承说过的话，他说她的锁骨最漂亮，就得穿一字领的裙子，只要她这么一穿，就算好莱坞影后来了也没人会看。

杨翌承。

她只想送他两个字——呵呵。

她现在什么都没有了，可人家还是杨家的长公子，他要娶的不过是林家的千金小姐，并不一定非是她林琅，以前是她太傻，现在得清醒一下。

“谢老板放心，我以前不是贼。”林琅捋了捋头发，来到花架前，看着他面不改色地喂鸟，忽然问他，“谢老板是直男吗？”

谢瑾年微微蹙眉，清隽的眉眼一旦冷下来，那还真是不管看谁都浑身发冷。

“直男是什么意思？”他漠然地问话，眼尾上挑，如画的面容寒光四溢。

林琅一愣，半晌才说：“呃，大概就是，直爽的男人的意思。”

谢瑾年微微颦眉，很快说：“那我不是。”

林琅闻言，忍俊不禁，也让谢瑾年看出一丝不正常。

不等对方质疑，林琅丢下一句“我去化妆”便快步走了，“化妆”两个字似乎引起了谢瑾年的注意，他漫不经心地跟在她身后，等她从洗手间洗漱完出来，就瞧见他站在走廊靠着漆红的木栏杆，冷冷清清地看过来。

林琅放下毛巾，好奇地看着他，他收回视线，坦坦荡荡地走进了她的房间。

林琅瞪大眼睛，快步跟上去，只见他好似进了自己家一样随意……这里好像还真是他家，可是现在她租走了，他就不应该随便进来了吧。

林琅的房间并不乱，但她的东西很多，用两个大行李箱装着，其中一个还没收拾完，种类很多，有的谢瑾年都没见过。

他来到古色古香的梳妆台前，上面放着许多瓶瓶罐罐，基本全是英文，能看见中文的很少。他拿起一个瓶子，侧脸望向身后的林琅。林琅正打算问他为什么进来，瞧见他的表情又咽了回去。

“这是什么？”他随意地问。

对于谢老板不认得护肤品这件事，林琅也不觉得奇怪，毕竟对方是个男人。

“这是精华水，护肤用的。”林琅走过去又拿起其他几个瓶子，“这是乳液，这是喷雾，这个是粉底液，底妆必备。”介绍完一堆瓶瓶罐罐，问他，“谢老板是唱戏的，你们化妆用的和这些不一样吧。”

谢瑾年摇了摇头，他们那不叫“化妆”，叫“化装”，要抹彩、勾脸、梳大头，很多很多工序，跟那些比起来，这其实不算什么。

他现在的样子比之前看起来好相处多了，林琅坐到椅子上，先护肤，随后开始化底妆，化了差不多的时候，她透过镜子发现谢老板还在看，十分专注的样子，她后知后觉地开始有点儿脸红，半晌才说：“您还有什么事吗？”

谢瑾年将化彩妆的刷子还有眼影拿起来看了看，淡淡说道：“我帮你。”

林琅一愣，好一会儿才笑道：“谢老板会吗？”

“你方才都说得很清楚。”

谢瑾年直接抬手扣住了她的下巴，林琅吓了一跳，长这么大还是头一次有男人敢这么直接地挑她下巴，她瞪大眼睛盯着谢瑾年，对方不紧不慢地丈量着她的脸，随后有条不紊地按照她刚才喋喋不休的顺序一点点儿替她化妆。

也不知是不是因为太紧张，林琅居然忘记了反抗，就那么任由他折腾。

恍惚间，她甚至想起了“妆罢低声问夫婿，画眉深浅入时无”那句诗，总感觉自己脑残了。

过了约莫二十几分钟，谢瑾年放开了她，将她转过去对着镜子，镜子里倒映出一张巴掌大的小脸，她一看，有点儿吃惊。

她还从来没试过这样的妆容。林琅本来就是桃花眼，桃红色的眼影稍一妆点，整个人的气质便从别致的都市女郎瞬间变成了娴静温雅的碧玉闺秀。桃红色这种颜色，稍微化不好就显得俗气风尘，可现在那张脸看上去美丽柔和，她都有点儿认不出自己了。

谢瑾年同样也看着镜子里的她，漫不经心地放下唇釉，发出“啪嗒”的响声。

林琅现在这身家，化妆品是用一点少一点，再想买这么好的估计就买不起了，所以对以前每个颜色来几支都不眨眼的唇釉也异常珍惜，还来不及心疼就听见谢老板淡淡地说了句：“这么瞧，倒是顺眼多了。”

林琅嘴角抽了一下，目送谢老板闲适地离开。说来也奇怪，这人性格孤僻，爱好无聊，每日除了练功唱曲儿，唯一的喜好就是浇花、逗鸟、养鱼，庄奶奶说他是名角儿，可他整天大门不出二门不迈，也不见参加什么演出，林琅只得想，也许他在休假。

房东的事，她还没有太多的心思去烦恼，毕竟她现在要烦恼的事情太多了。

这首要的一件，便是去见一个人。对方和林氏集团是出了名的死对头，水火不相容。以前每次见到他，她都气得咬牙切齿。

可现在，为了夺回属于父亲的一切，她好像只有和对方结盟这一条路可走。

四

CBD 一栋办公楼里，日常工作本来在有条不紊地进行，行政部忽然发出通知，让全大厦的员工都进入紧急状态，保洁得把地面擦得能当镜子照，保安要把制服穿好，腰板挺直，年纪大的去办公室里待着，年轻的个儿高的站外面，总之就是尽一切所能表现出无懈可击的状态，因为他们要迎接非常重要的客人。

命令下达完，坐在总裁办公室的宫辰就站起来开始检查自己，他来到办公室隔间，对着镜子照了好半天，发型完美，表情完美，西装完美，鞋子完美，好的，一切都很完美。

走出来，继续检查办公室，地面完美，桌面完美，办公桌上的照片完美，好的，放松，一切都准备就绪，就等她来了。

林琅走进大厦，就发现门口站着一串保安，各个昂首挺胸衣着得体，全都是年轻小伙子，不知道的还以为是哪来的仪仗队呢。

或许早就习惯了这阵势，林琅面不改色地走进去，保安立刻大踏步高声道："欢迎林小姐。"

林琅嘴角抽了一下，快步走到电梯前按了顶层的按钮，一个长得还挺帅的男保安走过来要帮忙，她谢过对方自己走进去，快速关上了电梯门。

看来就算她今非昔比，宫辰那家伙面对她还是像以前那么浮夸，她不但没像以前那样不屑和生气，反而产生一种莫名的愉悦，看来她最近真是受了太多刺激，开始变态了。

到达顶层，一出门就瞧见秘书队伍站在那儿迎驾。见她出来立刻弯下腰齐声道："欢迎林小姐。"

林琅目不斜视地走到总裁办公室门口，抬手敲了敲门，里面有个男声说："进来。"她推门进去，宫辰一身完美的手工西装，纹丝不动地立在桌子旁边，脸上保持着客气冷淡的笑容。

"好久不见了，林小姐。"宫辰挑着眉，仔细看了她好一会儿才说，"你好像和以前不一样了。"

以前的林琅就像目空一切的公主，永远都化着精致完美的妆容，永远笑不露齿，永远仪态万千，尽管有时脾气不太好，为人骄矜傲慢了些，但心地却很善良。

怎么说呢，虽然她现在看起来一样很美，却跟以前是两种完全不同的美法。现在的她像被搓掉了锐气的利剑，锋芒都收进了剑鞘里，虽然柔和，看起来好相处了些，却并不再像以前那么光彩照人。

"当然不一样了，我们家的事你应该早就听说了，何必明知故问。"

林琅收回看他的视线望向整间办公室，还和以前那样纤尘不染，条理分明，处女座的宫辰，名不虚传。

"林家的事我听说了，你叔叔林瑞正现在成了一把手，你父母还有你的股权全都跑到了他手里，我很好奇，为什么你会那么蠢，居然签下放弃股权协议书。”宫辰皱着眉，语调却很轻慢，令人反感。

林琅冷淡道：“我签的不是那份协议书。”略顿，她望向地面，“他起先给我看的不是那份协议，但最后翻的签字页是那份。”

“你现在想明白了？”宫辰冷傲道，“我提醒过你，可惜你和你死去的父亲都不相信我的话。”

林琅仰起头：“宫老板觉得我是应该相信一起生活了四十几年的叔叔，还是相信一直跟我们公司对着干的贵公司老板？”

宫辰沉默，转而淡淡地笑了一下说：“的确，很难想象你们养了一只老虎在身边四十几年，吃你们的住你们的，最后还把你们赶出家门。”

林琅脸色愈发难看，宫辰见此也不再说什么，转开话题问她：“你今天来找我什么事？”

林琅看着他：“我还以为你不会问了呢，你肯定以为我是来找你哭诉的吧，见我没趴在你身上哭着大喊为什么我没听你的话，为什么我叔叔要骗我，为什么我的未婚夫摇身一变成了我堂妹林菁的未婚夫……”

“停！”宫辰抬手做了个制止的动作，“说正事，不要妄作猜测，我前几天刚见过你叔叔，很大的官威，还警告我不要乱搞，否则要我赔得血本无归。”

他说完立刻不屑地笑了，抬脚走到办公桌后坐下，那副轻蔑自傲的样子，以前林琅很是讨厌，现在却觉得还算顺眼。

“那我也不兜圈子了。”林琅坐到办公桌前，放下背包，“我们合作吧。”

宫辰挑起眉：“合作？怎么合作？”

林琅言简意赅道：“我到你这里工作，虽然我爸爸在世的时候我不怎么过问公司的生意，但有些机密只有我们一家人了解，林瑞正是不知道的，而且那些和我爸爸有交情的老客户，看在我的面子上，应该会愿意改跟你们公司合作。”

宫辰思索了一下说：“你的目的是什么？”

林琅直白道：“我要把属于我们家的一切全都夺回来。”

宫辰眯了眯眼：“你一个不问生意的千金小姐，我觉得你应该更擅长花钱，而不是赚钱。”

林琅轻嗤一声，自嘲道：“宫先生，以前我的确不怎么关心赚钱，因为我从来不觉得钱是可以困扰我的东西，但现在不一样了。我现在无枝可依，身无分文，但我不可能放弃报仇，我爸妈的死警方判定为交通意外，可我不那么认为，我觉得这件事肯定和林瑞正有关，我需要借你的力量来完成我的目的，而你可以通过我获得你想要的利益，双赢，你没理由拒绝。”

宫辰不以为然：“你那个叔叔可厉害着呢，我没必要帮着你招惹他，他现在把林氏集团控制得密不透风，你真当那些老客户会碍着你的面子放着眼前的利益不赚？”

林琅沉默了一会儿说：“就算不看我父亲的面子，宫先生，我们也算是老同学，我的学习成绩比你好，你不记得了？”

宫辰的耳根出现可疑的红痕，半晌才说：“你非要跟我在一起？”

林琅纠正：“我不是要和你在一起，我只是想到你这里工作，跟你合作。”

宫辰为难地说：“那我要开你薪水吗？”

林琅难以置信：“当然了，你请人工作不给开薪水吗？”

宫辰总结：“总的来说你就是来求职的，对吧？”

好像哪里不对，但又在情理之中的样子……

林琅皱着眉说："算是吧。"

宫辰双手合十抵着下巴，过了好一会儿才说："我答应你，我会让人给你安排工作，你回去等我消息。"

林琅半信半疑地睨着他，他抬手送客："走吧，大小姐。"

大小姐？林琅扯扯嘴角，起身离开，临走前嘀嘀咕咕地说了句："我要还是大小姐就好了，也不会站在这里跟你废这些话，哪有那么闲。"

宫辰望着她的背影，事实上她的自语完全正确，她要还是以前那样，根本不会有闲心来这里和他说这么多话。她以前那么闪闪发光，从来都不看他，换言之，要不是她今天落魄到这个地步，哪里看得见他这种人？

倒不是宫辰妄自菲薄，宫家现在的财富算是和林氏势均力敌，但那不一样，林氏是百年企业，有口皆碑，他们是新兴企业，也就这十来年才做到和林氏差不多的规模，不只是外人，就连林家人自己都觉得他们好不了多久，不把他们放在眼里。

想起念书时，她万人簇拥、骄傲得意的样子，再对比现在低声下气地来找他求一份工作，请求跟他合作，好夺回本该属于她的一切，真可谓风水轮流转。

只是，他一点儿都高兴不起来。

林琅离开宫辰的公司已是傍晚时分，天快黑了，该吃晚饭了。

对于乘坐公交车，她还有点儿不熟练，身后不断有人挤上来，她皱着眉走进车厢中部，人都坐满了，只能站着。

她抬手抓着扶手，身边是几个五大三粗的男人，其中一个扫了她一眼，笑得有些猥琐。

她往旁边挪了一些，那人就跟了上来，她抓紧背包，那人嘲讽地看了她一眼，大概是察觉到了她的防备，开口就说："车上这么挤，你以为我愿意挨着你啊，还捂着包，有什么可捂的，背个假名牌挤公交还真把自己当千金小姐了。"

林琅眉头紧蹙，直接朝前走去，前面没有扶手，她有些站不稳，只能扶住一旁的杆子，等到了下一站，她立刻下车，再无法忍受车子里其他人或长或短的注视。

心情本来就不好，这下更糟糕，如果父亲知道她现在过着怎样的生活，不知道得多心疼，他连她洗个碗都要心疼好久。

还有母亲，总怕她吃不好睡不好，她念书的时候恨不得一天来学校三趟，她那时候还觉得烦，现在想让她来烦都没有了机会。

想起父母，林琅眼眶发热，她赶紧睁大眼睛看街边大大小小的商店，生怕泪水流出来。

在转角她看到一家蛋糕店，迟疑了一下，进去买了一块慕斯蛋糕。

出门走了两步，又想起庄奶奶和谢瑾年，于是原路返回又加了两块。

等她徒步走回四合院的时候，天已经彻底黑了下来，四合院门口悬挂着古朴的灯，开门进去，房间门外也都亮起了灯，花架下摆着个围棋盘，谢瑾年坐在那儿自己和自己下棋，庄奶奶的身影在厨房忙碌。

听见门响，谢瑾年头都没回一下，等林琅关好门拎着蛋糕过来，他才漫不经心地说了句："回来了。"

林琅点了下头，放下一块蛋糕说："回来的路上买的，给你也带了一份，还有庄奶奶的，我给她送去。"

她正要走，谢瑾年便抬起头说："她的牙不能吃甜食。"

林琅一怔，干脆把那块也留给了他："那你吃两块吧，我晚上不能吃太多，容易发胖。”

谢瑾年扫了一眼她的身材，没有说话，看样子也赞成她继续保持。

他无话。林琅现在也没心情找话题，抬脚去了厨房，想看庄奶奶用不用帮忙。

“你回来啦。”庄奶奶忙得不亦乐乎，“我给你做了饭，以后你三餐就和我们一起吃，不用自己麻烦啦。”

林琅抿了抿唇说：“那怎么好意思。”

“没事的，谢老板吃东西比较挑剔，每次都会剩下不少，多一个人啊，正好。”庄奶奶笑得那么和蔼，让林琅想起了早就过世的奶奶，心情稍稍好了一些。

“庄奶奶，您说您看着谢老板长大，那您怎么不叫他的名字呢？”林琅将东西放到一边的椅子上，撸起袖子准备帮忙，随口问着自己的疑惑。

庄奶奶高兴的表情有点儿顿住，过了会儿才略显失落道：“我是怕他现在这样时间长了，忘了自己曾经的风光，自暴自弃。”她甩了甩手上的水，“谢老板从小在戏班长大，吃过不少苦，挨了不少打，浑身上下都是伤疤。他十来岁的时候就亮相唱戏，那时候戏楼里一票难求，邻里街坊谁不知道谢瑾年谢老板？他红的那些年，老百姓日子也过得越来越好，可听京戏的人却越来越少，他没念过正经的戏曲学院，现在人家到哪儿都讲究这些，他又向来清高，不愿意给那些根本不懂什么是京戏的权贵领导唱，所以……”

话说到这儿，剩下的林琅已经基本可以脑补了。

太过清高的人，日子总不会过得太舒服。

谢瑾年如今日日在家，难得出去一次，怕也没戏可唱。

他自己可能觉得没什么，唱给不懂戏的人听，还不如自己在院子里唱。但坐吃山空的结果就是日子越过越清贫。因此，庄奶奶才会想租出一间房赚点儿钱。

饭做好了，庄奶奶让林琅去叫谢瑾年一起吃，她出门的时候，谢瑾年已经不再下棋了。

他维持着原来的姿势，斜靠在棋盘边，黑白分明的丹凤眼望着一个方向，她顺着看去，是庄奶奶之前说过的放杂物的那间屋子，有几次她路过，看见过唱戏的行头和衣裳。

林琅走下台阶，来到花架下，谢瑾年收回视线望向她，轻声道："饭做好了？"

林琅点头，谢瑾年起身离开，路过她身边时林琅忍不住说："谢老板，把京戏唱给那些看热闹的外行固然无趣，但你不觉得这也是一种让更多人喜欢上京戏、愿意去了解京戏的方法吗？那是我们的国粹啊，如果人人都像谢老板这样不愿自降身价唱给那些附庸风雅的人听，那岂不是恶性循环，让今后知道京戏的人更少了？"

谢瑾年脚步顿住望向她，林琅的脸在夜幕熹微的灯光下像裹着一层雾，他薄唇微动，似乎想说什么，但到了嘴边，只是冷淡的一句："我的事，与你无关。"

五

等宫辰消息的这段时间，林琅总不能整天躺在家里睡觉。

她琢磨了一下，拿出笔记本电脑，躺在床上翻开打算上网。她想了解一下林氏集团的最新动态，顺便打发一下时间。

只是当她打开电脑连接 WIFI 的时候，发现附近能搜索到的网络都有密码，于是只好起床抱着电脑去对面房间找谢瑾年。

谢老板这会儿正盘腿坐在榻子上下围棋，他一身白衫，轻薄飘逸，阳光透过窗子洒在他身上，从外面瞧着，像是下一秒就要羽化成仙了。

听见窗外的响动，谢瑾年眼都不抬一下，端起手边的茶杯抿了一口温度适宜的茶，微眯着眼掷下黑子，后背挺得笔直。

“谢老板。”林琅笑着打招呼，“下棋呢？”

谢瑾年依旧不抬头，又掷下白子，过了好一会儿才漫不经心道：“什么事？”

林琅端起电脑，放在窗子上给他看，客气地说：“能问一下哪个 WIFI

是咱们的吗？密码是多少？”

谢瑾年总算是抬起头，瞥了一眼笔记本电脑的屏幕，右下角好几个不知名的 WIFI，他上下一瞧，淡淡地收回视线，摇了摇头。

林琅不解：“摇头是什么意思？”

谢瑾年面不改色地说：“这里没有网络。”

“没有？”林琅吃惊地看着他，“小哥哥，这都什么年代了，. 这里居然没有网？”略顿，再看看谢瑾年那副淡泊如水的样子，好像还真不需要互联网来维持生活中的乐趣，于是她又换了语气，礼貌地笑问：“谢老板，那能安装一下吗？我将来工作肯定需要互联网，老让我用手机流量开热点也不是办法，你说是不是？”

谢瑾年不为所动，林琅有点儿为难，要不是庄奶奶出去买菜了，她就不来麻烦这尊大佛爷，跟谢老板说话，就别指望把事情谈成，他能理你就不错了。

看谢瑾年没有要答应的意思，林琅思索半晌，开始给他分析互联网的好处。

“谢老板，你看你现在生活多单调啊，整天除了练功、下棋和遛鸟，也没什么别的事可做，但你安装了互联网，就可以在网上做很多事，购物、看时事新闻、查一些你想知道的事或者找点儿资料，这都非常方便。”林琅转过笔记本电脑，在电脑硬盘里翻出以前下载的单机游戏，打开后又转过去给他看，“还有这个，你可以在电脑上下围棋，难道你不想试试是你厉害还是人工智能更厉害吗？”

这句话可算是让谢瑾年慢悠悠地抬起了眼，他兴致缺缺地扫了一眼电脑屏幕上的围棋游戏，轻嗤一声道：“与机器对弈，毫无意境可言，都不配称之为下棋。”

林琅嘴角一抽，冥思苦想了好一会儿，又说："你还可以在网上听戏啊。"

"如果我想听别人唱戏，看电视就行了。"

他说得云淡风轻，林琅听得却有点儿心烦意乱，因为人家说得太对了，央视有专门的戏曲频道，谢老板要是想听戏，可以直接看电视。

"可是也有不一样啊。"林琅据理力争，"你看，电视上也不是一直在放京戏对吧，而且不管那个人唱得好不好，你都不能挑选。但是互联网就不一样了，你可以专门找你想听的折子和艺术家，还可以看以前那些大师的作品，说不定还有你们戏班的戏在网上流传呢？"

也不知是哪句话引起了谢瑾年的兴趣，他先是皱了一下眉，随后冷淡地问："要怎么办理？"

林琅顿时眉开眼笑："谢老板不知道没关系，我可以代劳，不过这钱嘛……"

"多少钱？"他长眉一挑，修长的手指一抬，将她都要贴到他身上来的脸推到窗外，意味深长道，"办理之后恐怕大部分时间也是你在用，如此算来，你要出一半费用。"

半小时后，两人一起坐在电信大厅等待办理业务时，林琅还是一脸肉疼的表情。

她悄悄打量谢瑾年，他和这里实在格格不入，其他人坐在椅子上等候不是靠着椅背，就是翘着二郎腿，但他不一样，脊背挺得笔直，坐得端端正正，双手放在双膝上，双膝之间的距离与肩同宽，坐姿标准得好像古代的公子画。

林琅不免有些移不开视线，哪怕不看那张玉一般无暇的脸，单是谢瑾年身上那种与众不同的气质，就很容易吸引女孩子的注意。

宽阔的大厅里，除了她，其他女孩子也都在偷偷看他，只是他目不斜视，专注地等待办理业务，好似并未察觉。

林琅缓缓收回了视线，将注意力转向别处，大厅里的壁挂电视上正在播放广告，是电信与大企业合作推出的业务，她只随便瞟了一眼，就瞧见了林瑞正，那个取代她父亲林瑞程成为林氏集团董事长的人，那个在同一屋檐下生活了四十几年，从来都任劳任怨，和蔼可亲，与她和父亲都十分亲密的人。

其实变成今天这个落魄样子，并不是最让林琅伤心的事。

让她痛彻心扉的，是感情上受到的背叛与欺骗。

那应该是她这辈子最软弱的时候，曾经对她山盟海誓的杨翌承当着她的面牵起了她堂妹的手，本来是她的家成了叔叔和堂妹的家，她这个原来的主人却被扫地出门。

她是否应该感谢对方没有赶尽杀绝，至少让她收拾了一些行李，如果不是这些东西，说不定她早几天就饿死了。

林琅沉默太久，谢瑾年颇有些意外，在他的概念里，她是个十分吵闹的孩子，突然沉默下来，他反而有点儿不适应。

他转头望向她，发现她看着壁挂电视发呆，像想起了什么事，眼神伤感，表情无力，是那种连一根救命稻草都抓不住的感觉，仿佛生活中所有的希望都破灭了，被他人掌控在手中，失去了自由。

那种感觉，很小的时候他也有过，但长大之后渐渐明白，其实自由一直都在，当你变得真正强大，当你成了角儿，那些曾经存在过的苦难与坎坷就都不算什么。

林琅回过神来，见谢瑾年望着她，眼眸细细，锁着眉头，似乎有点儿担心。

她吸了吸鼻子笑着说：“谢老板盯着我看什么？忽然发现我长得不错了？”

谢瑾年眉头狠狠一皱，立刻收回视线，林琅看着，嘴角笑意加深，长舒一口气说：“你不用担心，我没事，好着呢，就是想起一些以前的事，不过那些最糟糕的都过去了，以后再也没有人可以伤害我了。”

她这句话，也不知道是说给谢瑾年听还是说给自己听，总之，说完之后她感觉心情敞亮多了。

哪料谢瑾年很快回应：“我没有担心你。”

他急于撇清的样子，真是让人怪没面子的，“尴尬”这个词，以前林琅没怎么体会过，最近却一直处于这个状态，倒是不怎么生疏和难以应付，她只是笑笑，不再言语，等着叫他们的号。

本以为事情就会这么结束，令人意外的是，在林琅都快忘记这个插曲时，谢瑾年不疾不徐地开口了，用他那柔和而特别的声音轻慢凉薄地说了一句话：“被人伤害，并不算最糟糕的事。最糟糕的是被伤害之后的无能为力。”他轻挑眼尾，明明还是那张冷峻清隽的脸，却好像和以前不太一样，“所以你不能倒下，你得改变自己，变得有力回击。”

林琅惊讶地看着他，下一秒，客服叫了他们的号，谢瑾年起身过去，双手负在身后，背影瘦削颀长，却显得异常可靠。

六

“先生，请您提供一下身份证和具体地址，我们为您办理业务。”

电信客服人员说话温柔热情，看得林琅啧啧称奇，怎么对刚才那位客户不见这么亲切?

其实林琅也不清楚办理这项业务需要带些什么，大概知道得用身份证，来之前她提醒谢瑾年带着，这会儿他也没迟疑。

看他掏出钱包，林琅还有点儿不适应，站在他身后奇怪道：“原来谢老板也用钱包啊。”

谢瑾年锐利的目光看向她，她立刻笑嘻嘻地解释：“也对啊，谢老板是古董，又不是原始人……”

谢瑾年收回视线，不再看她一眼，在客服人员的指导下填写单据。

称奇的是，他并不用客服递过来的笔，而是从上衣口袋取出一根钢笔，以极为标准的握笔姿势签下自己的名字，“谢瑾年”三个字写得行云隽秀，落云生烟。

字好看，人好看，气质又那么特别，偶尔说几句话，声音也让人过耳难忘，这样的男人世间能有几个，客服小姐自然而然地低头去看他填写的电话号码，下一秒耳边就响起了与他同行的那位小姐的声音。

“不好意思，那是我的手机，谢老板不用手机。”林琅充满歉意地说。

客服小姐抬起头，表情有点儿尴尬，应了一声后说会尽快安排人去安装宽带，让他们回去等候就行。

林琅道了谢，跟谢瑾年一起走出来，这会儿已是下午，太阳不再那么毒辣，但气温还是很高，刚从有空调的地方出来，林琅还有些不适应，以手作扇使劲地扇风。

转脸看看谢瑾年，一身白色长衫，可比她短裤吊带穿得严实多了，但他竟然一点儿汗都没出，径自顺着小胡同往回走。

她亦步亦趋地跟在后面，太阳光束透过屋檐缝隙打在两人中间，将他们隔成两个年代，她看看自己又看看他，情不自禁地笑了。

杨翌承开车路过这里，停车到路边超市买东西，不经意间瞧见了出现在胡同里的林琅。

他从没想到会在这里见到她，而她落到那种田地竟还笑得出来。

她换了电话，他联系不上她，也不清楚她现在住在哪里，又不好在林瑞正和林菁的眼皮子底下派人去打探她的行踪，只能就这么暂时搁置着，担心着。

这会儿瞧见林琅，杨翌承立刻放下手里的东西，越过马路跑进了胡同，刚巧看见她在胡同尽头朝左一转，不见了身影。

杨翌承也顾不上什么形象，穿着一身手工西装在胡同里飞奔，也不枉费他这么拼命，等他追出胡同，终于看见林琅的身影。

只是她站在一个穿着白色长衫的男人身边，正扯着对方的衣袖，手指着前面的方向，不知道在说些什么。

顺着她指的方向看去是一家小玩具店，门口挂着《海绵宝宝》的周边，有蟹老板、派大星。林琅拿起蟹老板在那男人面前挥了挥，笑得那么开心，就跟以前在他面前笑的时候一模一样，只是站在她面前的已换成了别人。

“谢老板，这个可不可爱？我送你吧？”不等谢瑾年开口回应，林琅便掏钱买了下来，然后把公仔往他手里一塞，笑眯眯地说，“这个公仔和你名字一样哦！”

谢瑾年一皱眉，林琅马上补充道：“当然了，它不叫谢瑾年，只是也叫‘蟹老板’。”

谢瑾年低头看看那公仔的造型，依稀可以分辨出是个螃蟹，两个钳子十分夸张，他那么聪明，自然猜得到两人的“谢”字不一样。

“你在寻我开心。”

谢老板冷着脸把公仔塞给林琅就走，林琅一怔，快速追上去，那种急切，杨翌承从来没见过。

他忽然不知道自己是不是还要追上去，犹豫的片刻功夫，两人便消失在他的视线范围内。

身后有下属追上来，喘着气说：“杨总，可找到您了，您怎么跑到这来了？”

杨翌承扫了对方一眼，林菁好像生怕他去找林琅，所以特地指派了一个下属过来，说是来帮他忙，其实就是看着他，杨家就等着这门婚事翻身，他不能违背父母的意思拒绝对方的要求，活在这种身不由己的环境中，纵然富贵在身，又有什么意思。

“没什么。”杨翌承冷着脸说，“回去吧。”

那人笑了笑，不甘心地看了看他方才看着的方向，实在没发现什么问题，才勉强收回视线，和杨翌承一起离开。

回到家，林琅也觉得自己刚才有点儿过分了，抱着蟹老板的公仔在谢瑾年窗户外晃悠，如同古时候那思春的小生，在姑娘家墙外转来转去，就等着下人出来把她赶走。

庄奶奶当然不是下人，自然也不会赶她，其实她当初招租，就存了些让谢瑾年多和外人接触的心思，他太闷了，整天一个人在家，庄奶奶很担心他会因此得那个时下很流行的什么抑郁症。

有这么一个人可以让他的生活丰富多彩一点儿，刚巧还是个非常年轻漂亮的女孩子，庄奶奶更高兴了，不要说阻拦，不帮她一起骚扰谢瑾年就不错了。

“林小姐在做什么呀？”庄奶奶笑得合不拢嘴，一副“我猜到了”的表情，小声说，“谢老板在里面呢，你可以进去，没事儿。”

林琅抿抿唇：“可以吗？不会被赶出来吗？我今天惹他生气了。”

庄奶奶一怔，疑惑道：“怎么回事？”

林琅摸着脸笑笑，将手里的公仔和谢瑾年之间的事说了说，庄奶奶恍然大笑：“这没什么，你别看他脸上凶，其实可能还挺高兴的，这个礼物啊，你再给他送去。”

“是吗？”林琅半信半疑，还未拒绝庄奶奶就已经把她推进了屋。

林琅有点儿紧张，呼吸都急促了，也不知为什么，以前她从没发生过这种情况，上台演讲都特别淡定，天不怕地不怕的，可现在瞧见谢瑾年，却有点儿谨小慎微，难不成是因为身份变了？

好像也不是，一个人的身份可以短时间内发生巨大变化，可性格却不能，这究竟是怎么回事？

心里想着事，脚步却一点点儿靠近里面，谢瑾年的房间比她住的地方装修得更精细，面积也更大，古色古香的，帘子隔开了客厅和睡觉的地方，跟古时候那种房子构造没什么区别。

林琅走到帘子边，想掀开帘子看看他是否在里面，但想起自己是来道歉的，就这么闯进去不礼貌，只好站在帘子外面问："谢老板，你在里面吗？"

她磨叽半晌才小声说："之前的事是我不对，我不该拿你开玩笑，但我没恶意，就是觉得挺可爱的，你看这个公仔真的很有意思，没事的时候你也可以看看海绵宝宝，挺寓教于乐的……"

她絮絮叨叨说了好多，可里面一点儿回应也没有，她一想，坏了，难不成里面没人？自己说了半天岂不是白说了？

她咬咬牙，鼓起勇气掀开帘子，正要走进去一探究竟，孰料本来很安静的身后响起一个熟悉的清冷声音，低低慢慢地说："站住。"

林琅吓了一跳，站是站住了，就是上身扭了过来，脚下没转过弯，整个人朝后倒去。

她下意识伸手拽住了说话人的胳膊，那人本也是打算拉住她的，哪料到这丫头手劲那么大，反而被她给带着倒了下去。

林琅一声哀嚎，抬手捂着后脑，心里不断庆幸着谢老板在屋子里铺了地毯，可被连累遭殃的人就没心思关心那些了。

谢瑾年单手撑地，在她身上眯眼瞧她，林琅回过神来望向他，两人四目相对。他薄唇轻抿，白中透着淡淡的红，柔顺的黑发贴在耳边，长而卷翘的睫毛像扇子一样忽闪着。她莫名开始呼吸急促，脸也渐渐发热，理智回归时立刻推开他从地上爬了起来。

庄奶奶端着水果进来时恰好瞧见刚才那一幕，本不打算打扰他们，见林琅起来，为了避免谢瑾年把如此好的机会搞砸，她毅然决然地站了出来。

“来，吃点儿水果……咦？谢老板趴在地上做什么？”

谢瑾年皱着眉从地上起来，白着脸瞪了一眼林琅，短促地说：“练功。”

林琅闻言，捂住脸看向窗外，哼着歌说：“啊，今天天气真晴朗，处处闻花香。”

庄奶奶忍着笑说：“我买了西瓜，可甜了，正好你们都在，快来尝尝。”

谢瑾年冷着脸坐到椅子上，林琅则挑了个对面的位置，谢奶奶坐在两人中间，笑得眼睛眯成了一条缝儿。

“快吃快吃。”

她和蔼地催促着，林琅伸手去拿西瓜，恰好和谢瑾年挑中了同一块，两人的手碰到一起，林琅嗖的抽回来，好像嫌弃他一样。

谢瑾年冷冷清清地看过来，林琅立刻笑弯了眼睛，将手边的西瓜朝他那推了推，小声说：“你吃。”

说不上来为什么，那一刻，谢瑾年心里升腾起一丝愉悦。

七

电信公司的人隔天就来上门安装了宽带，这片与世无争的地方从此与世界接轨。

林琅站在院子里看安装师傅干活，谢瑾年本来在花架下面看书，大概是觉得他们不停说话有些吵，拿着书起身回房间去了。

林琅看了看石桌上的棋盘，上前将棋盅和棋盘抱起，颤颤巍巍地朝他的房间走。

她用脚踢了门，还没说话，里面就有人把门打开。她眼光一扫，这算是她第二次有机会近距离观察他的"闺房"。谢老板的房间总是那么整洁，纤尘不染，古色古香的屋子里，一件极不合衬的装饰物被塞在椅子的角落，赫然是她给他的那只蟹老板公仔。

上次在这里意外摔倒，她就忘了捡回去，他居然没有扔掉，这让林琅对谢瑾年的大度肃然起敬。

"怕你无聊，帮你把棋盘抱过来了。"林琅诚恳地说，"需要的话，我可以陪你玩。”

谢瑾年皱眉，视线定在她身上，让她有种奇奇怪怪的感觉，片刻，他走到椅子边拿起那只公仔递给她，冷漠地说了句：“拿回去。”

林琅在心里叹了口气，她应该装作没看见的，那样就不会被要求收回礼物了吧。

林琅将怀里的棋盘棋盅放到坐榻的桌上，回过身来拍了拍手，笑得特别谦和：“谢老板，你就留着吧，就当我的见面礼，你和庄奶奶把房子这么便宜租给我，我都还没送过你什么东西，也该表示一下。”

谢瑾年扫了一眼公仔，那眼神好似在说：“这也算表示？”

林琅直接坐到了榻子上，手里捏着黑子说：“谢老板有没有觉得我现在特别有礼貌？特别温和？都懂得给房东送礼物搞好关系了。”

谢瑾年将公仔扔回原处，冷淡道：“不觉得。”

林琅如玉的手指摆弄着棋子，望着棋盘说：“那是你没见过我以前是什么样子，人落魄的时候就会自动地学会忍耐和改变，我以前觉得人生挺好，就是过得太快，现在却觉得人生真是漫长得可怕。”

谢瑾年来到榻边，在她对面坐下，保持缄默。

林琅也不指望他说什么，晃了晃手里的黑子说：“我学过一段时间这个，咱俩下两盘？要是我能赢一盘，你就把那公仔留下。”

谢瑾年睨了睨白子的棋盅，又看看窗外还在忙碌的电信工作人员，虽然没说话，却拿起了一枚白子。

古人认为先阴而后阳，所以围棋的规则是黑子先行。林琅手执黑子落下，谢瑾年有条不紊地跟着落下白子。庄奶奶买菜回来见院子里没人，就去看着电信人员安装网络，等那边安装完，她才有时间去找屋里的人。

站在谢瑾年房间的窗外，庄奶奶看见了正全神贯注与谢老板对弈的林琅，她皱着眉，看得出有些苦恼，下子的速度很慢。

几分钟时间，林琅就输掉了一盘，可她一点儿都不气馁，又张罗着下第二盘。

难得的是，谢瑾年居然没拒绝，就那么陪她下。

庄奶奶心里高兴，余光瞥见身侧杂物间里的行头，回想起谢瑾年最风光的那段日子，总觉得现在的一切好像一场梦。

如果没有那场意外，或许他再如何瞧不起那些只会看热闹的所谓“戏迷”，也还会留在舞台上唱戏，可如今，与他一起唱《嫦娥奔月》的后羿已经不在了，嫦娥又岂会独自留在那台上?

傍晚时分，林琅已经开始乏了，她连败至今，未赢一局，接下来再想赢的几率也小之又小了。

她已经不抱什么希望，嘟囔了一句“最后一盘”，撸起袖子便又与谢瑾年开战。

其实她的棋艺真的不怎么样，半吊子水平，谢瑾年一心二用都可以赢她。

在她集中精神落子的时候，他悄无声息地打量着眼前的女孩。从她搬进来的第一天他就看出来了，这是一只非常谨慎的兔子，长着一双红红的眼睛，小心翼翼地做着所有的事，但凡察觉到你有一丝不悦，她就会立刻跳得远远的，可等你稍微松懈，她又会蹦蹦跳跳地来到你面前，继续挑战你的底线。

他收回视线，本来要下一步让她无路可走的棋，却在想起对方的赌约时犹豫了，这一犹豫，林琅也好奇地望了过来。下棋到现在，他落子之前从来都干净利索，而她清楚自己的水平如何，本来就没再抱赢的希望，只是好胜心上来不甘心而已，哪料到他现在竟然犹豫了。

是她这盘下得太好了吗?

林琅低头看棋盘，虽然比前几次好一点儿，可仍然好得有限。

本该落在北边儿的白子落在了另一边，棋盘上的局势风云瞬变，林琅不及思索，被喜悦冲昏头脑，立刻落下黑子，嚷嚷着说：“哈哈，我赢啦，你得收下我的礼物啦！”

谢瑾年淡淡地扫了一眼那盘棋，漫不经心地收了白子，打乱棋盘，好像生怕她深究一样。林琅高兴完了又反应过来，自己那水平，谢瑾年怎么可能输给她？难不成他刚才……放水了？为什么？

林琅惊讶地看向他，谢瑾年直接起身离开，越过窗户朝外看，平声说：“回来了就做饭，站在那儿看那么久，腰不疼了？”

庄奶奶被抓了个现行，立刻跑进了厨房，林琅从榻子上下来，欲言又止的样子。谢瑾年不紧不慢地走出房间，来到花架前，拿了食儿喂鸟，鸟儿鸣叫着，他漫不经心地哼着曲儿，他的声音本就好听，只是随便哼个曲儿都十分悦耳。林琅靠在花架外围观了一会儿，见他似乎心情不错，就壮着胆子说：“谢老板，你这么好的条件，不去唱戏真的太可惜了，我看梨园戏楼那边那些被富商捧的角儿没一个比你唱得好。”

谢老板对她的话置若罔闻，但至少也没生气，林琅觉得这次有门儿，想起庄奶奶提起谢瑾年的过往那惋惜的表情，心道她也做回善事，庄奶奶对她那么好，自己要是能帮上她一点儿，心里头也舒坦。

“谢老板，你看你每天都吊嗓子练功，说明你还是喜欢唱戏的，为什么你不愿意用出去表演的方式来让更多人了解京戏呢？”林琅跑到他身边，尽量不耽误他喂鱼，“你要是肯去演出，我敢保证绝对场场爆满。”

她说了这么多，谢瑾年依然油盐不进，喂完鱼就直起身用剪刀修剪爬满了花架的花，优柔冷淡地说：“我的人生就是练一辈子功，时时刻刻都得端住劲儿，除非有天我死了，否则不会改变。”

林琅皱起眉，看了他半晌才说："你真的这样想吗？你说过，你的事和我无关，我也不想多管闲事，但你看庄奶奶，她都那么大年纪了，还可以陪在你身边多久？你就不能为了她委屈一下自己，做一点儿改变吗？这样你和她都会过得很好啊，你不能总让别人迁就你，那太自私了。"

说到这儿林琅想起了以前的自己，停顿了会儿才说："我以前就和你一样固执己见，从来都是爸妈迁就我，我从没想过自己的追求会给他们带来什么麻烦。我们家有很大的公司，但我对经商不感兴趣，我就不去学。然而我叔叔和我的堂妹就在公司做高层，以至于现在我爸妈死了，我被扫地出门，连一个支持我的董事都没有。"她苦笑了一下，低声说，"看看我，除了花钱没有任何擅长的本事，现在还在这儿头头是道地指责你，自己又是个什么东西？我根本就不是人，我只顾着自己开心，根本没替身边的人想过，也不怪我被赶出家门的时候，堂妹还骂我自以为对她很好，其实根本没把她当人看。"

她说了一堆，说到最后眼睛红得不行，但还是仰头努力睁大眼不让泪水掉下来。

谢瑾年就那么看着她，也不说话。她平复了一下情绪，又变回往日那个有点儿聒噪的姑娘，笑着对他说："我去帮庄奶奶做饭，总是白吃白喝的，心里也过意不去。现在肯对我示好的人不多，我不想以后后悔没有回报过他们。"

她说完话就转身走了，留下谢瑾年在原地久久没有离开。

夜晚的微风吹起长衫，他纹丝不动地站着，远望着在厨房里忙碌的一老一少，抬起手看着手掌，本来是完美无缺的手，却在掌心处留下一道长长的伤疤，若上台表演，稍有不慎便会被观众的眼睛或者电视镜头捕捉到，一遍一遍地提醒着过往。但就像林琅所说，继续这样下去，他将来真的不会后悔吗？

如果要等到后悔才去做那些事，那才最可悲。

谢瑾年没和她们一起吃晚饭，庄奶奶心事重重的样子，让林琅心里有点儿没底，她觉得是自己闹得谢老板不开心他才不来吃饭，非常自责。

吃完饭，她抢着收拾餐厅，庄奶奶担心谢瑾年，也没强求，便随她去了。

林琅收拾完，庄奶奶便起身去了谢瑾年那里，林琅站在外面抻着脖子想偷听，可屋子的窗户忽然被人从里面敲了三下，她立刻缩着脖子回了自己房间。

谢老板这是发现了她。

林琅喘了口气，从自己这边望向他处，心想，既然他没出声赶人，那说明也不是特别生气吧？

心里百转千回，手机忽然响起，她拿出来一看，是宫辰。

林琅立刻接起电话，她还没开口，宫辰就在那边说："林小姐，明天可以过来上班了，既然你说的是合作，是不是得先让我看出你的诚意？"

"当然，宫先生放心，我不会让你失望的。"林琅关上窗户低声说。

宫辰似乎笑了一下，说："那很好，我先把你安排在餐饮部试试看，林氏集团旗下的特色餐饮连锁一直很厉害，那些秘方你应该很清楚吧？希望你可以兑现你的承诺，事成之后，我会更加认真地考虑我们合作的可能性。"

宫辰说完就挂了电话，也不管林琅答不答应。

看着忙音的手机，林琅想起林家的餐饮连锁所用的配方，那是姥姥在世时研究出来的，宫辰的公司已经觊觎了很久，以前为了保护配方，她一直跟他针锋相对，可现在……

林琅有些犹豫。

她真的要为了报仇，将父母辛苦那么多年秘而不宣的配方告诉宫辰？

八

因为顾虑是否要透露配方，林琅没有立刻去宫辰的公司报到，她觉得自己得好好斟酌一下是否要付出如此代价。也因为这件事，她有点儿消沉，以前还会时不时跑到院子里骚扰谢瑾年，现在直接闷在屋子里，除了吃饭基本不怎么出门。

这种状态持续了两天，庄奶奶免不得有点儿担心，在屋子里走来走去，嘀嘀咕咕地说："你说小林这两天都不出门，脸色也不太好看，是不是出什么事了？"

谢瑾年正在看戏文，听见庄奶奶的问话，想起那天林琅为了劝他后来变成了自责的话："她那么年轻，何必那么想不开。"

庄奶奶一听愣住了："啊？想不开？什么想不开啊？"

谢瑾年不愿多说："没什么。"

庄奶奶还没回神，呆呆地"哦"了一声。

忽然，谢瑾年站起身说："晚上我在如意戏楼有一台戏，你去告诉那个姓林的小姐。”说完便走到屏风前解外衫的盘扣，他好像不觉得自己说的话有多惊人。庄奶奶下意识上前从衣柜里取出悬挂的西装，问他：“要出去了？”说完猛地反应过来，惊喜万分，“谢老板今晚有戏？”

谢瑾年瞥了她一眼，她好像真的很高兴，几乎热泪盈眶。其实何必，就算他永远不再唱戏，那也只是他的事，与别人无关，更不会让这个家饿死。有很多事，他做了，却不需要别人知道，但想起林琅的话，再看看如今庄奶奶的反应，或许他需要做一些改变。

“晚上七点。我现在有事，先出去了。”

谢瑾年说完就走了，他每周都固定出去两次，周一和周五，每次都会换上西装。林琅第一次瞧见他穿西装，出门扔东西的时候眼睛都直了。

真没想到，谢瑾年那身材穿长衫时看着瘦削单薄，换上西装却宽肩窄腰好看得不行，她眼珠子都快掉在地上了。

“小林啊！”庄奶奶见她出来，立马高兴地上去分享好消息，“谢老板晚上七点在如意戏楼有一台戏，你可一定要去捧场啊！”

林琅手里的垃圾袋直接掉在地上，惊诧道：“谢老板肯去表演了？”

她立刻望向即将走出门的谢瑾年，平时不觉得，穿上西装却猛然发现他的个头真高，在唱旦角的人中算是身高超标了。他穿了件白衬衣，脚踩棕色皮鞋，黑西装上下不见一丝褶皱，处处熨贴，这样的身段，活脱脱一个衣架子。

也不知是不是气质使然，即便穿着西装，他依旧斯斯文文，像民国时的文人，没有任何现代气息，每次见他，总像隔着很厚的时代滤镜。

谢瑾年没理会她，快步出门离开，消失在巷子口。林琅追到门口没瞧见人，便恹恹地丢了垃圾，回了院子：“庄奶奶，谢老板怎么突然改变想法了？是您和他说什么了吗？”

庄奶奶也很好奇：“没有啊，我这两天没和他说什么啊，就是刚刚跟他说比较担心你每天闷在屋子里不出来，然后他就让我告诉你这件事。”

“……”

其实她真的不会自恋地认为对方是因为她才改变想法的，庄奶奶肯定是主要因素，也许只是恰好碰上她最近心情不好吧。

“那我们晚上一定要好好打扮一下，不能给谢老板丢了脸。”林琅坚定地说。

庄奶奶笑了：“我这一把老骨头了，还要怎么打扮呀？”

“那就交给我了。”

林琅笑了，拉着庄奶奶进屋看她的秘密武器，她的箱子里东西很多，这会儿都挂了出来，之前还借庄奶奶的熨斗烫了一下。打开柜子，庄奶奶就瞧见许多好衣裳，虽然审美上和她这个年纪不太契合，但从面料上也可以看出价钱不菲。

林琅直接将那些衣服拨到一边，从最里面拿出一件旗袍来，水蓝色的缎面，绣着百鸟朝凤的图案，颜色鲜艳，古典高雅，庄奶奶一瞧就眼露惊艳。

“这旗袍可真漂亮。”庄奶奶赞叹道。

林琅肉疼地说：“能不好看吗？迪奥今年开春的走秀款，好贵的。”

庄奶奶本来想摸一下，一听好贵的立马缩回了手。林琅见此，直接将旗袍塞给她：“拿去换上试试，庄奶奶您身材好，穿这旗袍一定没问题。”

庄奶奶诧异道：“给我的？我还以为是你要穿的。”

林琅噎了一下，过了会儿才说：“这件旗袍本来是给我妈定的，不过现在……她没机会穿了，总不能就让它一直闷在柜子里派不上用场，庄奶奶您就当帮我个忙，让它见见阳光，别糟蹋了。”

听她这么一说，庄奶奶犹豫了，林琅抓住这个空当，直接把她推进了里屋，放下帘子让她换衣服。

谢瑾年根本不知道家里的一老一少在做什么，他这会儿正在一家古董店里喝茶，身边站着个戴眼镜的年轻人，手里拿着个本子，也不知上面写的什么。年轻人指着几行字说了些话，谢瑾年偶尔看一眼，等对方说完，他便掏出怀表看看时间，在临近傍晚的时候起身离开了。

“谢老板。”年轻人追出门来，待他回过头便笑着问道，“我听如意戏楼那边说，今晚您有一台戏？”

谢瑾年没否认，点了下头。

“那我能去看吗？”年轻人兴奋地问。

谢瑾年看了他一会儿，终于点了头，年轻人高兴得差点儿从台阶上摔下去。

四合院里也很热闹，庄奶奶站在镜子前端详着自己，精致的妆容，绾起来的银色发髻，一袭高贵旗袍，恍惚回到了二十岁。

那时她脸上没有一丝皱纹，走多久的路也不会累，高血压这种病也压根没放在眼里，哪像现在……美人迟暮，光阴似箭，几十年前的她，哪里会考虑今日会变成什么样子，果然岁月才是最无情的。

见庄奶奶眼泛泪光，林琅上前握住她的手说：“庄奶奶，您别伤心，以后我天天给您打扮，让您活得像二十岁那么精致漂亮。”

庄奶奶低头一笑：“我都这么大年纪了，再打扮得花枝招展的，该让人笑话了。”

林琅不解：“理他们做什么？他们愿意服老让他们去，人的一生就那么长，谁规定年纪大了就不能化妆打扮？年纪大了就该放任自己变得衰老丑陋吗？我反正是不要的。”

庄奶奶闻言似有所思，半晌才点了一下头，问她：“你不准备一下吗？时间快到了。”

林琅看看镜中的自己，不修边幅，一身邋遢的居家服，哪里有半分精雕细琢的千金小姐样，人原来真的能适应各种环境，当你知道自己很难回得去的时候，就会尽量享受现在的生活，这样才不会让自己显得那么狼狈。

“我就不用了吧。”林琅笑着说，“我只是无关紧要的人，谢老板在意的是您。”

庄奶奶不赞同：“傻丫头，你怎么会这么想？谢老板专门让我把这件事告诉你，分明也是在意你的，而且你把我打扮得这么引人注目，自己却不打扮，那我不是要被人围观了，不行不行，你得陪我一起，不然我就换掉了。”

她张罗着要换掉衣服，林琅没办法，只好应允，从衣柜里随便拿了件连衣裙，重新梳了头，化了妆，拿了背包，准备和庄奶奶一起出去。

庄奶奶看着她，羡慕地说：“果然还是年轻好，随便打扮一下就漂亮极了。”

林琅挽住她的手臂：“庄奶奶，今天谢老板在台上看见您，肯定大吃一惊。”

“是吗？”她摸摸自己的脸，笑得有些腼腆。

其实林琅可以看得出来，庄奶奶也是不愿意老去的，虽然嘴上总是自称老年人，可方才照镜子时她的眼神却透着不甘与怀念。

就这样，四合院里的一老一小便在傍晚时分手挽着手出发了。她们走在街上引来不少人围观，庄奶奶起先还不自在，但林琅就是不放开她，一直挽着她昂首阔步地朝前走，侧脸低头在她耳边说：“庄奶奶，您看清楚，他们不是在笑话我们，是在羡慕我们，您为什么要闪躲呢？”

庄奶奶压根就不敢回视他们，所以根本不知道对方是什么表情，听林琅这么一说才鼓起勇气看了一眼，果然，林琅并没有骗她，终究是她太怯懦，不敢尝试改变。时过境迁，到了这个年代，外人的看法又怎么还会像以前那么保守?

想到这，庄奶奶挺起了胸膛，林琅笑着和她一起朝前走。两个女人，一个年轻，一个年老，可她们同样自信美丽，小小的巷子好像被她们走出了光辉。

九

如意戏楼是一栋很有历史的老戏楼，由当年红遍大江南北的如意班创建，如意班散了之后，这栋戏楼就被别人包了去，近年来一直借着曾经的名声和悠久历史吸引着不少游客与戏迷。包戏楼的老板眼光独到，人也神秘，从不露面。

她们到如意戏楼的时候刚刚六点半，门外没什么人，她们也没放在心上，走进去后瞧见有几个人在舞台下面打扫。

庄奶奶看起来有点儿激动，在戏楼里转了一圈，时不时抬手摸摸这里摸摸那里。林琅则直接落了座，东张西望地寻找谢瑾年的身影，不过这会儿他应该在后台，她估计找不到，所以看了几眼就收回了视线。

庄奶奶回来的时候，林琅还有点儿不死心，小声问她："我们可以去后台看看谢老板吗？"

庄奶奶立刻摇头："当然不能，唱戏这一行，最忌讳的就是在他们没化完装之前到后台去看，左右马上就要七点了，再等半个小时就能瞧见了。”

林琅失望地点点头，又问：“谢老板今天要唱什么？”

庄奶奶指着不远处的横幅：“瞧那儿。”

林琅顺着看去，横幅上写着四个大字——贵妃醉酒。

林琅一喜：“唱《贵妃醉酒》啊？我爸以前最喜欢听《贵妃醉酒》了，他要是还在就好了。”

庄奶奶本来很高兴，从林琅给她化妆时说的话可以听得出，她母亲已经不在世，如今又这么讲，显然是父亲也不在了。

她忽然皱起了眉，不自觉拉住了林琅的手，林琅还没反应过来。

经过这段时间，她已经不会一想起父母就掉眼泪，虽然心里依旧很难过，但她知道他们即便走了，也不希望她留在这个世界上一直为他们伤心，也希望她振作起来。

“丫头，苦了你了。”庄奶奶心疼地叹了口气。她这副样子倒让林琅有点儿不自在了：“我没事的，庄奶奶，您别担心。”她往一边转开话，“马上七点了，怎么这里还没来人呢？”

庄奶奶抹掉眼泪望向周围，果然，除了几个工作人员，还没一个人进来听戏，她有点儿迟疑。林琅忽然想起她们刚才进来的时候也没被要求买票，难不成这里不要票？如果不要票，不是该有更多人来？

带着疑问，林琅站起身走到工作人员身边，礼貌问道：“先生您好，我打听一下，这里需要买票吗？”

工作人员看了她一眼说：“今天不需要。”

“啊？”林琅愣了一下，“也就是说，平时需要，就今天不需要？”

“对，今天免费，还有别的问题吗？”那人好像不愿多谈，说了一句就想走。

林琅皱皱眉问："那平时也像今天这么……冷清吗？"

那人摇头："不会啊，平时到了戏点人很多的。"

说完那人就走了，林琅站在原地，心里特别不是滋味。

"丫头，怎么回事啊？"庄奶奶担忧地走过来问。

林琅一顿，笑着说："没事，刚才人家说今天彩排，明天才是正式演出。"

"是吗？还要彩排？"庄奶奶有点儿怀疑。

"是啊，庄奶奶，现在大节目都得彩排，谢老板那么大一角儿，正演了肯定很多人，为了各个环节都不出错，当然要先彩排一下啦。"

林琅信口胡说，其实心里也没底。她能糊弄住庄奶奶，却糊弄不住谢瑾年，也不知道他瞧见外面这幕景儿该有多难过。她还不如别说那些话，他不来唱，至少不会像现在这样受打击，搞不好回去之后更不愿意上台唱戏了。

戏楼后台，已经化好装的谢瑾年站在镜子前，看着镜中陌生又熟悉的脸，那人勾脸抹彩，凤冠霞帔，一身华裳，水袖蜿蜒，像是他，又不是他。

他收回视线转向一旁，身边的人上前低声说："谢老板，庄老和一位年轻小姐已经到了。"

谢瑾年微微颔首："时间到了，就开始吧。"

那人应声退下，外面等候的林琅和庄奶奶，在七点整耳边便响起了锣鼓点。

她们都清楚，演出这是要开始了，庄奶奶被林琅搪塞过去不明所以，倒是不会担心，只是心虚的林琅有点儿害怕谢瑾年出来之后瞧见这副冷清的画面心情不好。

谢瑾年上台之前，戏楼里又来了一人，他戴着眼镜，年纪不大，看见台下已有两人在等戏，便自来熟地上前坐到一起，侧头问林琅：“小姐你好，来听戏？”

林琅不太愿意和陌生人多谈，点了一下头就不再言语，庄奶奶倒是有点儿不明白：“不是说今天是彩排吗？也会有人来听？”

林琅沉默了一会儿说：“是啊，彩排也允许一两个人进来听的，不然我们是怎么进来的，对吧……”

庄奶奶小声说：“我们这不是家属吗？当然可以进来了……”

林琅不再言语，撒了一个谎，就得用好几个谎来圆，她真是要累死了。

坐在她旁边的年轻男人笑着揶揄林琅：“彩排？我怎么没听说？”

他特意压低了声音，庄奶奶年纪大了，这会儿又响着锣鼓，自然听不见。也幸好如此，要是真听见了，林琅非得跟旁边这年轻男人打起来不可，就他话多。

“听你的戏。”

她不甚和善的话语，冷漠骄矜的表情，配上那一身打扮，瞧着便非富即贵。年轻男人似乎也很好奇她为什么会在这里，在他的概念里，谢老板唱戏是自娱自乐，今日怎么多了两个观众？还有那位老人，看着好眼熟的样子，似乎在哪里见过，是在哪儿呢……啊，想起来了！这不是庄奶奶吗？怎么忽然变得这么……

年轻男人想打个招呼，可两位女士都紧盯着舞台，他也不好打搅，再说谢老板要上台了，他也挺激动，索性就等演出结束之后再打招呼吧，那也不算失礼。

伴随着锣鼓声，舞台一侧的帘子缓缓掀起，一个曼妙婀娜的身影走出来，他身披彩锦裙衫，肩披云肩，水袖叠腕，手持折扇，抬起头，扫了一眼台下，三人排排坐，盯着他目瞪口呆。

他似有若无地勾了勾嘴角，转身来到台中，随着锣鼓声响，漫声开唱。

当他吐出第一段唱词的时候，林琅就知道她没有看错，若他想被人人尊称一句“大师”也绝非谬赞。他抬起手，指法柔美，自成一派，神情端肃哀伤，又温婉多情。这《贵妃醉酒》本是大师梅兰芳的代表作，她没听过梅兰芳唱得究竟怎么样，反正比父亲听过的那些“角儿”们唱得都要好上很多。

尤其是那段“人生在世如春梦，且自开怀饮几盅”，倒真像是他的人生观。

每年春晚都会有专门的戏曲节目，但大多排在最后，等戏曲节目开演的时候林琅不是睡着了，就是要出去放鞭炮，就算在屋子里也没心思去看，那时的她总觉得一句话咿咿呀呀唱半天，时间拖得那么长又无美感可言，到底有什么好听？

这回，她算是清楚彻底地感受到了。

她甚至觉得，这折戏唱得有点儿太快了，不自觉拿出手机，对着舞台拍下一张照片。她还没听够呢，谢瑾年就已经去了后台。

“现在可以去后台看看了吗？”林琅小声问身边的庄奶奶。

庄奶奶还没回过神，眉梢眼角都是感动与欣喜，她点了点头，下一秒身边的林琅已经不见了，只有一个面熟的小伙子。

“庄奶奶，是我，小郑。”小伙子直接坐在了刚才林琅的位置上，庄奶奶还有点儿意外。

“小郑啊，你也过来啦？”

“嗯，今天我也算大饱耳福，有好久没听见谢老板唱戏了。”小郑面露怀念。

庄奶奶深以为然地点头，拉着小郑的手就开始絮絮叨叨她今日的感慨，小郑算是代替了林琅的角色，那这会儿林琅在做什么呢？

她正在苦恼。

后台很大，她上来时也没人拦着，今天虽然是搭台唱戏，工作人员却很少，方才奏乐的那些人撤完东西走了，后台根本就瞧不见什么人影。

林琅见帷幕后面有个入口，便顺着走了进去，没走几步，瞧见两扇门，一扇大一扇小。她琢磨了一下，敲了敲那扇小门，里面没人出声，她偷偷推开朝里面看。这间屋子不大，入眼处是挂着行头的架子，老生花旦的行头都有，接着便是梳妆镜和衣柜，梳妆镜前摆着各种她没见过的油彩，她的目光尽头，是正对着镜子卸装的谢瑾年。

他穿着白色的水衣，微微弯着腰，修长的手指拿着卸妆棉一点点擦掉脸上的油彩，并不理会身后的响动，搞得林琅进也不是，出也不是。

“谢老板……”半晌，她决定还是先打个招呼，“我来看看你，能进去吗？”略顿，她又补充道，“庄奶奶和我说了，后台忌讳看人化装，所以我之前没来，刚才想着你唱完了才来看看的，没想到碰上你卸装。”

谢瑾年站直身子回眸看了她一眼，他脸上一半还涂着油彩，另一半已经卸掉，这样半面妆的视觉效果冲击力特别强。

林琅脚步一挪就进了门，用后背将门缓缓关上。

“我进来啦。”

谢瑾年不说话，她就自己说了一句，用笑来掩饰害怕被赶出去的心情，好在谢瑾年只是面无表情地转回头，继续卸装。

被默许留在这里林琅还有些惊讶，她背着手，轻手轻脚地来到他身后。他从镜子里看见披着一头长卷发的身影，她很漂亮，五官只是浅浅点缀便面若桃花，身上的裙子倒是保守了一些，顺眼许多。

林琅见谢老板没开口赶人，就趁热打铁地问他：“谢老板，你明天能不能再演一场？”

谢瑾年动作一顿，从镜子里冷眼看得她六神无主，他倒是怡然自得。

“为什么？”

他问得很平静，像是不惊讶她会这么说。林琅目光灼灼地望着他，挑起嘴角，笑得自信而张扬，倒是比前些日子隐忍克制的模样更像是名门千金了。

“因为，我想给你一个惊喜。”

十

林琅让谢瑾年第二天再唱一台戏，说是要给他个惊喜。

这真是天下奇闻。

谢瑾年当然不会答应，他面不改色地说："今天你也看见了，没人会来听，明天再唱，也不过自取其辱。"

看来林琅最担心的事还是发生了，尽管谢老板把一整出戏唱全了，可不见得心里就痛快，林琅生怕他好不容易改变的心态又退回去，下意识握住了他的手。他垂下眼，盯着她素白的手指，那真是一双千金小姐的手，不见丝毫瑕疵，完全的十指不沾阳春水。

"谢老板，你可千万别因为这个就气馁，现在这个社会什么都得靠营销，你就说梨园戏楼里那些角儿，哪个不是富商花钱捧出来的？有他们追捧，才有人把他们当角儿，就他们那唱腔，要我说，不及你十分之一。"林琅嫌弃地说道。

谢瑾年不着痕迹地抽回手，离开了她温暖的手心，他这双冷冰冰的手竟有些僵硬。

“哦？你觉得我唱得好？”

谢瑾年在一旁的椅子上落座，修长的眉眼一挑，眼尾上翘，连质疑的神态都那么勾人心神。

林琅面红耳赤地说：“是啊，我觉得你唱得好，谁都没有你好。”

谢瑾年轻嗤一声，似是不屑：“你又不懂京戏，怎么分辨得出谁唱得好？”

林琅就知道他要这么说，双脚一挪站起身，面不改色道：“我当然能分辨出来了，你不要老是看不起我们外行人，就算我们不懂京戏，分辨不出谁的唱腔更好，可总能分得出谁唱得更美，人类对美的事物是具备分辨能力的。”她志得意满地挑着眉，“谢老板你不妨答应我，左右你都出来唱了，再多唱一天又怎样？万一有转机呢？”

她就站在他正前方，除非他站起来离开，否则不得不正视她。

但尽管如此，谢瑾年还是很难被说动，他从来都是这样，任谁都别想三言两语把他搞定，他浑身上下好像都贴着个标签——“我很难搞，请谨慎”，要是有一天哪怕她说句不走心的话他都会好好听进去，那真是她祖坟冒青烟了。

“喂，给点儿反应啊！”

林琅倾身靠近他，双臂撑在椅子两边的扶手上，两人呈一种相当暧昧的姿势靠得越来越近，近到好像再不给点儿反应，她下一秒就要亲上来一样。

谢瑾年终于有了松动。

“走开。”他紧绷着脸靠在椅背上，双手也扶着椅子两边的扶手，两人的手距离也就五厘米。

“你答应我，我马上就走开。”

林琅说得特别诚恳，因为距离太近，她说话时的呼吸都飘到了他鼻息间。她身上带着一股淡淡的香味，不像香粉或者香水，是那种女孩子身上独有的香香的味道，闻得人心烦意乱，难以专心。

“不要离我这么近说话。”谢瑾年继续朝后靠，仰起脖子，优美的颈项，滑动的喉结，每一寸都带着致命的诱惑力。

林琅若是想借此让他答应明天继续登台，那她现在就该顺从地靠后，拉开距离，不要逼得太紧，否则容易适得其反。

可不知怎么的，就这么自上而下地看着他，注视着他在后台化装间蜜色灯光下影影绰绰的脸，她竟然有点儿失神。

忽然，她伸手扳住了他的下巴，这个举动让谢瑾年大吃一惊。

“你想干什么？”

他皱眉睨着她，手已经从椅子上拿开随时准备推开，但她紧接着回答：“啊，你下巴上有点儿油彩，我帮你抹下来。”

说着，她用手在他下巴上蹭了蹭，然后收回去，笑得十分诚恳：“谢老板既然不再拒绝，那我就去准备了，明晚还是七点，你一定要准备好。”她转身想走，挪了几步又转回头来，“对了，用场地是不是要先跟戏楼的老板打个招呼？明晚这边得多留一点儿工作人员，不然怕是忙不过来。”

谢瑾年直起身抬手轻抚下巴，那里她刚刚触碰过。他轻嗤一声，明显是觉得她翻不起什么天来。那种轻蔑傲岸倒是激起了林琅的好胜心，她大跨步走回去，抬手在他脸颊上又摸了一下，得意地笑着说：“等着我的好消息吧。”

说完，像是怕他会讨回刚才她占的那个“便宜”一样，飞快地跑出了化装间。

谢瑾年望着那扇门打开又关上，慢慢放下手，垂眼睨着手指，眼神轻佻，说不清在想什么。

“逃离”化装间，林琅在门口遇见了庄奶奶，她正要进去找谢瑾年，林琅想起自己刚才对谢老板的冒犯，笑着说自己还有事先回去了，庄奶奶也没挽留，倒是跟在她身后的那个年轻小伙子说：“小姐，着急的话我可以开车送你。”

林琅客气地说：“谢了，但我们不熟，先走了。”她也不好奇那小伙子为什么和庄奶奶认识，心里记挂着明天的事，着急忙慌地离开了戏楼。

她回了四合院，这里现在没人，谢老板的房间自然可以随便进，她记得上次进来的时候，在屋子里见过他的照片，这次进屋一瞧，果然在床头柜上放着。

她掏出手机拍了一张，便迅速离开，坐地铁到商业街找了一间广告公司，将里面的照片导出，并提出了自己的要求。

“是这样的，这两张照片里的人是明天要演出的大师，你把他的人像抠出来，从网上搜一个如意戏楼的背景放上去，人物就不用修了，他本人已经非常好看了，修了反倒不一定会好看。然后你要加上这几句话……”林琅说了几句广告词，听得平面设计都呆住了，不停地敲打键盘，飞快地记录。

林琅和老板商定了价钱，让对方连夜赶工印出，明早她要用，老板说来不及，她只得加了钱，走出广告公司的时候，林琅的荷包都瘪了。

虽然也就一两百块钱，但对于目前坐吃山空的她来说，只出不进就得缩减开支。

林琅回到家，庄奶奶和谢老板已经回来了，庄奶奶今天特别高兴，做了满满一桌子菜，鸡鸭鱼肉样样俱全，感觉要把一个月的饭菜开支全部花掉。

林琅被她叫到餐厅的时候，谢瑾年正端坐在椅子上喝茶，他有点儿挑食，不吃太大的荤腥，这桌上的大鱼大肉，他基本都只看一眼，一筷子都不夹。可为了让他营养均衡，庄奶奶每次都会逼着他吃一些，至于剩下的那些，以前是直接倒掉喂猫喂狗，现在全都进了林琅的肚子。

"快趁热吃吧。"

庄奶奶给谢瑾年夹完了菜就给林琅夹，看他俩的表情好像婆婆看着满意的儿媳和出色的儿子一样。林琅吃着吃着忽觉尴尬，手托着脸，遮挡着脸上浮现的绯色。对比起来，谢瑾年就显得过于闲适，他吃完了饭，云淡风轻地起身离开，唯一与往常不同的是，他在出门前回头盯着林琅的背影说："吃完饭到我房间来。"

林琅整个人一僵，嘴边的饭差点儿掉下来。庄奶奶还以为谢瑾年彻底转性了，对林琅有了兴趣，高兴得恨不得现在就把林琅塞进他房间，不禁抱着林琅欢喜道："我就知道这次招租招对了，那天我看见你从门外走进来，就知道你和谢老板有缘，这下好了，谢老板以后有你照顾，我这半截身子埋进土里的人也可以安心地走啦！"

林琅皱起眉："庄奶奶，您说什么呢，我和谢老板不是您想的那样，而且您身体这么好，别老动不动就咒自己，谢老板听见会伤心的。"

庄奶奶捂住嘴："看我，这是高兴过头了，你吃饱了就快去，今天我自己收拾就可以了。"

林琅就这么被赶到了谢瑾年的房门外，屋里的灯亮着，屋外的人脚尖踩地画圈圈，不确定是不是要进去送死。她今天在戏楼后台可是占了谢老板便宜，这会儿进去肯定凶多吉少，要不她干脆偷偷溜掉，就当没听见他的话?

带着这种侥幸心理，林琅转身想跑，哪料才转过身，后面的门就打开了，微凉的手揪住了她裙子的后领，直接把她拉了进去。

“哎……别打我别打我！”

林琅怕死似的继续往外跑，下一秒脸上一凉，她一怔，惊讶地望向身后，谢瑾年空着手弯曲着手指，在她脸颊上轻轻弹了一下，力道很轻，可是她却好像被点了穴一样，瞬间不会动弹了。

“愣在那儿做什么，傻了？”

谢瑾年斜睨着她说话，从她的角度可以看见他勾起的嘴角，笑得戏谑。

他这是在报仇吧，因为她接连占了他两次便宜。

看他面不改色平静淡泊的样子，想来也是没别的想法。

可是，为什么她这心里头却好似小鹿乱撞呢?

以前和杨翌承在一起，他对她说过那么多情话，她都不怎么放在心上，她笃定他不会离开她，因为自己的身份尊贵，任何男人都不会拒绝。她是林氏集团的大小姐，谁会和钱作对呢?她有时候甚至分不清杨翌承喜欢的是她这个人还是她的钱，那时她想，反正她一辈子都不会缺钱，管他到底喜欢什么，既然他人还不错，父母也算满意，那就和他在一起好了。

现在想想，还真是草率。感情这东西，还是得问问自己的心。

“没有……没什么事我先走了，你早点儿休息。”

林琅快速告辞，捧着发热的脸跑出了门，谢瑾年追到门口，注视着她落荒而逃的背影，地上一串发光的东西吸引了他的视线。他弯下腰捡起，应该是她匆忙之间落下的手链，他将手链握在手中，漫不经心地把玩，整个人侧倚在门上，一身黑西装几乎融于夜色，那总是不食人间烟火的人身上好像多了几分人气儿。

回到房间，林琅仍然在不断地粗喘，平静下来才发现手腕上好像少了点儿什么，抬起来一看，老爸去年送她的手链不见了。

父亲送过她很多礼物，大概是因为现在父亲不在了，所有送过的东西都变得珍贵异常，林琅几乎是毫不犹豫地冲出门寻找。她本来挺担心，若是丢在了外面就找不到了，但当看见还没回屋的谢瑾年，就知道她白担心了。

他闲适地转着手腕，一串手链挂在他手上，随着他的动作起起伏伏，闪闪发光。

林琅跑过去伸手便要拿，可谢瑾年却将手抬高，两人的身高本就有差距，如此一来她就更够不着了，她只能硬着头皮对上他的视线，正想说句“谢谢”，就听见他漫不经心地开了口。

他问她：“你叫什么名字？”

十一

林琅住进四合院也有一段时间，胸腔里那颗心都因为人家扑通扑通跳了，可人家竟然还不知道她的名字，足见她是多么无关紧要，这可真够丢脸的。

林琅肃着一张脸，隔了半晌才说："姓林，叫林琅，琳琅满目的琅。"

谢瑾年抬起的手慢慢放下，将手链摆在她面前，她垂眼接过，说了句"谢谢"转身就走，没走几步，身后传来一个声音，她瞬间没法挪动脚步了。

谢瑾年在叫她的名字。

他说："林琅，我记住了。"

林琅回过头，他笑容婉转，修长的眸子流光溢彩，与往日冷若冰霜的模样有鲜明的区别。

本来不怎么好的心情莫名缓和了许多，林琅欲言又止，最后还是什么也没说，朝他点了点头，转身回了自己的房间。

谢瑾年倚在门边，仰头望向天上的月亮，今晚的月色可真好。

林琅今晚又失眠了。

她前两天睡眠才好一点儿，今晚被谢瑾年这么一闹，又开始心神不宁。

这次倒不是因为那些糟心事，而是因为……

她开始怀疑自己以前认为的感情到底算不算爱情，杨翌承对她来说到底算什么。她一直认为自己不是个容易移情别恋的人，她和谢瑾年认识的时间也有限，或许是她现在太困难，对于这个给予她帮助的人，会有特别的偏向。她总觉得，和他相处时，有很多悸动和忐忑是与杨翌承“恋爱”时没有的。

其实，她和杨翌承之间也不算恋爱，因为她知道以自己的身份，杨翌承就算不满意不高兴不喜欢，也会顺着自己，由着她的性子来。

就像现在，她不是林家大小姐了，他马上就更改成她堂妹的未婚夫一样。他们那段所谓的感情，那个所谓的未婚夫妻身份特别不牢靠，甚至于那些她以为的爱情，好像都只是她幻想出来的。

她对他的感觉，称之为占有欲或许更恰当。

从懂事起她就很清楚自己将来得找个什么样的另一半，所以当父亲向她介绍杨翌承时，她就用那个家里会同意的标准衡量了一下，觉得还可以，就试着相处，虽然不尽如人意，但至少不会觉得讨厌，想着时间长了应该就会喜欢吧。

一开始她是抱着这种想法和杨翌承在一起的，现在会被对方如此对待，其实也是活该。

草率的开始，必将以失败结束。

至于现在她对杨翌承的感情，除了恨和看不起也没别的了。

晚上不睡觉的结果，就是第二天起来的时候特别困，可她又不能睡懒觉，因为今天还有一场硬仗要打。

林琅一大清早就出了门，庄奶奶六点多起来给谢瑾年准备洗漱用具，就发现她屋子里空荡荡的，门口贴着个纸条，让自己别准备她的午饭了。

庄奶奶一边准备一边嘀咕："这丫头起大早跑出去干吗了？也不吃早饭，饮食习惯不好，胃坏掉可就麻烦了。"

谢瑾年出来时，正好听见庄奶奶在念叨，他的表情始终如水，看不出喜怒。

"她出去了？"他问着，声音冷冰冰的，听得人连夏日的暑气都散了。

庄奶奶点头说："比我起得都早，也不知道什么事儿这么重要。"

谢瑾年忽然想起她昨天说的话，说是今天要给他一个惊喜，也不知会发生什么。

"总之，不会是和我们有关的事。"

他的判断庄奶奶却不怎么赞同："怎么会呢，这丫头虽然住在咱们这里时间不长，却是个心地善良的好孩子，你就说昨天，你看她给我打扮的，我都不认识自己了，她给我那件旗袍，一看就不便宜，那本来是给她妈妈订的，可是现在父母都不在了……唉，真是可怜。"

谢瑾年慢条斯理地洗着手，素白修长的手指上有水珠一点点滑落下来，可脸上不见任何表情变化，也不讲话，安安静静的，给人冷冰冰的感觉。

这会儿，林琅已经到了广告公司，她抽了一张彩页举起来看了看。绝代佳人就是绝代佳人，只是随便拍了一张照片，就不是那些庸脂俗粉可相提并论的。再加上她那广告词——千年等一回，保准今晚上如意戏楼爆满。

接下来她要做的最主要工作，就是把这些传单发出去。

她这传单从设计到文案，都是定位在年轻阶层的，那才是未来的生力军，一旦谢瑾年的名号在年轻人中打开，那才是真正有生命力，虽然懂京戏的老年人可能会更多，但他们的“造星”能力太弱，也引不起什么舆论关注。

发传单是个体力活，需要脸皮厚，还得躲开城管，不然别说发出去，搞不好还会被全部没收。

一页传单看起来轻轻薄薄，但五百张叠在一起就有点儿沉了，她单肩背着包，怀抱着厚厚的彩页来到江城外滩。这会儿日头正高，天气特别热，尽管她只穿着热裤和背心，后背依然都湿透了。

她将彩页先放到一个人少的角落，随后捏了一叠，看周围没有城管的迹象，便吸了口气走出去发。起先人们并不怎么关注，也不愿意接，这样发传单的人太多了，天天接的话拿回家都可以码成一摞书。林琅念大学时学校做课题，被逼着做了半天这种活，最后还因为脸皮薄把所有的传单丢给了宫辰，让她帮忙去发。

可现在，宫辰是不可能来帮她做这种事了，她也没钱请人做，只能靠自己。

每发出一张传单，她都会特别向对方介绍几句，有年轻男性因为她长得漂亮给点面子听一听，但她感觉对方去的可能性很小，她的主要攻略对象还是女性。

一直到中午，林琅发出去的传单数量有限，她把事情想得太简单了。有的人虽然接了传单，但没走几步就又扔在地上，她还得再去捡回来，毕竟这样丢着不但浪费钱，还污染环境。

她肚子很饿，天气又热，开始有点儿头晕，于是坐到路边的长椅上休息，将传单放在大腿上，不断地抹着额角的汗水。

以前她哪里受过这样的苦，只要随便拿出点儿钱，有的是人会帮她安排好一切，可现在呢？什么事都要亲力亲为，就是因为没钱。

林琅捧着脸低下头，心情特别低落。一种浓浓的挫败感向她袭来，她发现很多事根本不像想得那么简单，那么容易实现，就比如发传单，五百张传单发到现在，也就发出了一百多份，晚上又能有多大的效果？

这个道理同样适用于报仇上，她的那些所谓复仇计划，又有多少可行性呢？会不会不但没夺回本该属于他们家的一切，反而把自己赔进去？林瑞正可以隐忍四十几年只等这一日爆发，她难道也要等四十年吗？

四十年后，林瑞正怕是都已寿终正寝，她也变成了老人，还能怎么样？

她真的太失败了，失败到连一个能让她说一句“我身边只剩下你了”的人都没有。

指望胡淡淡那些朋友吗？

如果指得上，她现在也不会如此拮据，需要把五位数入手的包四位数卖掉。那些做大小姐时的朋友，也只能在她是大小姐时交际，一旦失去了那个身份，再走到她们面前，只是自取其辱罢了。

算了，还可以想这么多，说明她没有中暑。林琅抬起头，抹了抹眼眶，抱起腿上的彩页准备继续发，本来她已经饿了，现在闹心都闹饱了。

只是老天爷好像就想看看她可以坚持到什么地步，偏偏在这一秒，她遇见了胡淡淡，还有她的堂妹林菁。

两个人亲如姐妹般在外滩上自拍，身后跟着的保镖和随从为她们撑着遮阳伞，那架势，跟拍时尚大片似的。

其实林琅没发现，这里不是只有林菁和胡淡淡，还有另外一个人。那人站在角落处看了她很久很久，只是她一直没觉察。

谢瑾年手里拿着一张别人丢在附近的彩页，上面是他的照片，旁边的文案连他都不得不拍手叫好，但凡有人仔细看了，免不得都会想晚上到如意戏楼去瞄一眼，瞧瞧那位活生生的“非物质文化遗产”的表演。

她其实没必要做这些。他们之间不过是租客与房东的关系，她没有必要为他付出这么多，只为了他演出时会有更多人来捧场。

林琅也没顾虑太多，她想这么做，也就这么做了。

就像现在，林菁发现了她，拉着胡淡淡一起来看笑话，她依然波澜不惊地发着她的彩页。林菁多次叫她的名字都没有回应，她最看不得林琅这副高高在上的样子，她现在凭什么？她还有什么？她现在只配被踩在脚下。

林菁一来气，直接抬手将林琅怀里的彩页全部打掉，林琅花钱印出来的东西就这么全都散落在地上，谢瑾年的照片印在上面，被路人用脚踩过，她心里特别不舒服。

“想不到你现在沦落到要替广告公司发传单的地步了？你早说啊，我怎么都会帮你一把的，给你几万块钱，对我来说就像踩死一只蚂蚁那么简单。”林菁掩唇轻笑，眉梢眼角都是对她的不屑。

林琅瞥了一眼陪在她身边的胡淡淡，她尴尬地转开头，虽然没出言相助，但至少没落井下石。

这就足够了。

林琅蹲下来将彩页一张一张捡起，有被别人踩脏的地方就用手抹掉，林菁看她这样，没来由的烦躁，大约是天气太热的关系吧。她懒得和林琅在这耗着，林菁手朝后一伸，立刻有了解她的人递上钱包，她从里面掏出一叠现钞，朝林琅身上一丢，嘲讽道：“拿去花吧，我亲爱的姐姐，可别说我没帮你啊。”

刹那间，漫天的百元大钞在飞，可林琅看都不看一眼，继续捡她的彩页。

全部捡完，林琅码了码，转身离开了。

林菁本该有一种胜利者的快感，可看着她淡漠的背影，怎么都觉得自己才是败下阵来的那个。

谢瑾年一直在不远处看着，始终都没有要出去的意思，因为他很清楚，这种情形下，他的出现固然可以给林琅解围，却会给林菁更多发挥的空间，免不得会说出什么难听话。

林琅这样不声不响地离开，对他们任何人来说，都是最好的结果。

这个社会很现实，现实到你不认命都不行。

谢瑾年低下头，看着手里的彩页，转身朝如意戏楼的方向走去。

十二

离开江城外滩，林琅去了别的地方继续发传单，下午三点多回家的时候，她才发完三分之二，剩下的三分之一被她藏在柜子里。

她洗了个澡，拿凉毛巾敷着额头，打开笔记本电脑，开始搜索江城本地的梨园论坛。

光发彩页只是线下手段，要想真的有效果就得线上和线下相结合，她发彩页的效果不是很好，那今天下午就得在论坛上多下下功夫。

她先是在每个论坛都注册了账号，随后开始将手机里的照片导入电脑，又让广告公司把彩页的图片文件传给她，然后便开始在各个论坛里联系版主。

虽然毕业之后就很少再使用这些营销手段，但还不至于全都忘掉，要想发了帖子不被删除，就得先联系版主。等待版主回复的空当，她开始在 Word 文档里写文案。快写完的时候，一个正统的江城本地戏曲论坛的版主回复了她，对方十分疑惑地问她，今晚如意戏楼不是不演戏吗?

林琅愣了一下，难不成是谢瑾年反悔了？说起来，他好像还真的没有确切答应过她。

管不了那么多，事情到了这一步，如果失败那她之前的努力就全白费了，只能先说通版主。

凭着三寸不烂之舌，林琅说服了论坛版主，将自己的文案写完后发布出去，还置了顶，很快就有人回帖。虽然大多在质疑谢瑾年是否真的有那个水平，但也有不少在赞美他的扮相，这里到底还是有些懂行的人，后面陆陆续续有知道谢瑾年的人跟帖，等她把几个论坛全部谈妥发完，已是下午六点，最开始发的正统戏曲论坛里的帖子都飘红了。

下面就该进行最后一道工序。再去确定一下，今晚谢瑾年到底肯不肯上台。

林琅拿掉脸上变热的毛巾，感觉体温很高，但她完全不觉得自己会生病，这大热天能有什么病?

她走出门，身上还是洗完澡换上的宽松T恤和短裤，那双修长笔直的大白腿就那么白生生地露在人前，别人看见她，肯定不是先看脸或者其他什么地方，而是先看那双腿，而且但凡正常男人，都会或惊艳，或垂涎，总之，不会无动于衷。

谢瑾年大概不是个正常男人，否则他怎么会无动于衷。

“谢老板。”林琅敲了门才进屋，虽然没得到允许，但坐在里面的谢老板已经瞧见了她，她也不算不请自入。

“喝茶呢！”林琅在他对面坐下，谢老板永远都那么从容的样子，那张眉眼如画的脸始终平静无波，似乎没什么东西会引起他的关注。

谢瑾年没说话，但他翻起一个茶杯，提起茶壶慢条斯理地给她倒了一杯茶。

为什么说是给她倒的呢？因为他倒完之后推到了她面前。

“喝。”他言简意赅。

他突然这么客气，她还有点儿受宠若惊，端起茶杯喝了一口，茶香四溢，温度适宜，是消暑的好东西。

“很好喝。”林琅放下茶杯就直说，“昨天的事考虑得怎么样了？一会儿就该七点了，咱们出发吧？”

谢瑾年穿了件黑色的长褂，上面绣着大片精致的雪白梅花，配上他无暇的肤色，唇红齿白的公子哥模样，自骨子里透出来一股清高傲岸，令人着迷。

“你觉得呢？”

他声调优柔地反问，唇齿间噙着一抹似有若无的浅笑，像是乐意的，又好像在嗤笑她。

林琅忽然沉了脸色，她看了他好一会儿，才不容置疑道：“今天你去也得去，不去也得去。”

谢瑾年微微眯眼，长长的睫毛，轻抿的薄唇，无一处不精致，无一处不晃人心神。

“跟我走。”

林琅站起来抓住他的胳膊，就那么拉着他往外走，她大概是心里执念太深，竟未察觉他丝毫没有反抗。庄奶奶这会儿没在家，也顾不上告诉她，林琅生怕她一松开谢瑾年的手他就会立刻回去。

从四合院到如意戏楼这一段路，她走得又快又急，一路上不少人围观他们俩这架势，她好像一点儿都不在意，直到看见如意戏楼的招牌，她才稍稍有些松懈，放开谢瑾年的手。

她手心都是汗，攥得他的手都有些潮湿，谢瑾年站定脚步，从口袋取出手帕。她扫了一眼，本以为他是要自己擦手，心里正腹诽这男人可真讲究，活得比女人都精细，却瞧见他漫不经心地执起她的手，摊开她的掌心，就那么一下一下将她手心的汗擦干净。

林琅有些发怔，他擦完之后直接把手帕塞进她手里，替她合上了手。

只听他淡声说："洗干净再还给我。"

语毕，他转身走进戏楼，不多会儿庄奶奶从里面走出来，笑盈盈道："小林啊，你可来了，快进去吧，都准备好啦，这还不到七点，里面就坐满了人，我说什么来着，我们家谢老板啊，那可是名角儿！"

林琅站在门口朝里看了看，果然，昨日冷冷清清的厅堂这会儿都坐满了人，大多都是年轻人，少有上年纪的，候场的时候大家都在聊天和嗑瓜子，场面虽然有点儿混乱，但这热热闹闹的看着总比昨天好。

"您早就来了？"林琅回眸看向庄奶奶问道。

庄奶奶点头说："是啊，三点多的时候我就过来了，本来谢老板让我晚上到就行，但我想着今天是正式演出，肯定有很多人，所以想提前到帮帮忙，这一来可算是来对了。"

林琅恍然，原来谢瑾年已经准备来了，她还生怕他不来……可既然他要来，戏楼这边应该早就得到通知了，怎么还会发布今日没有演出的消息呢？

难不成是那个版主把时间搞错了？怎么会？

心里虽然疑惑，但眼下场面火爆，说明她的努力没白费，林琅心情也好了很多，和庄奶奶一起进去帮忙。

她最近是越来越不修边幅了，以前做千金小姐的时候，不化妆不换衣服是绝对不出门的，可现在……瞧瞧自己身上的 T 恤短裤，林琅叹了口气，这样穿其实也挺舒服的，至少和周围的人没有半点距离感，她这也算是融入社会了吧！

后台，戏楼管理员正在谢瑾年的化装间里说话。

他客客气气地给谢老板描述了外面的情景，又好奇地问道："谢老板怎么忽然又允许放观众进来听戏了？"

这位角儿很不一样，如意戏楼每天开戏都有不少人来看，不管这天是哪位角儿在，总不会有冷清的时候。

可每次谢老板打算登台，总会封楼，不准任何人进来，他的老戏迷也不准，他就一个人在那唱。

有意思的是，那位从不现身的戏楼老板就那么容着谢老板折腾，丝毫不在意封楼会损失收入，这不得不让负责管理戏楼的人感到好奇，他们究竟是什么关系。

其实，他们是什么关系已经不重要，最重要的是，今天戏楼开了，外面的人都被放了进来，谢老板几年来头一回，要公开唱戏了。

在外面好不容易有空歇会儿的林琅也有点儿忐忑。

今天是谢瑾年正式公开登台的日子，不知道最后结果会如何。不过最终结果怎么样也不重要了，她兑现了她的承诺，给了他一个惊喜，这就足够了。

现在的她能承诺的不多，能做到的也很少，可以实现承诺，让她觉得自己还是有价值的，尽管过程有点儿辛苦。这件事让她对未知的明天又重燃了信心，闲了这么久，她也得工作了，即便前路再艰苦，哪怕要淌着血走，她也要试一试，否则她永远不知道自己到底可以坚持到什么地步。

今天谢瑾年要唱的是京剧名段《锁麟囊》，是"四大名旦"之一程砚秋先生的代表作，讲述了一个善良的富家小姐，在富贵无常的人世中，如何因当年的仗义助人而得报恩和救助的感人故事。

说来也奇怪，当谢瑾年登台开唱，台下瞬间从喧哗变得寂静，最后又满场喝彩。他站在台上，雌雄莫辩，水袖青衣，眼神有时会落在她身上，虽然总是一闪而过，感觉不到刻意，但她却觉得她是受关注的。

戏文里的一句一句，还有《锁麟囊》最后那落难的富家千金薛湘灵种善因得善果的美好结局，让她觉得他在向她表达着什么。

其实她的遭遇和薛湘灵差别并不大，他是在说，她会像薛湘灵一样，有一个好结果吗？

林琅再次抬头望向舞台，上了扮相的谢瑾年仿若真就是那颠沛流离的薛湘灵，雅致独特的声腔，抑扬顿挫的唱词，嗓音那么悦耳，在座的观众都能从他的唱腔中感受到世态炎凉，也跟着他的唱词在薛湘灵的人生峰回路转时感念人间真情，整颗心都被抓住了。

林琅全神贯注地望着他，心弦波动，轻微到几乎无法察觉，可它却好像蒲公英的种子，分散到了她身体的每个角落，融入血液。

十三

这大概才叫真正的演出。

两层的戏楼都坐满了人，戏唱完了，还有不少人蜂拥到后台，想要一睹“薛湘灵”的风采。送给谢老板的花，从戏台都排到了化装间门口。

林琅站在人群外围，瞅着不太能挤得进去，她也没去凑那个热闹，一个人走出戏楼，坐到靠边的台阶上，确保自己不碍事了，才双手托腮，望着已经黑下来的天发呆。

今天天气还不错，晚上月朗星稀，微风阵阵，不见半丝白日的炎热气息，她摸摸胳膊，坐久了还觉得有点儿凉。

戏楼开始有人陆陆续续地离开，看见她时偶尔会侧目，毕竟是个肤白貌美大长腿的美人儿，无论是否单身，男士们都难免会打一点儿主意，有性格开放的已经上前搭讪。

“美女，累了？我开车送你回家啊。”那人半弯着腰，拿着车钥匙按了一下，不远处的停车位上一辆奥迪闪了闪。

林琅轻嗤一声，冷淡地说：“我等人，谢谢了。”

那人被她不屑的表情激到了，感觉自己尊严受到了挑战，本来也不是非带她不可，这下好像较劲一样不肯走了。

“你穿这么少坐在这是在等谁啊？不就是等哥哥我吗？”他干脆也半蹲下来，笑眯眯地睨着她露在外面的长腿，眼神相当猥琐。

林琅皱皱眉，本想站起来离开，这种时候多一事不如少一事，但她还没来得及站起，一件外套就披在了她身上，黑色的底，面料光滑舒适，带着些凉意，面上绣着精致工整的雪白梅花，她下午才见人穿过它，是谢瑾年。

林琅倏地抬头，果然看见已经卸了装的谢老板云淡风轻地站在门口，修长的手朝她伸过来，若无其事道：“走了。”

林琅下意识握住了他的手，借着他的力气站起来，方才调戏她的男人摸了摸鼻子，扫兴地转身走了。谢瑾年蹙眉睨着他的背影，随后望向林琅，那眼神好像在说，这种人也配来听京戏？

林琅没说话，挽住他的胳膊往回走，谢瑾年低头看了一眼，扯了几次没扯回来，索性作罢。

他们回到家，庄奶奶已经被戏楼的人开车送了回来，瞧见他们挽着手走进门，顿时喜笑颜开：“哎呀，真是阳春白雪，夫唱妇随。”

此话一出，谢瑾年下一秒就抽回了手，也没和庄奶奶打招呼，径自回了房间。

庄奶奶也习惯了，拉过林琅说：“小林，今天累坏了吧，奶奶给你做晚饭去，说吧，想吃什么？”

林琅捂着肚子说：“我现在不饿，下午吃饭吃得晚，今晚就不吃了，庄奶奶您别管我了。”

“那怎么行？你不吃饭，待会儿谢老板该怪我了。”庄奶奶皱着眉。

“怎么会？我不吃饭，他为什么会怪您？那是我的事。”林琅说完，掏出手机道，“庄奶奶，我真的不吃了，我先去打个电话，有事要做。”

见她如此，庄奶奶也不好再勉强，目送她进了屋，琢磨着这两人准是害羞了，一个不吃饭，一个不出门，还真是性格相投。

林琅不吃晚饭是真的不太饿，她身体有点儿不舒服，精神状态不好，又不愿意说出来惹庄奶奶担心，所以便找了借口，打算洗个澡早点睡。

睡觉之前，她还有一件事要做，那就是给宫辰打个电话。

她已经想好了，事情不能再拖下去，暴露配方的事她是绝对不会干的，但她可以承诺给一点儿别的。

接到林琅电话的时候，宫辰还在公司忙着处理文件，林瑞正掌控林氏集团后采取了一系列新动作，打得他措手不及，让他焦头烂额。

看见林琅的名字，他心头一松，虽然他上次嘴硬没说什么，但林琅如果可以来宫家的公司，说不定还真有作用。

电话接通后，林琅先和对方寒暄了几句。

“前几天我没去上班，不好意思了，因为有点儿急事要处理，也得好好考虑一下你的建议。”

她这么说宫辰并不意外，他直言道：“如果可以，我希望你明天就来上班。”

林琅沉默了一会儿说：“但我不能把配方给你，无论如何，那是我长辈的心血，如果我为了报仇而把它给了外人，我想他们的在天之灵也不会原谅我。”

宫辰烦躁地皱起眉，半晌才说：“那你觉得自己还能给我带来什么利益？”

林琅冷静地说："难道我的价值就只是一个配方吗？宫先生，不瞒您说，我前几天通过电子邮件联系了胜华实业的贺总，贺总知道我要跟您合作的事，已经答应会把跟林氏集团合作的原材料供应生意转到您的公司，今后胜华实业所需的一切建筑材料都会从宫先生集团旗下的公司购置，这应该会是一笔不小的进账了吧。"

宫辰恍然，她还算是有诚意的，虽然不肯透露配方，但至少带来了一笔大订单。

"但我还是打算让你先从餐饮部做起，你觉得呢？"宫辰问她。

"可以。"林琅答应下来，"做餐饮就做餐饮，这一行我没接触过，可能一开始会做不好，宫先生多多见谅。"

宫辰慢慢说道："林琅，我们怎么也曾经是同学，你也不用和我那么客气。你现在住哪里？需要的话，我可以给你配车和住所。"

林琅透过窗子看了看夜幕中安安静静的院子，轻声说："不用了，我住在疏影路的四合院，挺好的。至于上班，我可以自己坐地铁去。"

宫辰像是有点儿惊讶："你会坐地铁？"

林琅轻哼一声："何止，我现在会的可多了，到时候你就知道了。"

宫辰一笑："那我就拭目以待了。"

林琅和他道别，随后就挂了电话，宫辰看着落地窗外的夜幕，时间也不早了，他该回去了。

关了灯，离开办公室，整栋大楼都安静异常。他乘电梯下楼，出门时保安殷勤地打招呼，他礼貌地点了点头，到地下停车场拿车，上了地面本准备回家，忽然想起了林琅的话，车子的方向便不自觉转向了疏影路。

疏影路靠近外滩，那里会有四合院？

宫辰来到江城外滩，顺着疏影路往里开，很快车子就进不去了。他有点儿不甘心，到这会儿都没瞧见什么像样的四合院，他坚信林琅那样的人就算再落魄也不会住在那种危房里，所以干脆停下车，步行遛弯。这会儿出来乘凉的人挺多，大伙儿看见胡同里忽然多了个西装革履气质不凡的陌生人，不免驻足围观。

快要走到尽头时，宫辰正打算放弃，忽然看见前面挂着一盏古典灯的院门打开了，穿着短裤T恤的女孩从里面走出来，按着额角，手里提着垃圾，放到固定收垃圾的位置后，捂着脸精神不太好地走了回去。

宫辰有点儿失神，他还是第一次见到这样的林琅，那么接地气，那么……平凡。

当然，她还是美丽的，可她应该是张扬而美丽的，如今却落魄成这个样子，他都有点儿接受不了。

他走上前，站在四合院外面，想上前敲门，又有些犹豫，最后还是扭头走了。

算了，反正第二天就能见到她，到时候再说。

只是，他的预估出了问题，第二天林琅还是没来上班，餐饮部经理打电话说没接到人，宫辰挂了电话马上就联系林琅，可电话响了半天也没人接，搞得他又气又急。

倒不是林琅故意上班第一天就旷工，而是真有不得已的原因。

也不知是不是昨天太累了，又或者是有点儿中暑没在意，晚上又穿得很少出去吹了风，反正第二天早上她就彻底病倒了，头疼欲裂地躺在床上，听见电话响，迷迷糊糊地想起来，可浑身一点儿力气都没有，说句话都费劲。

庄奶奶做了早餐，等了好久都不见林琅出来便过来敲门，敲了好一会儿也没人回应，便推门进去，瞧见林琅病得起不来，她惊呼一声，立刻转身去喊谢瑾年，神知道为什么生病了不去找医生却找谢老板。

谢瑾年被拉到林琅的房间时，看见她勉强睁开了眼，想去拿手机。他顺势递给她，扫了一眼手机屏幕，十来个未接电话，都来自同一个人——宫辰。

看名字，应该是个男人，一大早打电话，应该是有事吧。

“这孩子烧成这样，肯定是昨晚着凉了，天气虽然热，可夜里还是有风的，女孩子身体弱，不能总穿得那么少啊。”庄奶奶担心地说，“我去拿药，谢老板在这照顾她，真是的，太可怜了。”

庄奶奶念念叨叨地走了，屋子里只剩下林琅和谢瑾年，生病的人努力想要拨出电话，谢老板在一边看了好久，不得不伸手帮忙。

“要和他说什么？”

他问着，眼神波澜不惊，看不出多么担心，林琅脑子发胀，心里发疼。

“告诉他我生病了，明天再去报到，谢谢。”她说完就转开了脸，似乎很难受。

谢瑾年接通了电话，还没言语，那边就劈头盖脸一顿指责：“林小姐你到底搞什么鬼，说好了今天来上班，怎么又没来？你到底还想不想合作了？”

谢瑾年安静片刻，道：“我不是林琅。她让我告诉你她生病了，明天再去报到，谢谢。”

他转述完就挂了电话，转述内容一字都不差，相当尽职，可惜林琅没力气夸他。

因为发烧，林琅不断地踢被子，难受地在床上打滚，宽松的T恤拉扯开来，露出大片大片光滑紧致的肌肤，胸口的隆起也露出端倪，谢瑾年立刻移开视线，又看见了她雪白的腿。

他皱皱眉，起身拉起被子替她盖好，林琅生了病，人就特别脆弱，本来就不舒服，满头是汗，还被强迫盖被子，迷蒙中带着鼻音说了句："不要，热。"

谢瑾年按住她反抗的手，将被子盖好，然后直接坐在床边，微凉的手贴在她两颊上，轻柔说道："好些了么？"

林琅缓缓睁开眼，视线模糊地望着他，阳光洒在他身上，映得他像会发光一样，她当时就做了一个决定。

这个男人，是她的，非要不可。

十四

生病的人好像就是有资格无理取闹。

林琅躺在那里，有些热的手抓着谢瑾年的手腕，直到庄奶奶端着水杯和药走进来也不肯放手，好像怕他就这么走掉似的。谢瑾年瞥了一眼庄奶奶，看见对方带着揶揄的笑容，他微微颦眉，再次试着抽回手，又失败了，干脆作罢。

“谢老板，喂林丫头吃药吧，我去外面给她热点儿粥。”

庄奶奶随便找了个理由把水杯和药塞给谢瑾年，谢瑾年一只手被林琅拉着，另一只手接过水杯，药放在了床头的柜子上，用瓶盖盛着，随后庄奶奶就走了，还不忘替他们关上门。

谢瑾年又试着抽回手，林琅眯着眼看他，一脸委屈的表情，火热的脸蛋不断蹭着他的手掌心，带来柔软微痒的触感，他平静如水的心终于有了波动。

“放手，吃药。”

天生就是一副动人柔和的嗓音，仿佛有着蛊惑人心的能力，林琅虽然不情愿，但还是松开了。

“你别走。”她开口说话，声音沙哑，实在不怎么好听，但语调里的难受和不舍却让人无法移动脚步。

谢瑾年没说话，却也没离开，他将林琅从床上扶起来，林琅顺势靠在他怀里。他穿了件靛蓝色的外套，模模糊糊可以看见外套上绣着的花鸟图案，漂亮极了。

他总是活得那么清贵优雅，时过境迁，现在国人大部分都被外国文化埋葬，衣食住行都开始西化，可谢瑾年却永远以不一样的态度生活着，快节奏的繁华都市里，他像是最后一片净土。

“吃药。”

谢瑾年托起她的下巴，她低头就着他的手将药服下，唇瓣不可避免地碰到了他的掌心。谢瑾年的手顿了一下，片刻后收回，面不改色，那么淡然，林琅自愧弗如。

“谢老板，你说我会不会就这么死了？”

她说着混账话，引来那人皱眉。

“胡言乱语，这点儿小毛病都可以丢命，那你的命也太薄了些。”

也不知是不是心理作用，药物的疗效应该没有那么快吧，为什么听着他的话，她就感觉身体舒服了很多?

“你放心，我一定会好好活下去的。”

她努力睁开眼看着他，他紧锁眉头，面容冷峻。他总是这样，明明笑起来很好看，却不怎么喜欢笑，偶尔勾勾嘴角，也是一个嘲讽和厌烦的弧度，但就是这样的他，却愿意不厌其烦地在她生病任性的时候陪着她，还喂她吃药。他那么讨厌别人靠近，现在却没推开自己，这让她感觉仿佛生命之海里重新有了灯塔，他高大明亮，在辽阔的海上一眼就能看见，令人心安。

也许，感情是要有一定寄托的，当她最信任的父母离去，又接二连三地遭受到背叛和打击，已经很难相信任何人了。但这个人不一样，他们毫无干系，现在的她也不能给对方带来任何利益，甚至今后还要麻烦他很多事。常言道："锦上添花时时有，雪中送炭世间无。"面对这样的人，她很容易将所有无处安放的感情寄托在他身上，这份感情的重量，也许会压得人难以喘息。

"我一定会好好活着，夺回属于我们家的东西，然后……"药效上来，林琅开始犯困，她强撑着精神凝望谢瑾年，后面的话声音小到她自己都听不见。

谢瑾年轻轻抚过她一头乌黑柔软的发，极具东方古典美感的脸上不见一丝多余的表情。

他轻轻慢慢地说："有句话说，复仇的火神会迈着瘸腿而来。意思是，犯了错的人，即便会有所耽搁，但终将得到惩罚。"他低下头，睨着她快睡着的脸，声音轻得好像在催眠，"正义会迟到，但不会缺席。"

林琅懵懵懂懂地抓住他的手，呢喃道："你别走……"

话音落下良久，她似乎听见了他的答复，又或者那是她的幻觉。

总之，她听见那个熟悉悦耳的声音说："我在，不走。"

宫辰放下手里的事情从公司出来，驱车前往昨夜发现的那间四合院。

进入胡同前，他停下车步行前进，白天的胡同人多了一些，都是上了年纪的在乘凉和散步，他这么年轻英俊，不免会引起关注，但宫辰是那种被关注惯了的人，对这些不带恶意的视线并不理睬。

到达林琅居住的四合院时，已是上午十一点，他看看手里提的药，想起那个接电话的男人，不确定她现在是否安全。

他可能想太多了，但这不能怪他，林琅目前的处境就是这么危险。林瑞正现在还算有点儿良心，没有让林瑞程断子绝孙，给他留了这么一个女儿。但这个女儿已经长大，仇恨会记得清楚，断草不除根，春风吹又生，保不齐哪天林瑞正会为了以后高枕无忧的富贵生活而把这最后的“根”也除掉，他的担心是有必要的。

走上台阶，宫辰抬手敲了敲门，等了两三分钟都没人开门，于是又不厌其烦地敲了几次。

过了约莫五分钟左右，门才被打开，一个老太太站在里面疑惑地问：“请问您找谁？”略顿，她自说自话道，“啊，您是想租房子吧？抱歉啊，我们已经租出去啦，没有要出租的房子了。”说完就要关门。

宫辰阻止了她，面无表情道：“你看我像是需要在外面租房子住的人吗？”

庄奶奶一怔，上下打量了一下宫辰，的确不像，于是她皱着眉说：“那你敲门做什么？”

宫辰越过她朝里面望去，淡淡道：“我找人，林琅是不是住这里？”

庄奶奶表情变了变，半晌才说：“你是她什么人？”

宫辰皱眉，不悦道：“你只是她的房东吧，我有必要告诉你我和她的关系吗？请让开，我是来看她的。”他想进去，可高傲的态度让庄奶奶心生不喜，站在那不肯让步。

“你这人真有意思，这是我们谢老板的房子，哪里是你说要进就能进的？你要找林丫头，那好，你怎么不提前打电话跟她打个招呼？我都不知道她认识你这样不懂礼貌的人。”庄奶奶已经完全把林琅当作了自己人，那可是谢瑾年未来的夫人，如今来了这么一个来路不明的野男人，还一副高高在上的样子，庄奶奶实打实地不喜欢。

宫辰垂眼看向她，一字一顿道：“她今天本来要去我那里上班的，但是她生病了没能报到，我接到电话过来看看她，这有问题吗？”

庄奶奶还没回答，一个男声便回答了他。

“没有问题。”

庄奶奶回头，谢瑾年站在院子里，漫不经心地扫了一眼宫辰，昂贵的西装，高挑的身材，举止优雅，养尊处优，傲慢冷漠的样子一看就是常年处于决策地位的人。

他听见了对话，宫辰应该就是早上不断给林琅打电话的人。

“让他进来吧。”谢瑾年淡声说了句，便抬脚回了他的房间，关上了门。

庄奶奶还是有点儿不乐意，板着脸说：“林丫头发烧了，现在吃了药在睡觉，你就在外面看一眼，别进去打扰她了。”

宫辰其实只是想确定一下林琅是否安全，如果她安全他当然没有那么多闲暇时间留在这里围观她生病，可看庄奶奶这副不情愿的样子，他的好胜心被激了起来，冷着脸说：“你们对她倒是很关心，我替她谢谢你们。只不过，我和林琅的关系比你们更深，还轮不到你们来要求我不要靠近她。”他走到院子里，回头问庄奶奶，“她住哪间房？”

庄奶奶冷着脸指了一个方向，随后便回了房间，院子里只剩下宫辰，他皱皱眉，遭人嫌弃的感觉真是很久都没感受过了。

顺着对方指的方向走去，上了台阶，打开房门，走过隔间，他看见了躺在床上已睡着的林琅。她额头盖着毛巾，脸色苍白，嘴角却勾着，大概是做了什么美梦。

“还真是病得不轻。”

宫辰走到床边坐下，抬手贴了贴她的脸，林琅立刻凑过来，眯着眼呢喃了一声：“谢老板……”

宫辰一怔，立刻想到方才开门的老太太说的话，她提到房子是“谢老板”的，林琅又在病中叫那个人的名字，难不成他们……想起进来时看见的那个男人，宫辰眉头皱起，收回手，最后看了一眼林琅，抬脚离开。

庄奶奶一直在房间里观察外面的动静，见他走了，便立刻小步跟上去，一直追踪他到巷子口，见他上了一辆很豪华又很长的车，心里酸得不行，回去之后便立刻向谢瑾年复述了一遍。

“那个人好嚣张啊，开着个黑色的大铁盒子就了不起了，那车子前面还竖着个小人，就像这样。”庄奶奶将双手朝后一伸，做了个好像要起飞一样的动作，“还有小翅膀呢！”

庄奶奶不懂车这东西，也不晓得那是什么车，不过她这样惟妙惟肖地模仿，倒是让谢瑾年猜了出来。

劳斯莱斯。

有钱人，高傲一些，难免。

说到底，她和他，不是一路人。

他端起茶杯晃了晃，嘴角勾着，却冷冰冰的。

十五

林琅一直睡到晚上才醒，她下意识地伸手去摸身边的位置，那里空荡荡的，她倏地睁开眼，谢瑾年早就不在了，说来也是，人家还真能在这里陪她一天不成?

林琅从床上爬起来，走到桌边倒了杯凉白开喝，揉了揉头发出门，想去洗手间洗脸。

庄奶奶这会儿正在院子里的菜田里忙活，听见动静就回了一下头，她看上去心情不好的样子，和林琅都没打招呼，转回头继续忙。

对于庄奶奶忽然的冷漠林琅还有点儿不适应，脚下的方向不自觉从洗手间变成了菜田那边，站在菜田外柔声打招呼："庄奶奶，这么晚了还在忙啊，我去洗个脸，出来帮您好不好？"

庄奶奶头也不回说："不用啦，你还生着病，好好歇着去吧。"

她的话听起来没什么不对，可感觉上却差了很多，怎么说呢？以前她和自己说话都是特别亲近和蔼的，现在却冷硬疏离，好像真正的房东和房客一样。

林琅抿了抿唇，从小路上走进菜田，在庄奶奶身边站定，轻声问："庄奶奶，是不是我哪里做得不好惹您生气了？您和我说，我以后会注意的。"

庄奶奶动作顿住，回头看了她一眼，叹口气说："其实跟你没关系。"她站直身子，看着手里的菜，好半天才说，"今天上午你睡着之后，有个人来找你了，高高大大，面上看着倒是一表人才，可人品却实在不怎么样。"

"有人来找我？"林琅诧异道，"谁啊？我没告诉任何人我现在住在这儿。"

庄奶奶皱着眉说："那人可嚣张了，说你今天本来要去他那里上班的，但是因为生病没去，所以他过来看你。"

林琅恍然，原来是宫辰，那应该还没什么大事，只是说："我没告诉他我住在哪里啊，他怎么找到这里来的？"

庄奶奶板着脸道："我不知道，总之，林丫头，我对你印象是不错的，但是这个小伙子却不行，一副趾高气昂的样子，好像我们欠了他钱一样，我们又不是他家里的下人，来这里颐使气指是什么意思？"

林琅可以想象宫辰当时的状态，因为很早以前她也是那个样子，高傲，冷漠，如果不是因为家里有钱，怕是没几个人愿意和她保持表面上的友好关系，现在，她什么都不是了，那些人不来落井下石就不错了。

"我会告诉他，以后不让他再过来了，庄奶奶您放心。"林琅承诺道。

庄奶奶这才缓和了表情，嘟囔道："你去看看谢老板吧，他整个下午都没出来，一个人坐在屋子里，如意戏楼的管理员来找他，他都不出来见。"

林琅愣了愣，马上告辞往谢瑾年房间那边跑，看她这么在意谢老板，庄奶奶颇为欣慰，摘了菜便去厨房准备晚餐。

谢瑾年房门紧闭，屋里倒是亮着灯，人是在的。

林琅敲了几下门，里面没人回应，她加快敲门的速度，声音也大了些，屋里终于传出一个不紧不慢的声音。

“进来。”

林琅推门进去，看见谢瑾年正盘腿坐在榻子上摆弄香炉，手里拿着一根细长的工具，神情十分专注。

“生病了就在屋里歇着，才退烧就出来吹风，什么时候才能好。”

谢瑾年说话时都不看她，眼睛一直盯着香炉，林琅走到他对面坐下，仔仔细细地打量了他好半晌才说：“我好多了，你呢？”

谢瑾年微微抬眼，漫不经心地睨了睨她，轻嗤一声：“我好端端地坐在这，能怎么样！”

林琅无言以对，过了好久才开口：“今天早上来找我的是我即将要去的那家公司的老板，他脾气就那样，态度可能不怎么好，你别放在心上。”

谢瑾年挑香的动作顿了一下，意味不明地笑了笑，说：“你们关系倒是不错，但你不必替他来道歉，我们并无交谈。”

林琅表情空白了几秒，谢瑾年没有必要说谎，那他们应该是真的没交流。

“庄奶奶说你一下午都没出门，我还以为他冒犯了你。”她轻言道。

谢瑾年微微一笑，他是个不喜欢笑的人，今天却笑了太多次，事出反常必有妖。

“没有，老人家闲来无事就喜欢胡思乱想，你不要被她影响，左右我也没别的事，难不成在自己家里待着，也成了奇怪的事？”

他的话说得无懈可击，林琅无处反驳，一口气憋在心头，咽不下去吐不出来，难受极了。

她僵在那儿好久，时不时看他一眼，他不说话，却也不赶人，她又不想就这么走，就那么直勾勾地看着他，他挑完了香便轻轻点燃，烟雾袅袅升起，房间里弥漫着淡淡香气。

那是谢瑾年身上的味道，早上靠在他怀里的时候，她闻过的。

这个年代已经很少有人在衣裳和房间里还要熏香，再讲究也不过是喷点儿人造香水，那味道当然没办法和它相比。

林琅长长地舒了口气，她在屋子里坐了有一会儿了，谢瑾年已经开始看书，他靠在身后的靠垫上，单手撑头，借着屋里的灯光安静地读书。他的模样始终波澜不惊，看不出欲念，也看不出情绪，她最喜欢他这副云淡风轻的样子，却也最不喜欢他用这副模样对她。

“谢瑾年。”

她连名带姓地叫他，倒是鲜有，谢瑾年抬眼睨着她，她对上那视线反而有些慌，唇瓣开合，问他：“你吃饭了吗？”

谢瑾年就那么单手撑头看着她：“你觉得呢？”

林琅噎住，从榻子上下去，说了句“我去帮庄奶奶做饭”就走了，谢瑾年看着她的背影，慢慢收回视线，手里的书根本没翻过一页。

晚上这顿饭，吃得可真是五味杂陈。林琅和谢瑾年面对面，好几次想说什么，可旁边还有庄奶奶，到了嘴边的话每次都咽了回去。

吃完饭，她也没再张罗着帮忙收拾餐厅，谢瑾年离开后她就紧跟了上去。

她一直跟着他到门口，临进门时，谢瑾年停住脚步，回头望着她，无声询问。

“我有话跟你说。”林琅上前，替他打开门，先一步进去，在里面等着。

谢瑾年走进来，林琅现在的精神状态依然不是很好，神情恹恹，脸色难看，与平日里光彩照人的模样相差甚远。

林琅是越来越不注意形象了，她自己也不是没发觉，看谢瑾年无声无息地观察她，突然想回去换个衣服化个妆再来。

“什么事，说了就去休息。”

谢瑾年开口催促，坐在椅子上，纹丝不动，古井无波。

林琅看了他好一会儿才说：“明天，就算天塌下来，我也得去上班了。”

“这是你的事，不必告诉我。”他不痛不痒。

林琅听得心烦，坐到他对面说：“是啊，我知道这是我的事，跟你没关系，但我就是想告诉你，你放不放在心上是你的事。”她站起来，垂眼睨着他平放在桌上的手，特别想上去摸一下，就像今天早上那样，可当她清醒过来，反而没了生病时的勇气。

“我上班之后，中午估计没时间回来吃饭，你帮我跟庄奶奶说，不用给我准备午饭了。”林琅漫不经心地说着，“可能晚上回来也比较晚，赶不上你们现在吃饭的时间，晚上也不用等我了，我会在路上随便吃点儿东西。”

“这些事，你可以直接去告诉她。”

谢瑾年眯眼瞧她，她透过他的眼睛，看见的就是一片无波无澜的深潭，没有别的，这样的认知令人沮丧。

“你要不要买一部手机？这样我以后不在家，如果有什么事，我们联系也方便。”林琅观察他的表情，猜测着他答应的可能性。

“你可以跟庄奶奶联系。”

谢瑾年的话冷淡而凉薄，听得人心灰意冷，林琅吸了口气，说：“那我没事了，先走了。”

说完她扭头便走，来到房门外，她回了一下头，心里特别不是滋味。

这种感觉她非常陌生，对父母没有过，对杨翌承更没有过，未知的事情总让人恐惧。

夜里，谢瑾年出了一趟门。

住在一起的一老一少都睡着的时候，他一个人走在夜幕下的街头，到了一间古董店，小郑等在门口，瞧见他便迎了进去。

“谢老板，我今天在西河桥捡一大漏儿，您瞧瞧。”

小郑递上来一块不算太大的玉，放在手心刚刚好，大概因为他一直攥着，所以玉还有点儿温度。谢瑾年将玉抬起，小郑拿灯靠近照着，他看了一会儿，放下来摩挲了一下，玉的造型挺特别，月牙一样，色泽也好，如果做成坠子，应该很不错。

“花了多少钱？”

他随口一问，小郑便一脸喜色。

“您猜猜。”

谢瑾年扫了他一眼，他嘿嘿一笑，比了一个“一”：“一百块钱。”他兴奋地问，“谢老板瞧着怎么样？值多少钱？”

谢瑾年将玉放到桌上，轻声说：“瞧着像是战国时候的，你还是请个掌眼的来看看，我毕竟是个外行。”

小郑笑道：“哪里，谢老板都是外行，那我成什么了？您太自谦了，那我这回算是赚了？”

谢瑾年点了下头，又看了一眼那玉，忽然跟他说：“明儿你帮我买部手机去。”

小郑一喜：“您终于打算买手机了？每天找您还得联系庄奶奶，是挺麻烦的，像今天，她都睡了，多不好。”

谢瑾年没说话，又将桌上的古玉拿了起来，看了好一会儿，跟小郑说：“卖我。”

小郑一怔，不解道：“您要这么块玉做什么？”

十六

宫辰让林琅直接去餐饮部报到，因为昨晚失眠，今天起来还要赶着化妆换衣服，时间有点儿来不及，林琅没吃早饭，在院子里朝庄奶奶喊了一声，便急匆匆地出了门。

庄奶奶走进餐厅看了看谢瑾年，他靠在那儿拿起筷子，慢条斯理地吃着，另一只手好像握着什么，又好像没有。

挤地铁，真是多长时间都熟悉不了。上班早高峰，身边都是人，上车的时候都是被人从后面强行挤进去的，林琅站稳后拉住上方扶手，一眼望去，密密麻麻的，落魄之后，她还是第一次发现江城的地下藏着这么多人。

因为要上班，林琅穿上了职业套装和高跟鞋，下了地铁到宫辰家旗下的餐厅连锁总部还得走大约十五分钟，而且在地铁上站了太久，走着走着就开始脚疼。

其实她以前是只穿高跟鞋的，但那时候也不需要走这么长时间的路。

忍着疼，林琅上了台阶，推开门走进今后工作的地方，这是一栋七层建筑，宫家旗下的连锁餐饮就归这里管理，大门上方悬挂着“食悦餐饮”的匾额。林琅进门后，一层的接待人员便打电话联系了一个人，那人下楼瞧见她，笑着打招呼。

“你好，我是食悦餐饮的负责人，我叫陈星。”

林琅和她握了握手，自我介绍道：“我叫林琅，陈总你好。”

陈星年纪也不大，三十岁左右，是位十分漂亮的风云女郎，她观察了一下林琅，温和说道：“我已经听宫先生说过林小姐的事了，你跟我上来吧。”

林琅点头，跟陈星一起上楼，两人乘电梯到达顶层，陈星带她进了策划部，指着一个靠窗的位置说：“那是你的办公桌，这段时间你就暂时在那里工作。宫先生的意思是，今后可能还有别的安排。”

林琅没说话，只是继续点头，陈星沉吟片刻道：“是这样的，宫先生的意思是，最近我们在和林氏集团旗下的生态餐饮原料打销量战，看你能不能想个办法把那些从林氏集团旗下公司购买餐饮原材料的客户都拉过来。”

林琅抿了抿唇，这其实很难。她曾是林氏集团的大小姐，对旗下的子公司虽然不曾涉足，但都十分了解。林氏集团旗下的生态餐饮原料公司是她父亲一手创办的，林瑞程的目的是打造无公害无污染的放心饭菜的食材，直达老百姓的餐桌，多年来也做出了不小的成绩，在全国各地都有很好的销量。而宫辰这里三年前才开始做，想把林氏的客户抢走，基本上是痴人说梦。

“我知道了。”林琅最终答应下来，表情始终没有太大变化。

陈星看了她一会儿，笑着说：“那我就等你的方案，你先工作，我回去了。”

林琅与她道别，宫辰出动这边的总经理来招待，也算是给了她面子，毕竟她现在什么都不是，而这样的待遇，同样也让其他员工知道林琅不简单。

有包打听知道猫腻的，便开始一个接一个地偷偷传讯，林琅上班不到一个小时，她是林氏集团原董事长林瑞程女儿的事就传遍了整个食悦餐饮。

她有点儿口渴，又没带杯子，想着茶水间应该有纸杯，便起身去倒杯水喝，刚走几步就发现周边的人总在偷偷打量她。她左右看了看，那些人迅速收回视线，林琅皱起眉没说什么，回到座位上，懒得喝水了。

中午时分，按理说她可以去食堂免费就餐，工作时间和工作福利等安排，行政已经通过电子邮件发给了她，可想起早上那些人的眼神，便懒得去食堂，准备自己出门随便吃碗面。

还没离座，手机便响了起来，一看来电显示，是宫辰，林琅气不打一处来，接起电话来语气也十分冷漠。

“宫先生有什么吩咐？”

宫辰听了，还有点儿不适应，他可能是骨子里头发贱吧，原先高高在上的公主殿下忽然对他这么尊敬，他还挺不是滋味的。

“第一天工作感觉如何？病好点儿了吗？我在楼下，你下来，我们吃个饭。”

林琅透过窗子朝外看，果然看见宫辰开着他的劳斯莱斯等在外面。林琅看了一眼其他人，大家都陆陆续续下楼，她正好想和宫辰说说这件事，便答应了下来。

于是，有同样不吃食堂离开公司去吃饭的人，就瞧见策划部新来的林小姐上了大老板的车扬长而去，早上的八卦秘闻顿时又多了几千字，精彩极了。

“为什么你要把我的身份告诉你的员工？”林琅一上车就兴师问罪，脸色很难看，“你是觉得这样显得你很有本事吗？把以前不可一世的人踩在脚下，宫先生好大的威风。”

宫辰本来心情不错，听完她的话瞬间跌入谷底，冷着脸说：“我看起来是那种嘴碎的人吗？”

林琅别开头望向车窗外，其实她觉得也不太可能是宫辰，她更多的是想试试他，最好能刺激他，只要刺激一次，下一次就不会再有人来烦她了，因为他会为了面子把一切都处理好，至于他心情好不好她就管不着了，反正她不希望每天在未来要长时间工作的地方被人围观。

“林小姐别忘了，我们是对头公司，你的美名在我们公司虽不说是人尽皆知，但也是小有名气，当然了，如果这给你造成困扰，我会帮你解决的。”宫辰绷着脸说。

林琅等的就是这句话，这才客客气气道：“那就麻烦宫先生了。”

宫辰冷哼一声，将车子停在一间西餐厅外，餐厅上方的匾额上有隶属于食悦餐饮的标志。

“下车吧。”

宫辰说完便开门下去，守在门口的迎宾自然不会不认识老板的车，瞧见老板来了，一面留人接待，一面马上去通报这间餐厅的负责人。

林琅已经很久没有吃过这么正经的西餐，享受过这么好的服务了，点菜吃东西的时候，居然会觉得陌生。

宫辰一直在不露痕迹地看她，上班之后，她倒是和以前没两样，名牌套装，精致妆容，笑不露齿，仪态万千，有点儿以前林小姐的样子。

吃西餐时她还是那么优雅，但骨子里那股傲气却不见了，在经历了巨大打击和变革之后这段不算长的时间里，这个女孩快速妥协，快速改变，他竟然觉得有点儿悲哀。

四合院里。

庄奶奶看着一桌子菜，只有她和谢瑾年两个人吃，心情很低落。

“林丫头不在家吃饭，怎么觉得冷冷清清的！”她低语道，“怪不习惯的。”

谢瑾年动作很慢地吃饭，轻声说：“以前不也只有我们两个人，也没多长时间，您怎么就不习惯了？”

庄奶奶瞪了他一眼：“你这孩子，我都不知道该说你什么才好，林丫头摆明了是喜欢你，你老是这么清清淡淡不回应，搞不好她就跑了。”说起这个她就有点儿着急，“你看那天来的那个男孩子，长得又高又帅，看起来还很有钱，要是林丫头跟那个男孩子在一起了，你哭都没地方哭去。”

谢瑾年搁下了筷子，望向庄奶奶，一字一顿道：“我和她，不是一路人。”他起身离开，走之前丢下一句，“不要再将我和她扯在一起。”

庄奶奶愣了愣，望着他的背影喊道：“哎，不扯就不扯，你倒是把饭吃完啊。”

谢瑾年没回应，直接回了房间，四合院里一片寂静，透过窗子往外看，除了偶尔被风吹动的植物，没有一点儿生气。

以前不觉得这有什么，但现在这是怎么了？

谢瑾年望向天空，天阴下来，傍晚可能会下雨，林琅走时有带伞吗？

他从口袋取出小郑今天送来的手机，操作起来还不太熟练。手机里空空的，只有主屏幕上的天气显示变成了下雨的图标。

看来晚上真的会下雨，没有带伞的人怎么办？

她病才刚好一点儿，没有休息就算了，如果再淋雨的话，岂不是要加重病情？

谢瑾年皱起眉，这其实与他无关。他何必多费心思，去管无关紧要的人？

傍晚下班的时候，下起了大雨。

林琅看着办公室的人一个个离开，而她没人接，也没有伞，要冒雨步行十五分钟去地铁站的话，一身衣服肯定全都得淋湿。

她倒是不在意身体，感冒发烧的话吃个药就好，可这一身衣服价值不菲，若是以前被淋一下她倒不会心疼，现在却今非昔比了。

下了楼，在门口看着越来越大的雨，她心凉了一半。

没人会来接她，现在只能靠自己，雨一点要停的意思都没有，如果她现在不走，待会儿天黑透了，再想走会更麻烦。

林琅深吸一口气，准备冲进雨里，刚迈出步子，手机就开始震动，她拿出来一看，是个陌生的号码，本不打算接，可对方锲而不舍地就是不挂断，她只好接了起来。

“喂？”她疑惑道。

“你在哪儿？”

一个熟悉的声音从电话那头传来，林琅整个人怔在了原地。

“谢瑾年？”她惊讶到声音都有些颤抖，“是你吗？”

“是我，你在哪？”他回答着，不紧不慢，如往常一样。

“我在公司门口。”她还有点儿反应不过来。

“你公司在哪里？”他接着问。

林琅有点懵地把地址报给了他，没一会儿，一辆黑色的轿车便停在了她面前，挺低调的大众车，驾驶座的窗户打开半扇，小郑坐在里面高声说：“林小姐，你坐后面。”

林琅下意识地照办，上车时不免被雨淋到了一些，她刚坐稳，身边就有人递来手帕，熟悉的面料和款式，她一抬眼，看见谢瑾年坐在旁边，面色平静，冷漠中透着一股彬彬有礼，可她一点儿都不觉得心凉。

现在的她，整个人都暖烘烘的，可以烤化一座冰山。

烤旁边坐着的这尊好像就很不错。

十七

接过谢瑾年的手帕，林琅心思百转千回，面上却丝毫不显。

她擦了擦身上和头发上的雨水，瞥了一眼身边的男人，他手里拿着一部手机，黑色，直板，屏幕擦得干干净净，倒映着他线条优美的下巴。

“谢老板新买了手机啊。”

林琅勾着嘴角笑了笑，小郑开车时忍不住朝后视镜看了一眼，林小姐这个笑容可真是婉转妩媚，动人非常，估计也就谢老板那种心性能受得了，换作是他，早就脸红心跳，恨不得扑上去吃人了。

“是啊，我也觉得奇怪呢，谢老板这种万年不用高科技产品的电子小白，居然有一天会让我帮他买一部手机。”

小郑嘴快，立马就把谢瑾年给卖了。谢瑾年端坐在车后座上，侧脸凝望着窗外，似乎没有因此感到任何不自然和窘迫。

林琅将用完的手帕叠起来，打开背包塞进去，又从背包夹层里取出一条一模一样的递给他：“上次的，还你。”

谢瑾年回过头，扫了一眼她手上的帕子，接过去放进了口袋。

他穿着件黑色的外套，胸口的盘扣松松散散地扣着，里面是质地柔软的白衬衣。他不动声色地睨着她，卷翘的睫毛，修长的远山眉，看上去柔软而纤细的黑发，随意地散落在额边。

林琅稍稍动了一下身子，朝他身边靠了些，他没说什么，她就好像得到默许一样，把头靠在他肩膀上，抬眼睨着他的眼睛，用手撩拨他细碎柔软的黑发，不愿错过他脸上一丝一毫的表情变化。

只可惜，谢瑾年的神情始终如水，她靠着他，他没反应，看着他，他也没什么反应，她抬手勾住他的手指，在他手心勾来划去，他还是没反应。

林琅有点儿气馁，他们靠得那么近，如此亲密地接触着，连无意间发现这些的小郑都有些咋舌，差点儿闯了红灯，可谢瑾年一直不为所动，一直不可侵犯，好像始终存在于离她很遥远的地方。

不过还是有收获的，至少清高冷漠的谢老板没有推开她。

他们到家的时候雨才下得小了些，小郑已经驱车离开。四合院门口悬挂的吊灯，因为下雨的缘故，古典的灯罩上有许多雨水，林琅下意识地拿出纸巾擦了擦。谢瑾年打开院门，撑着伞走出几步，回过头来，正看见雾蒙蒙的灯光下，那个穿着洋气套裙的年轻女孩，专注地擦拭着灯罩。

这是一幅很不和谐的画面，林琅的打扮太前卫，和这盏灯，和这整个四合院都不太和谐，与这里的一草一木，一门一窗，甚至是四合院的主人，都好像隔着一个时代。

林琅擦完了回头，看见谢瑾年举着一把古朴的伞站在门槛里面看着她，朦胧的雨幕下，他那样安静，却有着极强的存在感，让人不自觉地将注意力放在他身上。与她对视几秒，他收回了视线，却没移动步伐，显然是在等她。

林琅快步上前，谢瑾年将伞撑高，四合院的地面上都是雨水，林琅穿的高跟鞋没有防水台，雨水不免会落在她的脚上和腿上，混杂着一些泥土，有些狼狈。

等上了台阶，不用撑伞的时候，谢瑾年便转身离开，林琅下意识拉住了他。他回过头来，冷冷清清的模样，带着一丝高贵而严谨的气质，跟她以前见过的所有男人都不一样，他是唯一的。

“今天谢谢你。”林琅仰着头说，“是从庄奶奶那问的我的电话？”

“你觉得呢？”他闲适地反问，黑白分明的眸子看了她一会儿，收回视线转身离开。

每次对上他的眼睛，林琅的心就跳动得越发快速，她知道自己现在不适合产生这样的感情，但她克制不了，也不想克制。

回房间，洗澡，换衣服，收拾好自己，顺着走廊一路到了谢瑾年的房门外，也不敲门，直接推门进去，他正在换衣服，白色的衬衫纽扣解开着，露出雪白精瘦的胸膛。他其实不怎么锻炼，每日就像古时候的富家公子一样，坐在家中练功看书，喝喝茶下下棋，心情好时还会听听戏，身材竟然还挺有看头，虽比不得健美先生，可这样含蓄而诱惑的线条才是国人的菜。

不等谢瑾年开口，林琅先说：“没有敲门，抱歉。”

她先道歉，好像后者就不能再指责她一样。谢瑾年慢条斯理地又将衬衫的纽扣系上，冷淡地问她：“什么事？”

林琅直盯着他说：“也没什么，就是想问问谢老板，最近如意戏楼那边有没有邀请你再去演出？”她走到桌子边坐下，过了一会儿才说，“上次的演出那么火爆，我这几天在论坛上看到不少议论你的帖子，都说你是再世梅兰芳。”

谢老板的表现相当冷淡："我那天唱的是《锁麟囊》。"

换言之，那是程砚秋大师的代表作，关梅兰芳什么事？

林琅莞尔一笑："我就是想跟你说这个。"

谢瑾年颦眉，林琅起身走到他面前，自上而下看着他的脸，看了好一会儿才低声说："可能有些晚了，我那天就想跟你说的，但是……总之，虽然我很想报仇，但一直都没什么信心，我是个不爱听戏的人，可你那天唱的《锁麟囊》我听得很认真，它给了我信心，多谢你。"

按照林琅的性格，不管做任何事，就算没有结果，她也一定会坚持下去。

她早晚会有成功的那天，他们如今的差距就已经够大了，等她重新做回那个骄矜傲慢的大小姐，他们的距离只会越来越远。

他们不是一路人，那就不该有过多牵扯。

"林小姐想多了，天色晚了，你回去吧。"

谢瑾年说完便抬脚出门，林琅追到门口，看见他朝杂货间的方向走去。那里面说是摆着杂货，其实都是一些戏班用的东西，有些瞧着有点儿年头，庄奶奶说他从小在戏班长大，或许，那是他以前生活的戏班留下的。

谢瑾年当然不会主动和她说起这些事，甚至于对她已经表现得那么明显的爱意反应都很冷漠。

林琅深深地感觉到，革命之路，任重道远。

她最近睡得都不怎么好，今晚也不能早早休息，她得把陈星要的方案弄出来。

林氏集团在生态食品原材料的供应方面有着非常好的口碑，想要从这只老虎的嘴里扯下一块肉来，难比登天。

林琅坐在榻子上，盯着小几上的笔记本，窗外还在下雨，风有些凉，她披着一件外套，手指不断敲击着键盘，脑子里回想着父亲曾说过的话，她做了一个非常大胆的方案。

第二天一早，林琅便抱着背包离开，早饭又没来得及吃，庄奶奶手里拿着菜，看着她风一样的背影嘀咕：“要不以后吃早饭时间提前一点儿？”

林琅今天到公司的时间比较早，虽然街道上的积水弄得鞋跟有点儿脏，但进公司之前她先用纸巾擦干净，倒是没留下什么痕迹。

也不知宫辰下了什么命令，今天上班之后，再也没有人偷看她抑或对她指指点点了，这是好处；坏处是，大家都对她唯恐避之不及，偶尔有交集，也是极为小心谨慎，好像生怕惹她不高兴似的。

林琅对此不是很在意，这样的环境她其实很熟悉，以前林氏集团那些高层看见她也是这副样子，面对这样的同事，她倒是驾轻就熟。

敲了敲陈星办公室的门，被允许后林琅才推门进去。陈星的办公室很大，宽敞明亮，装修也极为讲究，她穿着职业套装坐在办公桌后面，轻推桌子让椅子后撤，站起身来笑道：“林小姐坐吧。”

林琅谢过对方，在办公桌对面坐下，陈星跟着坐下，行为举止异常礼貌，可以感觉得到对她比较尊重。

唯一不同的是，陈星今天看她的眼神多了点儿探究，不像昨天那么直接坦然，林琅并没把这些放在心上，直接将连夜做好的方案交给了她。

陈星似乎很慎重，打开方案看了很长时间，林琅等得久了，开始有点儿焦躁，其实这是她第一次做这种方案，虽然念书时学习成绩不错，但真正实践却是头一遭，肯定会有不足的地方。

沉默了近一个小时，陈星才放下方案，露出一个歉意的笑容。

“林小姐，对不起，你这个方案我看完了，但是我觉得，可实施性基本为零。”

陈星一句话，直接将林琅一晚上的努力给抹杀了，她有点儿不甘心地说：“为什么呢？是哪里让陈总觉得没有可实施性？”

陈星耸了耸肩：“林小姐，你在方案里一味地提到要我们降价，这是不可能的事，先不说我们的成本问题，首先从打价格战来说，我们就根本不可能是林氏集团的对手，你应该最清楚了，林氏集团做了这么多年，规模那么大，成本本身就比我们低，如果我们想用拉低价格来抢他们的客源，我觉得这有点儿……”她迟疑了一下，轻笑一声，冷酷说道，“有点儿太低能，大街上随便拉一个人都能想到这种办法。”

林琅面如死灰，许久才说：“陈总，你根本没有看完方案，所以才会给出这样的评语，我能问一下，你这么长时间盯着那几张纸，到底在想什么？”

陈星面上的笑容慢慢敛了起来，将那方案合上丢到一边，正色道：“林小姐凭一己猜测就觉得我没看，那可是太冤枉人了，我不看的话怎么知道你要降价？好了，我很忙，林小姐回去重写一个方案吧，不过下次在拿给我看之前，先拿给你的部门经理看好了，她通过之后，你再拿给我看。”

陈星说完话，抬起手指着门口，送客的意思很明显。

林琅握紧拳头吸了口气，挤出一个难看的笑容，点点头说：“好的，我知道了，但在走之前，请将我的方案还给我。”

陈星扫了一眼桌上的方案，那眼神好像看着一堆废纸一样，带着些轻蔑，她随手一拿，丢到她面前，方案落在桌上发出啪嗒的响声。林琅抬手拿起来，转身快步离开，她担心再晚一步，会忍不住爆发。

回到座位，将手中的方案放在键盘上，林琅便开始发呆。一上午的时间，她都这样坐在那里，什么事都没做。

部门经理被陈星嘱咐过，一直很关注林琅的工作，见她如此，便将这事儿告诉了陈星。

陈星得知，中午时分便打电话给宫辰，电话一接通，她本来严厉高傲的语气立刻变得温柔如水。

“宫先生，中午好。”

宫辰却十分冷淡：“直接说什么事，我很忙。”

陈星沉默几秒说：“是这样的，有些关于林小姐工作上的问题，我想跟宫先生汇报一下，说来话长，如果您有时间的话，我们中午一起吃个饭？”

宫辰听到关于林琅的事就习惯性皱眉，他瞥了一眼站了一排的高层，冷硬地说了句“中午下班在公司门口等我”便挂了电话。

陈星挂了电话，感觉到无法抑制的兴奋，她从背包里拿出化妆品补妆，余光扫了扫挂钟，忽然就想到了林琅。

临近下班的时候，林琅接到了部门经理的指示，让她中午的时候到一间餐厅去做市场调研，看看人家那边使用林氏集团食材源的口碑和销量如何，顺便就在那儿吃饭，开发票，回来可以报销。

林琅面无表情地收拾东西，挎上背包，拿起昨晚做的方案，乘电梯下楼准备离开。

走出公司大楼时，恰好瞧见一辆熟悉的车子，陈星打开那辆车的后座车门，上去之前望了一眼公司门口，正对上林琅的视线。

她妩媚一笑，上车离开，那辆车林琅很熟悉，是宫辰的。

林琅回想起陈星上车时那个带着挑衅的眼神，忽然觉得很可笑。

这是把她当假想敌了？

明明她第一天来上班的时候她还不是这样的。

宫辰这个家伙，到底是用什么方式压制其他人对她的猜测和非议？

十八

部门经理让林琅去试餐的地方十分高档，林琅忽然想起自己都没请谢瑾年吃过饭，这又是个不用自己花钱的好机会，便直接拨通了谢瑾年的电话。

她已经乘地铁赶往餐厅，谢瑾年不在家，他还用不太习惯手机这种设备，接起后不说话，只是放在耳侧，等着那边出声音。

林琅说："谢老板，是你吗？"

谢瑾年皱起眉，问她："你怎么知道我的电话？"

林琅愣了一下："你昨天给我打过啊，有来电显示的。"

谢瑾年那边没了声音。

林琅接着说："是这样的，我想请你吃个饭，就在南岸餐厅，你能过来吗？"

"不能。"谢瑾年想都不想便拒绝了，可林琅那边并不买账。

"什么？我这边信号不好，你说可以是吗？"林琅将电话拿得远一点儿，假装信号不好。

“我说不可以。”谢瑾年强调。

“你说马上到？好的好的，那我一定等你，如果你不来，我就一直等到晚上。”

林琅说完就直接挂了电话，猛然发现地铁上其他人正眼神迥异地看着自己，她淡定一笑，道：“看什么呢，我刚才说话声音不大吧？没有影响到公共秩序吧？而且在地铁上手机信号不是本来就不好嘛，这有什么问题？”

围观人群立刻收回了视线，林琅也收起笑容，还是有点儿紧张。

其实早就猜到谢瑾年会拒绝，便死皮赖脸地赖了下来，也不知道人家会不会来。

如果不来的话，她真的要等到晚上吗？

算了，等就等吧，反正经理也没要求她几点回去，她对林氏集团的生态食材供应已经很了解了，根本不需要再去做什么调研，回去之后经理想要多少心得报告，她都可以写给她。

林琅这边算是豁出去了，谢瑾年这边却有点儿难办。

“谢老板，您要是有事的话，可以先过去，我可以把这位客户推后。”小郑推了推眼镜和善道，“他挺好说话的，最近也不忙，既然喜欢一样东西，等几天也没什么，好事多磨嘛。”

谢瑾年将手里的唐三彩放到桌上，仔仔细细地打量，没有要出门的意思。

小郑干脆拿起车钥匙，笑着说：“您要去哪儿，我送您？”

谢老板一抬眼，似嗔怪般斜睨着他。小郑上前将唐三彩收起来放好，锁了保险柜，开了门，撩开帘子殷切道：“走吧？”

林琅心里现在特别没谱儿，也有点儿无可奈何。她不确定谢瑾年会不会来，但先等到了一个不太想见的人。

确切地说，是两个。

陈星跟在宫辰后面走进餐厅，俩人显然已预定了位置，直奔靠窗那里，林琅瞧见他们，立刻转过身去。

“小姐，您现在要点菜吗？”服务生上前客气地询问。

林琅看看表，压低了声音：“等一会儿吧，我等朋友过来。”

服务生笑着说：“好的小姐，那您可以看一下菜单。”

对方留下菜单，抬脚离开，林琅动作迅捷地回头看了一眼，陈星和宫辰就坐在她不远处，宫辰背对着她，陈星面对着她，很刻意地不往她这边看，应该是早就知道她在这里。

林琅又不傻，看得出陈星那点儿小心思，估计是今天中午她要和宫辰吃饭，刻意安排自己过来的。林琅抬手托腮，不去关注他们，透过窗子望向外面，期待着谢瑾年的出现。

只是，陈星显然不想就此作罢，今天她喊宫辰出来吃饭的借口就是林琅，饭局上当然也不得不提她。

“林小姐今天交给我一套方案，是她想出来抢占林氏集团食材供应市场的，不瞒您说宫先生，我觉得林小姐虽然和您毕业于同一所学校，但才学上……”陈星露出尴尬的表情，“真的差好多。”

服务生上了菜，宫辰低头专心吃东西，随口问：“她方案怎么写的？”

陈星耸耸肩：“很简单，就一个主旨，让我们降价。”她一脸怀疑，“宫先生，您确定林小姐不是来我们这儿做内奸的吧？本来我们的成本就比林氏集团高，再跟人家打价格战，怎么可能有优势？再说了，降价求客户这种方法，菜市场卖菜的都能想到吧。”

人有三急。

林琅路过他们身边去洗手间时，恰巧听见陈星这句话。

其实陈星根本没有仔细看林琅的方案，林琅将最关键的地方写在了最后，她没有注意。

被对方侮辱成连菜市场的小贩都不如，不去挣回点儿面子似乎太懦弱了，可她要是去的话，岂不是上了陈星的当？

她一向不喜欢被人设计，现在也是。

林琅继续朝洗手间的方向走，好像没看见他们一样，陈星一怔，宫辰和她说话都没察觉。

“想什么呢？”宫辰皱起了眉。

陈星赶忙说：“没什么。”

宫辰放下筷子：“我在问你，你要跟我说的就这些吗？还有其他事没有？没有我走了。”他放下餐巾，公私分明到了极点，他们只吃了不到二十分钟。

陈星立刻说：“宫先生留步，还有别的事。”

宫辰不耐烦地坐下来：“那就赶紧说。”

陈星尴尬一笑，将林琅上午如何发呆不工作的事添油加醋地告诉了宫辰，还把她描绘成了影响其他员工不能专心工作的源头，仿佛她再留任一天整个食悦餐饮就要倒闭似的。

林琅上完洗手间，从远处绕着回到座位上，因为肚子实在太饿，准备先点些东西吃，如果谢瑾年来了，再点更好的。

她刚想招来服务生，就在门口看见了一个熟悉的身影。

他出现在那里，整个餐厅的氛围好像都变了，上前开门迎接的服务小姐都有点儿脸红，说话声音也柔和了许多，亲切地询问对方是否有订位，几人用餐。

谢瑾年还没开口林琅就走了过来，她直接牵住他的手，笑着对服务小姐说：“他和我一起的，谢谢你。”

服务小姐见她笑得很开心，眉梢眼角都是抑制不住的欣喜，连一个陌生人都能感觉到她对这位先生的倾慕，那位先生却好像并不在意。

“我们去那边坐。”林琅拉着他要去吃饭，谢瑾年却不动。

“我只是来告诉你，我不跟你一起吃饭。”

他眉眼认真，不像是在开玩笑，林琅根本就不听，直接拉着他绕开几桌从后面回到了位置上。陈星一直在注意他们，瞧见这一幕顿时目瞪口呆，这是什么情况？

宫辰正在问她话，她不回答却只盯着一个方向，他便也顺着望过去，一眼认出了林琅的背影，以及坐在她面前的那个男人。

那个四合院的主人，谢老板。

十九

“想吃什么，随便点。”

林琅把菜单递给谢瑾年，抬手招来服务生，笑眯眯的，特别可爱，明明是那么禁欲的女白领打扮，却有点儿性感和妩媚，她这个样子真的太美，服务生都看得忘记招呼客人点菜了。

谢瑾年将菜单放到了桌上，没必要点菜了，因为这顿饭吃不下去。

事实也的确如此，宫辰在发现他们的第一时间就走了过来，不顾陈星的各种阻拦，直接坐到了林琅身边，揽住了她的肩膀。林琅吓了一跳，差点儿站起来。

“你干什么？”她使劲挣开，可他力道太大，她根本不是对手，于是她马上看向对面，“救我。”她朝他伸手。

谢瑾年意外地望着她，宫辰则直接把她的手按回去，笑得斯文儒雅：“这位应该是琅儿的房东谢老板吧，上次见过一面，我当时忙，也没顾上和您聊几句。”

陈星站在一边，好像外人一样被撇在那儿，没地方可坐，也插不上话，觉得尴尬极了，尤其是宫辰对林琅的态度，她原本还不那么确定，现在不得不面对现实，宫辰就是喜欢林琅，而且特别有占有欲，她刚才对他说的那些关于林琅的坏话，很可能会给自己造成严重后果，真是……陈星自嘲地笑了笑，退后几步，筹措着下一步该怎么走。

“宫辰你把我放开！”

很奇怪，林琅对陈星都做不到这么“放肆”，但对宫辰，她是真的一点儿顾忌都没有，或许是认识时间太长，以前也一直是这样对他，所以现在觉得这样没什么。

林琅表情烦躁，恨不得把他踹开，宫辰不但不生气，反而挺高兴：“对了，你就该是现在这个样子，整天委委屈屈像个小媳妇儿似的，那还是你吗？”他回头指着陈星说，“看到没，那个人没你大，以后你在食悦想怎么弄就怎么弄，我听说了，你要降价是吧？降，你想怎么降就怎么降，我相信你。”

他这后半句话真是说得林琅太舒心，被信任的感觉不差，可被强行搂在怀里给谢瑾年看的感觉却很糟糕。

“你先放开我。”林琅皱着眉说。

宫辰笑着不放人：“谢老板想吃什么，我请客，早知道您来，我该请您去我的饭店试试的，保准您喜欢。”

其实林琅觉得难堪，有人比她更难堪，那就是谢瑾年。

她望向他，他坐在那儿，脸上没有一丁点儿表情，嘴角明明向上扬着，却给人伤心的感觉，可他为什么不说话呢？为什么让他把自己拉过去他就是不动呢？

“宫辰，你再不放开我，我们没朋友做了。”林琅的语气不免有些冷漠，宫辰看了她一眼，终究还是放开了。

“怎么，抱着你不好吗？还是……”他看向谢瑾年，“谢老板会介意？”

谢瑾年这张始终波澜不惊的脸上带着温善的笑，却看得林琅心情愈发差了。

“不介意。”他声音柔和，腔调优雅，即使随随便便说几句话，也比其他人要悦耳几分，“我为什么要介意？”

这话说得真是无懈可击，对啊，他为什么要介意？她是他的什么人？她就算被宫辰怎么样，也跟他没有关系，她不过是他的租客，这个没了可以找下一个，说不定还能多收一些租金。

林琅自嘲地笑笑，看着谢瑾年，话却是说给宫辰的：“你走吧。”

宫辰眉头一皱：“你说什么？”

“你不是很忙吗？回去忙你的吧，我一会儿也该回去上班了。”林琅说得十分官方，就好像她真的那么想一样。

“如果我说我不想走呢？”

宫辰说得意味深长，脸上带着讳莫如深的表情，似乎看穿了她。

林琅收回视线望向他，面不改色道：“你不走，我就走。但我还没吃饭，如果你希望我饿肚子，可以继续留在这儿。”

宫辰其实真的很忙，他下午的工作已经安排得满满当当，在这里已经浪费了太多时间，早该离开了。

看看表，见林琅坚持，宫辰脸色不悦地起身离开，连道别都不曾。

陈星一直站在旁边看着，现在老板走了，她也没留下的必要，但回去的路，她恐怕得自己走了。

这里只剩下了林琅和谢瑾年，服务生在旁边看了半天都傻了，这会儿才结结巴巴地说："客、客人要点餐吗？"

林琅看着谢瑾年："我说过要请你吃饭，你既然来了，自然不能就让你这么回去，如果你不肯点，那就我来。"她拿过菜单，快速地点了十几道菜，服务生很想提醒一下他们吃不完，但她眼都不眨一下，看穿着也不像是缺钱的人，于是就闭了嘴。

等服务生走开，林琅的视线依然停在谢瑾年身上，对方倒是很平静地看向窗外，她的注视似乎一点儿都不能影响到他。

忽然，林琅开口问："是不是就算宫辰刚才不肯走，你也不会管他究竟对我做什么？"

他回眸看她，皱着眉，但不说话。

"我让你救我，你为什么不救？"林琅咄咄逼人，一个接着一个将问题抛出来，"你是真看不出来还是装傻？还是对我一点儿兴趣都没有？"

谢瑾年薄唇微动，像是要说什么，林琅直接打断他："算了你不要说，我不想听你说，你一开口肯定又是伤人的话。今天的事我就当没发生过，你也忘掉它，我和宫辰不是你看见的那样，我暂时必须得跟他合作，你不要误会我。"

她端起桌上的水一口喝掉，刚才点的菜也开始陆陆续续端上来，很快就占了满满一桌子，林琅也不抬头看他，闷着头给他夹菜，很快他的碟子上就满了，他还一口都没吃过。

"为什么不吃？"林琅终于抬眉看了他一眼。

谢瑾年将手放到桌上，慢慢拿起筷子，睨着碟子里的菜说："太多了，不知道该先吃哪个才好。"

林琅赌着气继续给他夹菜："那就全部吃完。"

谢瑾年没言语，但真的开始吃了，他那么瘦削的身材，要是吃下这满满一盘菜，也算是超常发挥了。

他吃东西的时候，林琅就有意无意地看他，过了许久，她好像终于忍不住一样，再次开口问他："你真的一点儿都不介意我和他在一起？他那样抱着我，你心里就没有不舒服吗？"

她问话的速度太快，音调有点儿提高，引起了周围人的注意。

谢瑾年那么理智，肯定要提醒她："人多口杂，有些话可以回去再说。"

林琅皱着眉焦躁道："我不在意这些，他们做什么跟我没关系，他们不是你，伤害不了我，我才不管他们怎么看我。"

她手心都出汗了，但自己不察觉。谢瑾年望向她，他难得愿意在这种时候正视林琅，她忽然有点儿退却，想借口离开，但他已经开口了。

"我们不是一路人。"

简简单单的七个字，已经将他的想法全都透露出来。

林琅觉得整个世界都灰暗了。

"不在一起走一走试一试，怎么知道不是一路人。"她紧锁眉头，凝望着他的视线里有不甘，也有不舍，"我当你没说过，你不要这么草率。"她站起来，"我时间到了，得回去上班了，这件事我们改天再谈。"

她说完话转身就走，因为昨晚下过雨，今天天气很凉爽，出来逛街的人也多，她步伐匆忙地朝地铁站走，根本无暇顾及身边的一切。

回到公司，她的心情还是很不好，像有什么梗在心上一样，根本无法专心做事。

得知她回来，陈星便让人喊她过去。林琅深吸一口气，克制着情绪敲门进了陈星的办公室。这次再看见她，已经和上午完全不一样了。

"林小姐快请坐。"她殷勤地拉开椅子，"您的方案还可以给我再看一下吗？当然了，如果您不想给我看也没关系，我们直接实施。”

林琅扫了她一眼，虽然她表面上谦恭温和，心里未必这么想，阳奉阴违的人她见得多了，心里恨不得把她剥皮抽筋，可奈何不了她的时候，也只能笑着应对。

“陈总同意我的方案了？”林琅皮笑肉不笑。

陈星说：“当然了，宫先生都没意见，我肯定也没意见，就按照您的方案执行，我马上吩咐下去，整个策划部都听您指挥。”

于是，从陈星的办公室出来，林琅已经成了策划部的经理，之前对她颐指气使的部门经理被刷了下来，在茶水间里哭着，小声咒她怎么不去死。

林琅回到座位上，打开自己的方案，安静了几秒钟，站起来说：“大家来开个会吧，我要安排接下来每个人需要做些什么。”

会议进行到很晚，夜里八点多林琅才回到四合院，一身疲惫。

她走进院子的时候，正碰上庄奶奶在洗东西，瞧见她回来就起身去开了院灯，地面照得更清晰了一些。

“林丫头回来了，怎么了？好像精神不太好。”庄奶奶一低头，惊讶道，“怎么没穿鞋啊？”

林琅光着脚站在地上，一手拎着包，一手提着高跟鞋，满脸倦意道：“走得太累了，就脱了，没事的，别担心，我先去休息了。”

庄奶奶点点头，在她快进屋的时候问她：“吃晚饭了吗？”

林琅远远地说了句“不吃了，先休息”便进了屋。

庄奶奶叹了口气：“不吃饭怎么行？”她说得声音很小，说完就去了厨房，方才她和林琅的其他对话声音倒是不小，谢瑾年在房间里也可以听见。

他手里拿着块月牙一样的古玉，上面开了个孔，用红绳穿着，质地极好，完美无瑕，单是看着，便知道价值连城。

庄奶奶来敲门的时候，他还在看那块玉，看她进来才迅速收起。

“什么事？”他抬眉询问。

庄奶奶手里端着个托盘，走到他面前递给他，他接过来，眉头微蹙。

“端过去给林丫头，估计在公司加班了，晚饭也没吃，看着可辛苦了，你说一个姑娘家那么累做什么，咱们就算再穷，养她还是养得起的。”庄奶奶说话时根本不考虑三方身份，好像他们就是有理由养她一样，想来那个理由无疑跟谢瑾年有关。“记得快去啊，一会儿粥都凉了。”再次嘱咐了一下，庄奶奶便出去了。

谢瑾年看着托盘上的清粥小菜，迟疑了片刻，起身端着过去身上还揣着那块玉。

站在林琅房门外，他本来是打算敲门的，但很快发现门没关，只是虚掩着，空隙还很大。

透过空隙，可以看见屋子里的一部分景象，女孩子修长的双腿搭在床边，整个人趴在床上，黑发凌乱地披在肩上，眼睛闭着，似乎睡着了。

以谢瑾年的性格，按理说，是会立刻转身回去的，但这次他没有。

他轻轻推开门，脚步放得很轻，几乎听不见一点儿声音。直到他停在床边，双膝差点儿碰到林琅的脚心，她依然没醒过来。

看着她脚心的尘土，想起她与庄奶奶的对话，谢瑾年将托盘放到一边的柜子上，蹲下来，掏出手帕，轻轻地帮她擦拭脚心。

林琅昏昏沉沉地睡着，感觉有些痒，下意识缩了缩脚。因为怕吵醒她，谢瑾年并没有继续，他站起来，坐到床边，注视着她的睡颜好一会儿，才取出了那块带在身上好几天的古玉，放在了她手边。

随后，他站起身，替她盖上被子，关门离开。

林琅熬夜熬了好几天，今天身心俱累，这会儿仍然迷迷糊糊地睡着。

她的手无意间碰到了那块玉坠，下意识将它握在了手中，感受到一丝属于他的温度。

莫名的，她忽然觉得特别安心。

二十

林琅这一觉直接睡到第二天早上。

醒来的时候，时间还早，她发觉床铺凌乱，身上盖着被子，衣服却没换，不晓得是不是自己迷迷糊糊扯来盖上的。

她坐起来，浑身酸痛，抬手揉揉头，一块带着温度的东西掉到了床上。她低头一看，红绳串着一块玉。林琅见过不少好东西，可不算是外行，床上这块玉瞧着有些年头，虽然不敢断言值多少钱，但绝对不便宜。

怎么回事，难不成睡了一觉，她自己生了一块玉？怎么可能？

林琅揉揉头发跑出门，看到庄奶奶在扫院子。庄奶奶看见林琅立刻放下笤帚走过来："林丫头醒了啊，你昨晚怎么回来那么晚？谢老板给你送晚餐的时候你都睡着了，这几天是不是太累了？"

林琅一愣："昨晚谢老板给我送晚餐了？"

庄奶奶点头："是啊，我给你做好了，谢老板给你送进屋，看见你睡着了，就原封不动地端了回来。现在是不是饿了？我这就去做早饭，以后早点儿起，也别熬夜，年纪轻轻的，小心把身体搞坏了。”

林琅是真的很感谢庄奶奶对自己的关心，表情不自觉变得更柔和。她点点头，目送庄奶奶进了厨房，挪动脚步朝谢瑾年的房间走去。

站在谢老板房门外，猜想他作息那么稳定的人，肯定不像她又熬夜又懒床，这会儿估计已经醒了，于是抬手敲了敲门。

果然，敲了三下，里面就传出一句悦耳的“进来”，林琅吐了口气，推门进去。谢瑾年站在桌子边斟茶，见她进屋，瞥了一眼，端起茶杯抿了一口。

“今天倒是挺早。”他十分随意地寒暄，仿佛他们之间没有发生过昨天那件尴尬事，他也没大晚上去过她的房间。

性格使然，林琅在很多时候都是个直接的人，除非现实不允许。

现在显然不存在什么现实问题，既然已经摊过牌，那干脆就直来直往好了。

“昨晚是你替我盖的被子？”林琅虚掩上门走进去问。

谢瑾年扫了一眼房门，看着她：“是。”

“这个是你给我的？”她提起那块被红绳穿着的月牙形古玉，阳光下，它的色泽愈发好了。

“是。”

谢老板十分坦然，不做任何掩饰，反而让林琅心里旖旎的猜测难以作真了。

“为什么忽然送我这么贵重的东西？”林琅继续发问，走过去紧挨着他，她刚睡醒，脸色看起来还不是很好，再加上心理困惑，皱着弯眉，显得有些憔悴。

谢瑾年似乎料到了她会这么问，便面不改色地回答：“算是赔罪，昨天我的话可能考虑不周，多有得罪。”

这句话，听起来还有些暧昧，难不成他后悔了？愿意和她试试看了？

林琅眼中重燃起希望，可谢瑾年下一句话直接把她打入谷底。

“收下这份赔罪礼，林小姐以后就不要再提那些事了。”

林琅皱起眉，盯着他面无表情的样子冷声问：“那些事是指什么？我喜欢你的事？还是你拒绝我的事？这代表的意思可很不一样。”

谢瑾年越过她打开门，本来稀疏的阳光一下子投射进来，让人感觉暖洋洋的，但她却觉得脊背发冷，心凉极了。

“前者，我们没可能。因为孤单寂寞想找个人来爱，跟真的喜欢一个人，是完全不一样的两件事，林小姐迟早会想明白的。”

谢瑾年说完便抬脚离开，空荡荡的屋子里只剩下林琅自己，她回想着他说的最后一句话，突然有点儿发懵。

她是因为孤单寂寞，所以才很快将所有感情都寄托在这样一个人身上吗？还是说，她真的喜欢那个人？

这样的问题，好像真的连她自己都搞不清楚。

林琅抿抿唇，没再说什么。一起吃早饭的时候，两人既不对视，也不言语，虽然以前吃饭时也不说话，可现在的气氛却和以前明显不同。

庄奶奶想缓和一下他们之间的关系，便笑着找话题：“谢老板，昨天我见如意戏楼的管理员来过了。是找你登台吗？”

谢瑾年只吃饭，没说话，只摇了摇头。

庄奶奶又找别的话题：“对了，这几天我出去买菜，总能看见有不少年轻人在这周围转悠，听邻居说，他们是来找谢老板的，好像想要签名，也想问问你下次登台是什么时候。”

谢瑾年还是不说话，林琅这顿饭吃得也味同嚼蜡。庄奶奶的视线在他们两人脸上一过，笑着继续说：“还有啊，前两天我看见臻儿了，她还问我谢老板现在怎么样了，兴许这两天便会来跟你见一面。”

谢瑾年的表情终于有了松动，抬眉看她：“成臻回国了？”

庄奶奶点头：“回来有半个月了吧，一直在找你，但江城变化太大了，又没几个人知道你现在的消息，所以拖到现在。”

林琅也被他们的话题吸引了，成臻？听起来似乎是个女孩的名字，和谢瑾年又是什么关系？

她放下筷子，觉得自己现在这样太难看。既然他已经那么明确地拒绝了她，再死缠烂打真不是她的风格，因为别人一小句话，就开始疑神疑鬼，这更不是她的性格，她不希望自己因此变成自己最讨厌的那种人，也不愿意再听下去，说了句“我吃饱了”便起身离开。

不多会儿，庄奶奶从窗户看见她换了衣服拎着包去上班了，她长叹一声，睨着谢瑾年，嗔怪道：“你拒绝林丫头了？”

谢瑾年纹丝不动：“我只是不希望她在我身上浪费时间。”

庄奶奶是看着他长大的，对于发生在他身上的事，她比谁都清楚，但林琅却不清楚。

她叹了口气，低声说：“可是那个人已经走了那么久，你心里那道坎儿总该松一松了，也不能为了那个人，一辈子就这么过下去吧，她在天有灵的话，也不会希望你这样。”

许多年前的如意班，有两位当家的老板，便是谢瑾年和那个人，两人的《嫦娥奔月》是享誉满京的大戏，每逢演出，必是场场爆满，戏楼里的人都坐到了街上，只为一睹“嫦娥”和“后羿”的风采。

可如今，如意戏班早就散了，“嫦娥”沦落了，“后羿”更是撒手人寰多年，所有的行头都锁在那间屋子里，仿佛只有这样，那件尘封的往事才不会被揭开。常言道人生如戏，又哪知戏如人生，一起长大的师兄妹两人，从分饰两角儿开始，便注定了不可能好好地在一起，戏文的结局，恰好就是他们的结局。

“这是我欠她的。”谢瑾年微颦眉头，“至于林琅，她早晚会如愿以偿，我这样的人，配不上她。”

再说林琅，到了公司就开始紧锣密鼓地推进她的计划，与其说陈星是食悦目前的负责人，倒不如说是她在掌管一切，宫辰是真的豁出去了，撒手一个子公司给她折腾。大概也是抱了不成功便成仁的心情，林琅一下子将食悦供应给各大超市和饭店的食材降到了冰点价格，去掉需要付出的人工与制造成本，连一毛钱都赚不到，全公司的人都觉得林琅疯了，搞不清楚她到底想干吗，她也懒得解释，坐在电脑前看着不断刷新出库订单。

与此同时，宫辰也在看这批订单数据，大幅度降价带来的销量增加是可以预见的，毕竟是差不多的东西，如果来源价差得多了，终端就可以多赚一点儿，没人会和钱作对，大批人签下了未来几天与食悦的订单，放弃了与林氏集团的合作。

食悦有这么大的动作，林氏集团自然也不会坐以待毙，很快，林氏集团旗下的餐厅连锁总部便将这件事报了上来，林瑞正先是嗤笑一声，听见下属说，林琅正在食悦上班，脸色又沉了下来。

“我放这丫头一条生路，她就该老老实实地做个普通人。”林瑞正放下手里的文件，冷声说，“现在跑到宫辰的公司跟我作对，那就别怪我一点儿情面不留了。”

林菁在一边附和道：“爸，我早就跟你说了，你当初就不该手下留情，你不知道吗，斩草不除根，春风吹又生啊，宫辰那小子现在是宫家说话最管用的人，他父母就由着他因为一个女人败家，搞不好还真让他们翻出什么浪花来。”

林瑞正瞥了一眼林菁：“你年纪也不小了，不然我把这件事交给你来办？”

林菁瞪大眼睛，惊喜道：“真的？你肯撒手让我自己来办吗？”

林瑞正靠到椅背上，好整以暇道：“不要让我替你收拾烂摊子就好，你且看看林琅那丫头到底想干什么，想出个好对策把她打回去，让宫辰吃吃疼，他是个商人，不会任由林琅在那儿赔他的钱。”

林菁满口应下，连中午和杨翌承的午饭都推掉了，直接跑到了子公司准备迎战。

林琅这会儿还不知情，中午去食堂吃了饭，下午又忙着安排订单的事，因为降价吸引了不少客户，现在整个食悦都非常忙碌，脑力劳动比体力劳动更累，晚上下班时她又成了昨天那副没精打采的样子。

但是，当她走出公司，在拐角处看见一个熟悉的身影时，整个人又精神了。

是杨翌承。

他的车，她怎么会认不出来？

他显然也发现了她，从车上下来，走到她面前，一声不吭地拉起她的手就走，直接把她塞进了副驾驶。

林琅反应过来立刻要开门下车，杨翌承直接越过排档位抱住了她，力道紧得她浑身发疼。

二十一

林琅第一时间推开了杨翌承。

她反手开车门，杨翌承立刻将车锁上，林琅使劲开了几次没成功，便冷冰冰地看向他。

“开门。”她语气极为冷漠，几乎要掉冰碴儿。

杨翌承靠到椅背上，长长地吐了口气，烦躁地扯开领带，侧头看向她说：“不要冲动，我时间不多，你坐在那儿听我和你说。”

林琅露出嘲讽的表情：“我们之间还有什么好说的？”

杨翌承眯起眼：“我是你的未婚夫，你说我们有什么好说的？”

林琅诧异地看着他：“错乱了吧，你是林菁的未婚夫，不是我的，请你醒一醒。”

杨翌承毫不犹豫道：“不管他们怎么安排，在我心里，只有你这一个未婚妻。”

林琅一愣，片刻后笑着说：“还真是让人感动的言辞，不知道我堂妹听见后会不会和你解除婚约呢？到时候你要怎么办？迎接你父母的盛怒吗？不要忘了，你们家的经济状况根本维持不住你们的奢侈生活，如果失去了这段联姻，明天就得宣布破产了吧？”

杨翌承表情阴晴不定，半晌不说话，林琅继续道：“不说话就是默认了？既然你们家现在受着林家的恩惠，就得替林家办事，你得对你未来的妻子忠贞不二，不是吗？其实只是换了一个新娘而已，你知道这件事的时候也不见像现在这么激动啊，现在我已经这样了，你又何必来我面前做戏？”

她不屑的言语和冷淡的眉眼落在杨翌承眼里，他只觉心绞着疼。

他嗤笑一声，自嘲道：“在你心里，我就是这样的人？”

林琅反问他：“你不是吗？”

杨翌承看着她，忽然就不想解释了。

原本父母让他和林琅在一起时，他也是抗拒的，没有感情的两人在一起，可想而知将来会怎么样。只是当他碍于家里的危机和林琅相识后，他渐渐发现这个看似高傲的大小姐真实的一面，她有时的确有些咄咄逼人，就像现在这样，可是她大多时候都通情达理，甚至会因为照顾到他的自尊，不去做什么明面上的恩惠，背地里却会不断地接济他的父母。

她永远不会做出像林菁那样，将钱摔在他父母脸上的事情，端着高不可攀的架子，好像他们都只是林家的奴隶。

也正是因为这样，之前没有什么恋爱经历的杨翌承，慢慢对林琅产生了真感情，这本是件好事，毕竟他们原本就是要结婚的，如果真的相爱了，岂不是两全其美？

只是没料到，半路上会杀出一个林瑞正，林琅的生父母会在她二十四岁生日那天出车祸，双双去世。

想想她经历过的事，杨翌承便十分心疼，也不再那么强硬，放低了姿态说：“我做那些事是有原因的，你不要因为自己的想法就把我一竿子打死，否则我现在何必再来找你。”

林琅红着眼睛说：“那你说啊，你有什么原因，你想怎么样？”

车窗被人从外面敲响，熟悉的人影站在那儿，双臂环胸，看得出她有点儿愤怒，但还是摆出一副满不在乎的样子，似乎这样显得她比较有面子。

杨翌承一看见她便对林琅说：“你快走，我拖住她。我过几天再来找你，说完我们今天要说的话。”

林琅盯着杨翌承：“你可别再来找我了，我实在是不喜欢这种被人‘捉奸’的感觉，多谢。”

杨翌承把车锁打开，林琅立刻开门离开，他皱着眉从驾驶座下去，拦住要追上去的林菁，但他只有一个人，拦不住林菁带来的人。

林菁安排了不少人在他身边，就是怕他来找林琅，他本以为这几天她要忙着对付食悦，不会有时间来理会他，没想到来得那么快。

“给我抓住她，别让她跑了！”林菁大声呵斥着，几个男人便立刻上前去追林琅。

林琅穿着高跟鞋，跑起来很不方便，再加上忙碌一天早就累了，哪里跑得过几个大男人？她很快被人擒住，胳膊被捏得生疼，她神情凛冽地望向擒着她的两个人，那两人很清楚她是谁，被这么一看还稍稍有点儿心慌，干脆也不和她对视，直接将她拉到了林菁面前。

“你够了，不要闹，放她走，回去我会跟你解释。”杨翌承上前便要扯开那两人对林琅的桎梏，可林菁直接将他拉了回去。

“你给我站住！什么时候轮到你对我指手画脚了？你的事我还没跟你

算账呢，别急着替你的旧情人开脱。”林菁冷哼一声，走到林琅面前，见她还是高昂着头一副决不屈服的样子，直接抬手给了她一个耳光。

她力道很大，林琅被打得几乎耳鸣，脑子都蒙了，很快脸颊上就出现了红红的掌印。

杨翌承被这一幕彻底激怒了，直接上前将林菁扯开推到一边。林菁吓了一跳，吃惊地看着他，指着他的后背说：“杨翌承！你敢这样对我！你还想不想过你阔少的生活了！”

杨翌承推开拉着林琅胳膊的两个男人，将她护在身后，望向林菁冷硬道：“林菁，你觉得你现在的财富是你的？那都是你和你爸偷来的，你们用那种手段窃取不属于你们的东西，花钱的时候就会心安吗？你不怕遭报应吗？”

林菁愣住了，不可思议地看着他，很快，她身后停下一辆车，林瑞正从车上下来，瞧见眼前这一幕，想起林菁发给他的短信，不由笑出了声。

“真巧，在这遇见翌承了，还有……琅儿。”林瑞正的目光闯过所有人落在林琅身上。林琅对他恨之入骨，直接从杨翌承背后走出来，目光锐利地对视回去。

林瑞正有些意外，他原本以为林琅和林菁一样，都是娇生惯养的大小姐，她沦落到今天这个地步，必然会自暴自弃，无法度日，早晚会回来求他赏口饭吃，根本造不成任何威胁。

只是现在，林琅不但没有回来求他，反而还和宫辰合作，像是打算报仇一样，倒是引起了他的兴趣。

“琅儿这是怎么了，瞪着叔叔做什么？好些日子没见你，你好像瘦了，过得不好吗？”林瑞正明知故问，脸上挂着和蔼可亲的笑容。那笑容如此熟悉，多年低头不见抬头见，他一直用这种眼神看着林琅，她以前觉得很亲切，现在……

以前的她，真的太傻了。

这种感觉真的很糟糕。你被推进深渊，奋力呼救，想要逃出去时，却有无数双手将你往下拉，而这些手，就来自于你的亲人，那种绝望，难以言表。

“好了，时间也不早了，闹剧该结束了，翌承，跟叔叔回去，有些话说出来之前要好好想一想，要是惹得菁菁难过了，叔叔可是要生气的。”林瑞正笑着说话，却让人脊背发冷。杨翌承不是一个人，他身后有整个杨家，他不能为林琅做到彻底，就像此刻，林瑞正不软不硬的威胁让他无法再留在这里，只能跟着离开。

林菁冷笑一声，鄙夷地瞪了林琅一眼，上了父亲的豪车，杨翌承则在被监视之下开车跟上他们，一行人准备离开。

林瑞正走之前，打开车窗跟林琅道别，如此的道貌岸然。

林琅直视他，说了今晚与他的第一句话。

“林瑞正，你记着，我不会放弃的，我一定会夺回属于我父母的一切，这话不是说说而已。”

语毕，林琅先一步离开，尽管背影有些蹒跚，却仿佛蕴藏着巨大力量。

杨翌承看着她的背影，久久不能回神，同样的，林瑞正也不得不重新考虑，这个女孩到底会不会对自己构成威胁。

二十二

回去的路上，林琅才反应过来，自己有点儿太蠢了。她不该那样直接地说出内心的想法，如果林瑞正真的要做什么，还在这种状态下的她根本无力还击，这样激怒他，只会让自己的处境更加艰难。可是有什么办法？

抬手捂住脸，走在回四合院的胡同里，这会儿不算太晚，夏日天色黑得迟一些，还有些光亮。

她心神不宁地往回走，没走几步，一个看起来有点儿脸熟的老阿婆拦住了她，笑着说："你是住在阿庄那里的林小姐吧？"

林琅怔了怔，点头说："是的，有什么事吗？"

老阿婆说："是这样的，阿庄让我告诉你一声，今晚如意戏楼谢老板登台，她去戏楼帮忙，餐厅里有饭，要是你回来吃了饭没什么别的事，可以过去一起听。"

林琅了然，手依然捂着脸，担心被对方看见那红红的掌印，虽说现在光线暗不一定看得清楚，但有备无患，免得有什么传言。

“好的，我知道了，谢谢您了阿婆。”

老阿婆说了句“不用谢”，便转身离开，进了另一间院子，原来是他们的邻居。

林琅回了四合院，先到餐厅看了看，果然看见有几样饭菜被精心盖着，还有些温度，只是她现在哪里吃得下，恐怕要辜负庄奶奶的一番好心。

林琅重新扣上盖子，回到自己的房间，坐到梳妆台前看着镜子里的自己，慢慢放下手。怪不得她觉得脸颊生疼，林菁打得可真够用力的，她半张脸都肿了起来，如果去看谢瑾年演出，搞不好会被围观，可是不去的话……

还真是有点儿不甘心。

他难得登台，下一次都不知道是什么时候，她现在心情又这么差，待在家里闷着保不齐会想不开，也别想睡得着，还不如去热闹的地方转转。

左思右想了半天，林琅拿起化妆品，想尽量遮一遮脸颊的红肿，忙了好一会儿才换了衣服，朝如意戏楼那边去了。

其实庄奶奶也没抱多大希望她会来，因为林琅工作之后一直挺忙，也就每天早晚能打个照面，晚上又经常回来得晚，饭都吃不到一起，更别提有什么过多的交集了。

任何关系都是需要经营的，一旦少了沟通，就会很快淡薄下去。庄奶奶以为，比起出来听谢瑾年唱戏，每天都那么疲劳的林琅会更愿意多休息一会儿，哪料到一出戏临近结束的时候，林琅出现了。

她没有穿上班时的职业套装，而是披着件宝蓝色的薄外套，里面是轻薄的白色连衣裙，腰身收得又高又细，显得双峰高耸，异常诱人。

她没往里面来，因为人太多，也挤不进去，就不近不远地靠着柱子，手里夹着一根烟，不紧不慢地抽着。

这里是禁止吸烟的，但这会儿大家都在专心致志地听戏，没人注意，只有庄奶奶刻意寻找时发现了她。

高兴的同时，见她轻蹙眉头，散漫抽烟，庄奶奶又心生几丝不悦。

她起身从后台绕到门外进来，本来要和林琅说几句话，恰好碰见了一位老熟人，只好暂时作罢。

林琅挑的位置靠近角落，这边没几个人，光线并不怎么好，恰巧可以稍稍遮盖她脸上的红肿，台上的谢瑾年也不容易发现她。

只是，那些都是她自己以为的，她出现在台下的那一刻，谢瑾年就已经看见了她。

她出现在那儿其实挺显眼的，她自己大概感觉不到。她和别人气质不同，明明是抽烟这样不算好的行为，她却做得从容又优雅，让人反感不起来。

她靠在那儿，吐出烟圈时漫不经心地扫过台上的他，他立刻转开视线，好像没发现她一样，专注着表演。

今晚的表演已经接近尾声，谢瑾年一身青衣打扮，昆曲唱腔，抹彩勾脸，身姿曼妙，这样的他，容光照人，瑰姿艳逸，与平日里完全不一样。

林琅觉得，只有这样的时候，他才是最自在的，平日里她瞧见的，是他，却又不像他。

表演结束时，林琅的烟也抽完了，她小心翼翼地掐灭，又用纸巾包好，丢进一边的垃圾桶里，转身准备离开，却被一个年轻男孩拦住，指着后台的方向笑着说："小姐，谢老板请您进去。"

林琅回眸，满场子的人还没离开，年轻人喜爱追星，想去后台和谢老板亲密接触，却都被拦在了外面，十分失望。

收回视线，林琅想起自己脸颊上的红肿，轻声回道："我有点儿事，你回去告诉谢老板一声，我得先回去了。"

那男孩也没强求，目送她离开，随后回了后台，对着还扮着的谢瑾年说："谢老板，那位小姐说她还有事，先回去了。"

谢瑾年面色不动，抬抬手，那男孩便出去了。他站在镜子前，一点点摘掉抹额、鬓发、流光溢彩的首饰，忽然有点儿心烦。

他回到家，发现林琅没动饭菜。

庄奶奶看着满满的菜盘子叹了口气："这孩子，我在戏楼遇见熟人了，没来得及和她说话，她听完戏就走了，是不是怪我们了？"

其实他们哪里有做错什么呢？何谈怪罪一说，只不过是关心则乱罢了。

"我去看看。"

谢瑾年留下一句话便离开了餐厅，这倒让庄奶奶有点儿意外，不自觉道："这是怎么了，突然转性了？我也没说什么，自己就去看看了？"

林琅的房间亮着灯，今天倒是记得关门。门口附近，有张彩色的传单，谢瑾年捡起来看了看，是卖啤酒促销的宣传单，怎么会出现在这儿？

他轻轻皱眉，抬手敲了敲林琅的房门，敲第一次的时候，里面没动静，第二次依然，第三次时有了变化，"哐当"一声，似乎有什么东西掉在了地上，他下意识去推门，里面反锁着，他进不去。

他正要开口喊她，门就被人从里面打开了。林琅没料到敲门的会是谢瑾年，还以为是庄奶奶，脸上残留着惊讶，身上弥漫着浓浓的酒味。

谢瑾年没说话，直接上前一步，她不自觉后退，他就这么进来了，林琅后知后觉地跟上去，因为喝多了酒，脑子有点儿懵，见他迈了几步停在她买回来的啤酒前，剩下的已经基本都是空罐子了。

“抽烟喝酒，所有坏习惯，你都占全了。”

谢瑾年蹲下去，将喝空了的罐子收拾起来丢进旁边的塑料袋，转过头发现林琅就坐在床边那么看着他，眼神呆滞，毫无神采，左脸颊上有明显的红肿，随便想想就知道是怎么回事。

“谁打的？”他放下手里的袋子，走到她面前站定。

林琅仰头看着他，轻笑一声：“怎么，又不是打了你，你那么紧张干吗？”

谢瑾年没理会，只是问她：“谁打了你？”

林琅身子后撤，双手反撑在床上，漫不经心道：“说了你认识吗？管她是谁打的，对你来说有那么重要吗？这是我的事，你不是说我们不是一路人吗？”

谢瑾年直接坐到了她身边，端端正正的坐姿，挺拔的后背，说出的话令人讨厌。

“我们的确不是一路人。”他平时其实话很少，今日却难得多说了几句，“我母亲生下我时，连我父亲是谁都不知道，我被她卖给班主，从小在戏班长大，背错一个字的词就要挨打，唱的又是旦角，常被师兄弟笑话，长大些才好一点儿。但你呢？”他眼神温和，仿佛话里说的不是他自己，而是别人，“虽然你没和我说过多少，但猜得出来，你家世很好，现在的落魄只是暂时，你迟早会回到那个地方去，我们俩本就不是一路人。”

林琅闻言有些发怔，红彤彤的眼睛看着他，有点儿不自信地问："那要是抛开这些呢？你心里边对我是什么感觉？"

谢瑾年没说话，但他看着她，没有转开眼。

林琅很美，与他见过的那些女孩子完全不同，她有时张扬自傲，有时又隐忍克制，时而像美艳盛放的玫瑰，时而像缠缠绵绵的溪水，她有过那样好的家世，却不曾被变故打倒，这是他最比不上她的地方。

其实，她经历的那些事比他更坎坷更致命，至少他身边还有庄奶奶，可她身边连一个可信的人也没有，但她却支撑着没有倒下。

他有时候看着她执着的样子会很羡慕，羡慕她可以坚持，看见她在烈日下为他匆忙奔走，不眠不休，说不感动那是假的。他长这么大，除了庄奶奶，能为他做到这一步的人，不是死了，便是后悔了，如今却有了这么一个人，哪怕距离很远，也让人心生柔软。

一个骨子里清高的人，是不会说出什么柔软话语的，更何况他们彼此都很清楚，现在两人也许还说得上话，可一旦林琅回到了从前的生活，很多事都会有变数。如果注定了会悲剧收场，那就没必要开始。

林琅的酒量其实很一般，她喝了几罐啤酒，脑子已经不怎么清醒，这会儿更是干脆放任自己，借着酒劲紧紧抱住了他，不管他怎么挣扎她都不撒手，什么自尊都不要了，里子面子全扔了，就那么死死地抱着他，嘴里念叨着"你别走"，那委屈的语气，真是听得人不忍拒绝。

"我们就试一试啊，试一试又不少块肉，我也不会耽误你时间。"林琅扑在他怀里，把头埋在他胸口，呜呜咽咽地说，"我们一定会在一起的，一定会的。"

谢瑾年抬头望着屋顶亮着的灯，即使明明知道怀里的人醉了，但还是问她："你今天为什么喝酒？"

林琅没吭声，也没动。

“为什么抽烟？”

她还是维持着那个姿势，不言不语。

谢瑾年十分直接道：“林琅，在我愿意问你的时候，你却不愿意跟我说，你觉得你喜欢我，不是，你只是因为我对你好。”

听他这么说，林琅的身子瞬间僵住，她直起身，不可思议地看着他。

“在你一无所有的时候，恰好有那么一个异性对你好，也还算入得了眼，所以你就把所有感情都放在我身上。对你父母的思念，可能还有对世事的不甘，你一股脑地丢到我身上，你有没有想过，我是否承受得了？”

他越说脸色越冷漠，说到最后，就连眼角淡淡的细纹都好像从内向外沁出一层冰霜来，他直接将她推开，头也不回地走了。

林琅酒醒了一半，心像生了病一样空落落的，或许她该告诉他的，可话到了嘴边，就像有什么堵着一样，一个字都说不出来。

也许他说得没错，她的心里真正是什么感觉，可能连她自己都分辨不清。

林琅摸出脖子上挂着的玉坠，月牙的形状，还带着她的体温，这么贵重的东西，他给她之后她从来没想过还回去，也没想过收下合不合适。大概是曾经收到过很多贵重的礼物，所以对价值方面的感觉不太强烈，她所想的就只有这是他送给她的，她高兴还来不及，怎么会推拒？

他对她是真好，只是他从来不说，他那种冷冷清清的人，竟然也会有说那么多话的时候。

也许，她真的给他本来平静的生活造成了困扰，或许她该自觉一点儿，看在这个世界上还有人关心她的份儿上，给人家一个清静。

二十三

既然决定了给人家一个清净，那就得付诸行动。

而且就算她不刻意避开和对方接触，接下来她也会很忙，跟林氏集团抢占客户的较量已经到了白热化阶段，林氏集团也开始了反击。

所幸，林氏集团反击的方法正中她的设想，对方也开始降价了，并且比她降得还要狠，本来要和食悦签单的客户又全都跑了回去。陈星虽然没说什么，但把这个情况报给宫辰的时候，还是存了一点儿幸灾乐祸的心思。

宫辰看着陈星报上来的菜料，拿起电话打给助理，让对方查一下林氏集团由谁来负责跟食悦对拼这件事，下午得到消息，林瑞正把这件事交给了林菁。

啊，事情真是越来越有意思了，不知道林琅知道这个消息会不会很高兴？她终于可以在事业上好好打击一下林菁了，他得抽个时间告诉她。

宫辰一点儿都不担心林琅会失败。第一，他曾和林琅是同学，对方的才能他非常清楚，虽然这些年一直养尊处优，但虎父无犬女，他相信林瑞程的能力。第二，食悦在他心里并没那么重要，即便林琅失败，赔掉的那些钱他也承受得起，虽说可能会引起董事会其他人的不满，但他自信可以说服他们。

倒不是说他就甘心赔钱，而是……怎么说呢？不管是出于她是自己曾经的同学后来谈不上的朋友，抑或是……初次暗恋的对象，他都想给林琅提供这样一个平台。

她成功，那他跟着赚；她失败，他也担得起那点儿赔头。在她众叛亲离的时候，他想成为唯一伸出援手的人，因为这样可以让她看见他。

就像现在一样，他只要打个电话约她出来，她就一定不会拒绝。哪像以前，林小姐的私人电话可从来没跟他透露过一个数字，如果他想和对方接触，那得先拨给她的助理，根据她的心情，由助理安排见面时间。有一次他没什么事，就是想和她吃个饭，对方很大发慈悲地同意了，可一下子把见面时间给排到了三个月之后。

可以想象当时宫辰心里的感受是什么样的。

他现在有一种变态的快感，想不到眼高于顶的林小姐也会有今天。从今往后她就在他的手下求生存，他可以任意折磨她，为了达到她的目的，她也一定会对他非常顺从。只要想想这些，他就兴奋得连手指都在颤抖，字都写不好了。

宫辰干脆收起了笔，他当然不会折磨她，好不容易到了他手中的人，他可没那么蠢，亲手将对方推得越来越远。

思及此，宫辰拿起电话打给秘书：“去订一束花送到食悦给策划部的林小姐，要又多又漂亮，今天下午下班之前送到。”

秘书有点儿惊讶，老板出席活动的女伴虽然每次都换，却不见有什么女人来公司找他，更不见他主动要送给谁花，且一般都是特助直接安排下去的，今天居然亲自打电话来让她订花，看来这位林小姐不一般。

咦？咦！该不会是林氏集团那位落魄的大小姐吧？好像前阵子还真听人说过她到食悦上班了。

秘书小姐抱着微妙的心情按照老板的吩咐，订了九百九十九朵朱砂玫瑰，让花店在今天下班之前一定送到，得到花店确认她才挂了电话，开始和身边的二秘交头接耳。

八卦是女人的天性，这一点克制不住。林琅还不知道所谓的风言风语，她这会儿也没那么多闲心去考虑别人的看法，她正在说服陈星接受她的要求。

“林小姐还要降价？”陈星脸色都变了，无法控制地露出了嗤笑的表情，“林小姐，不是我说，现在我们食悦已经损失了一大笔钱，您现在还要降价，继续赔钱，这要是被林氏集团的人知道，还不得笑掉大牙？”

林琅站在窗前看着外面，听见这话就望向她，认真地说：“宫辰不是说我想怎么做就可以怎么做吗？”

陈星瞬间闭了嘴。

宫辰还真是这样说过。怎么说呢？陈星觉得，宫辰现在有点儿古代昏君的模样，豁出一个子公司来给林琅糟蹋，就为了图林小姐欢心。

陈星噎了好半天，才深吸一口气，勉强挤出一个笑容说：“对，是的，宫先生说过的。”

林琅望着她温和一笑：“那么，董事长都这么说了，我是不是可以降价了？”

陈星握了握拳，继续笑道：“当然可以了，林小姐放心，我会吩咐下去，您把降价幅度告诉我就可以。”

林琅点头说：“比他们低就好。”

其实，仅仅是降到比林氏集团价格低，就已经是降了不少了，因为林氏不回应则已，一回应便直接降了很大的幅度，这会儿估计正等着他们自取灭亡呢。

陈星没言语，等林琅走后便将降价的事情安排下去，连下面基层的员工都开始胡思乱想，公司是不是要倒闭了？

同样，得知食悦做法的林菁也笑得合不拢嘴。

“我说这个林琅啊，平时看着挺聪明的，怎么干起工作来这么蠢呢？还降？宫辰也是，居然真的任由她折腾，他这是被林琅下了迷魂药吧。”林菁拿着报表，瞥了一眼旁边的杨翌承，抬起下巴丢过去，“杨翌承，你瞧瞧食悦现在的价格单，你觉得他们还可以撑多久？”

杨翌承打开食悦的食材供应价格单，不多不少就是比林氏集团低一些，他也有点儿替林琅着急，她怎么老想着降价呢，就不能有点儿别的办法？这样降下去，迟早会被林氏玩死，林琅自己应该也很清楚吧。

“说话啊。”林菁看杨翌承紧锁眉头，想都不用想就知道那是在为林琅着急，立刻冷笑道，“杨翌承，你给我记着，我也不是非你不可，想和我在一起的人能从这里排到大厦门口，每一个挑出来家世都比你要好，你可不要学你的前未婚妻犯傻。”

杨翌承当然很清楚这一点。他已经被家里狠狠教育过了。

现在他无比痛恨自己这张脸，要是他长得难看一点儿，再更加不学无术一点儿，说不定林菁就看不上他了。可如果真是那样，杨家要怎么维持生意和基本生活？

别人家是卖女儿，杨家却是名副其实地在卖儿子。

“我记着呢。”杨翌承浅淡开口，放下价格单，冷淡地说，“永远忘不了。”

林菁冷哼一声，直接对下属说：“去，跟着再降，我看她能挺到什么时候。”

林氏的场子大，降低一点儿价格，利润的确会薄一些，但胜在销售量高，一直稳居第一位，暂时去打价格战倒是不会有太大损失。

可食悦就不一样了。

陈星得到林氏又降价的消息时已经接近疯魔状态。本来有几家公司想让她跳槽，她因为宫辰和食悦的优厚待遇而没有答应，现在却开始在电子邮箱里翻找对方的联系方式了。

林琅在外面坐着，也能看见其他人在交头接耳。

他们对她的做法非常不赞同，有不少人已经断定食悦会撑不下去，要被她玩倒闭了，纷纷开始筹划食悦倒闭之后要去哪里工作。在江城这样的大城市，他们失不起业，一旦丢了工作，少了一个月薪水的进账，房租、水电、养车等一系列开销都会跟不上，经济状况会马上陷入僵局。

林琅一点儿都不怪他们。他们和她不熟悉，不相信她也没关系，她只是不明白，她看起来真的很像那种傻里傻气的大小姐吗？

临近下班时分，花店的人直接到食悦策划部将一大捧朱砂玫瑰送到了林琅面前。

“请问您是林小姐吗？”

林琅愣了一下，点头道：“我是。”

花店的人笑道：“林小姐您好，这是宫先生给您订的花，请您签收一下吧。”

此言一出，策划部里顿时鸦雀无声。

乖乖，林大小姐都把食悦赔成这样了，宫先生居然还送她这么多花，这真是打算把食悦送给她当玩具吧！绝对是！一个大写的“药丸”！

林琅睨了睨其他人，面无表情地签了单，花店的人走后，看着地上一大捧朱砂玫瑰，几乎将她整个人都挡住，她要怎么处理它？

玫瑰上的露珠，晶莹剔透，漂亮极了。女人都是有虚荣心的，这样的场景，这样的玫瑰，这样优秀的送花人，能有几个女人抵抗得了？

陈星在办公室里隔着窗户看到这一幕，眼睛都红了。

可林琅的反应一直很平淡。甚至说，有点儿冷酷。

忽然，她蹲了下来，将花束的包装一点点拆开，其他人瞧见这一幕都无心工作了，目瞪口呆地看着她将一大捧花全部弄散，然后站起来吐了口气，笑着对大伙说：“宫先生送大家的花，这段时间都辛苦了，每人都要拿哦，不然宫先生知道会不高兴的。”

这话明显是假的，但现在林小姐是宫先生面前的大红人，他们谁敢造次？自然人家说什么就是什么。

于是乎，下班的时候，路过的人发现食悦公司陆陆续续出来的员工手里都拿着几枝朱砂玫瑰，不由心想，难不成今天是情人节？

他们都下班了，林琅却在加班。其实她压力很大，现在做的这些事连她自己都没十足的把握，她必须选一个恰到好处的时间停止这场价格战，否则一旦林瑞正插手，肯定会察觉到里面的猫腻，到时候她的计划很可能会功亏一篑，那她让宫辰赔钱的事情就坐实了。

这几天她一直睡得不好，上班又费脑子，只能靠着咖啡提神。

拿出镜子照照，黑眼圈很重，眼里都是红血丝，这副样子出去，恐怕会吓到人，可她已经懒得再补妆了。

宫辰到的时候，林琅就是这个样子直接下的楼。

她阻止了对方下车帮她开门的欲望，自己直接拉开车门跨上去，靠到椅背上就开始按额角。

宫辰不由问道："头疼？"

林琅混乱地点了点头，仰头靠着椅背开始闭目养神，宫辰也没再说话打搅她，关了车里的音乐，安静地开车离开。

豪车就是好，里面没了音乐，再没人说话，那就安静得落针可闻。

林琅本来只是想歇一歇，因为头实在疼得厉害，可不知不觉间，竟然就这么睡着了。

再次醒过来的时候，她发现自己还在车里，车窗外的景色很熟悉，是疏影路，再顺着胡同朝里面走一段路，就到四合院了。

林琅立刻转头去看驾驶座，宫辰坐在那儿正在摆弄手里的饭盒，察觉到她的视线就望了过去，见她醒了，直接将饭盒递过去说："我让助理送来的，吃了再回去。"

林琅接过饭盒，看了一眼里面的饭菜说："不好意思，本来说好陪你吃饭的。"

宫辰看看表，挑眉道："罢了，反正改天吃也一样，其实你不用那么拼命，你知道我其实……"

他的话说到一半就被林琅打断了，她惊讶地看着车上的时间："都十点多了？"

宫辰抿抿唇："你以为呢？我陪你在这儿坐了三个小时，一口饭还没吃。"

林琅怔住，半晌才说："抱歉。"她将饭盒递回去，"这个给你，我不饿，我减肥，你吃吧。"说完也不等他回答，立刻拿起背包，"太晚了，我得回去了。"说完直接下了车。

宫辰看着手里的饭盒，嘴角抽了一下，跟着下了车，追上她，冷着脸说："还有一段路，我送你回去。"

林琅立刻拒绝："不用了，这段路我很熟悉，我自己回去就好。"

宫辰似笑非笑道："你也不看现在几点了，这黑灯瞎火的，路上遇见坏人怎么办？"

林琅没说话，他的顾虑确实有必要，这段路的路灯不怎么亮，又比较偏僻，万一真的遇见坏人就得不偿失了。

于是，林琅默许了宫辰的陪伴，快到四合院时，却发现谢瑾年站在门口，正朝她这边望过来。他手里拿着手机，屏幕还亮着，见到她过来便立刻按了一下，林琅这边便显示他有电话打过来，但很快又挂断了。

也不知道为什么，林琅有点儿心虚，可想起他之前的那些话，又觉得他根本不会在意，自己何必自寻烦恼？

"你就送我到这吧。"林琅停下脚步，瞥了一眼谢瑾年，他已经转身回去了，她站在原地，收回视线，谁也没看，似自语般，"接下来的路，我想自己走。"

宫辰无语，他无法确定，她说的仅仅是接下来这段路，还是之后的人生。

二十四

林琅走进四合院，高跟鞋发出清脆的响声。

她回身关上门，放上门栓，回头时院子里已经没有人在了。

她吐了口气，望向谢瑾年的房间，屋里黑着，没有灯光，他睡了吗？怎么会那么快，他大概只是不想看见她，又或者是担心尴尬吧。

既然这样，那她还是不要再贴上去了，两个人都轻松。

林琅放弃了去找他打招呼的想法，径自回了房间，换下套装后去洗了澡，简单地擦过护肤品，便躺在床上努力睡觉。

这几天一直是这样，白天总是很困，晚上却特别有精神，怎么都睡不着。她辗转反侧，翻来覆去，夜里两点多的时候还醒着。

临近八月，天气愈发炎热，她从小体寒，不怎么用空调，这会儿开了觉得凉，浑身不舒服，关了又特别热，林琅烦躁了半晌，终于还是从床上爬了起来，拿着烟盒走出房间，来到院子里的花架下坐定，叠起双腿，点了根烟，漫不经心地抽着。

夜深了，万籁俱寂，她抬头望着天上的月亮，天气倒是不错，还能看见星星，稀奇啊。

林琅拿出手机，找了个角度对着天空拍了照片，收起手机时拇指不小心碰到屏幕，滑到了前面几张照片，谢瑾年的身影定格在上面，古色古香的如意戏楼里，他化着精致的妆容，姿态优雅，唱腔婉转低回，如今回想起来，唱词似乎还在耳边。

林琅扯了扯嘴角，她最近真是太累了，压力大到都开始产生了幻觉，她必须得改善自己的睡眠，否则再这样下去，林瑞正还没死呢，她就先没命了。

掐了烟，林琅抬脚来到门口，拿开门栓，轻手轻脚地离开了四合院。

她走出黑漆漆的胡同，进了街角一间二十四小时的药店，强调了很多次自己不会自杀，对方才卖给了她安定片。

拿着能让自己入眠的药，林琅漫不经心地往回走，这个月份，即便是夜晚也热得难受，路上还有些飞蚊，不多会儿她腿上就被咬了一个包。她停下脚步摩挲了一下，还是不挠了，回去抹点儿花露水吧，不然以后穿套裙时留下红色的包会很难看。

回到四合院，又将门关好，进屋睡觉，这一系列动作她进行得小心又安静，却不知道，她的行为全都落在了这个夜晚同样无法入睡的另一个人眼中。

之后的几天，林琅回来得都很晚，有时候甚至直接就在公司睡，即便回来了，早上又走得早，也不在家里吃饭，谢瑾年、庄奶奶和她几乎见不到面。

庄奶奶是有点儿心塞的，但值得她稍稍高兴的是谢瑾年现在会定期在如意戏楼登台，也有许多慕名而来的年轻戏迷，每次轮到他登台，都会早早地守在那儿。

这些林琅都不知道，食悦跟林氏集团的较量已经有几个回合，因为林氏集团的影响，食悦本来的营业额就不怎么景气，被林琅这么一搞，已经亏损得特别严重，财务部做出来的报告上面，曲线图是直线下滑状态，跌得比股市还厉害。

陈星把这些拿给林琅看，林琅无动于衷，一直保持着和林氏的价格战。很快林氏又开始降价，这次他们也开始赔钱了，并且数额不算小，但林菁觉得，林琅那边马上就撑不住了，她只要保持这个价格一段时间，林琅自然会停止这种无意义的较量，恢复原价，不过到那时，食悦已经受到重创，不像林氏有稳定的客源，食悦会很难从这场价格战里全身而退。

然而，林菁万万没想到，林琅的根本目的，完全不在价格。

终于要到关键时期了。

看着林氏集团最新的价目表，林琅松了口气，很好，林菁没察觉，她承受了这么久的压力，终于可以做她最想做的事了。

“孙经理。”林琅走到策划部经理的办公位上打了个招呼。

孙经理立刻站起来，笑着说：“林小姐有什么吩咐？”她嘴上这么问，其实心里在想，难不成是又要降价？

林琅将孙经理刚刚给她的林氏集团价目表递过去，直接说：“我们可以恢复原价了。“

孙经理一怔：“什么？”她满脸不解，“林小姐，您这是什么意思？现在林氏降到那种程度，我们反而要涨价吗？”

林琅点头说：“对，恢复原价，不过在那之前……”她微微一笑，那个笑容，看得孙经理不寒而栗，“用我之前定下来那几个皮包公司，尽可能地收购林氏集团在售的商品。”

孙经理顿时明白了林琅的用意。

原来她的计划是这样的。

孙经理有点儿发懵地下达了命令。傍晚的时候林菁询问销售情况时，被告知有几家新公司签了大量订单，综合下来他们赔了不少钱，不过林菁一点儿都不担心，因为她觉得也就这两天，林琅那边肯定会受不了恢复原价，到时候他们再稍微比他们便宜那么一点儿就可以了。

只是令她意想不到的是，第三天林琅那边虽然恢复了原价，可等她也跟着恢复原价，只比他们低一点儿的时候，食悦居然推出了一批特价产品，说是优惠新老客户，价格只比林氏集团之前的最低价稍微高一点儿，很快便销售一空，而林菁这边的订单量直线下滑，不少老客户反映，食悦那边的特惠产品连包装都没换，全是从林氏集团那收购回去的，这是要把人气死的节奏。

林菁一生气，智商就开始不够用，这种被算计的感觉她可受不了，立时便要去找林琅，她现在完全不把林琅放在眼里，觉得捏死她特别简单，杨翌承使劲拦着她，见实在拦不住，便把这件事告诉了林瑞正。

林瑞正得知事情经过后，先不紧不慢地抽了根烟，才在杨翌承不断地催促之下把林菁拉了回来。他扫了一眼杨翌承，对林菁说：“菁菁，不是爸爸不让你去收拾她，而是你这样直接去会有失身份。翌承，你也别觉得我这样就是赞同你，事实上，我很不喜欢你和我女儿在一起，却总去关心琅儿，不要有下一次。”

杨翌承抿唇，没有说话，但点了一下头。

林菁冷哼一声，转开脸不说话，明显是还没消气。这次是林菁第一次完全自己拿主意做事，可却输给了林琅，被对方狠狠吃了一口，她怎么可能咽得下这口气？

林瑞正和颜悦色地安慰女儿："菁菁，不用不开心，你赔了多少钱，爸爸都会替你讨回来的，而且，会让她十倍奉还。"他挑起眉，眼中现出几分狠意，"宫辰那小子，年纪不大，胆子却不小，警告过他之后居然还来敢跟我作对，那就别怪我不讲情面了。"

林菁闻言，立刻笑着说："爸爸你早该那么做了，那个宫辰，上学的时候我就觉得他不是个好东西，你这回一定得让他吃点儿苦头。"

林瑞正点点头，林菁这才算是勉强放弃了去找林琅泼妇骂街的想法，杨翌承忽然觉得，他虽然替林琅挡住了林菁，却好像给她带去了更大的麻烦。

其实，就算杨翌承不找林瑞正，林瑞正也不会袖手旁观。

事情发展到这个地步，林琅的意图很明显，她要替她死去的父母报仇，想夺回整个林氏，这怎么可能呢？

他不会让她再有任何发展壮大的机会。

二十五

打了个胜仗，林琅接下来可以放松一段时间。

食悦公司财务部再次制作的曲线图上，销售额又飙升了回来，甚至比打价格战之前还赚了不少，陈星已经彻底没了想法，看着要给林琅办庆功宴的下属，她皮笑肉不笑地附和着，并且亲自打电话订了酒店。

宫辰听说这件事，也表达了要过来的意思，这下各位同事就更激动了，一般他们这种子公司很少可以见得到大老板，这次有机会能够得见天颜，一定要好好表现，一旦博得大老板的赏识，以后升职加薪就不成问题。

所以，本来只是一场庆功宴，主角还是林琅，其他同事却都盛装出席，打扮得好像参加酒会一样，特别高大上。

林琅站在餐桌前，端着高脚杯，漫不经心地扫过那一张张殷勤的脸，他们都在等宫辰，好像他才是今天的主角，她一点儿都不意外。

如果换作以前，即便今天宫辰会来，可只要她一出现，就会吸引所有的视线。财富是一个人说话的底气，谁的钱多，别人就会更看重谁，这没法避免。人都有慕强心理，即便你年纪小，甚至没什么太大的建树，但只要你有一个好家世，腰缠万贯，哪怕小学没毕业，别人也会把你的话当作金科玉律。

世态炎凉，人心不古，是她如今最深刻的体会。

宫辰来的时候，真的可以称为万众瞩目。他穿着三件套西装，一颦一笑都完全是现在女孩子们喜欢的那种类型，矜持高傲，漫不经心，又带着点儿匪气，当被万众簇拥的他用眼神锁定的时候，每个人很难抵抗，基本上是立马沦陷，但林琅没有。

她还是靠在酒桌边，端着高脚杯抿着红酒，身上穿了一条V领长裙，领口开得很低，大片大片的肌肤露出来，被酒红色的裙子衬得愈发白皙了。

这个颜色单看有点儿老气，可穿在她年轻美丽的身体上顿时变得娇艳妩媚。

可她只是轻轻慢慢地睨了他一眼，便收回视线端着酒杯朝别的餐桌走去，背影修长窈窕，美艳极了。

这就是宫辰印象中她该有的模样。

那一挑眉，一勾唇，就轻瞧了你，看得男人打心底里升出一股征服欲来。

宫辰朝她走过去，她不回头都能感觉到身后乌压压的气息，一边拿起桌上的甜点一边不在意道："宫先生放着一大批爱将不管，跟在我屁股后面做什么。"

宫辰顺手端起路过的服务生托盘上的酒，走到她面前和她碰了杯，笑弯了眼："那些人算不了什么，你才是我的宝贝，这次能赢了林氏集团可全靠你。”

林琅望着他说：“你觉得我下次还可以赢吗？”

宫辰一顿，遗憾道：“我觉得不会。”

林琅勾勾嘴角：“我也觉得不会。”

其实他们都很清楚，这次是赢了，下次就很难再赢，因为林瑞正肯定已经开始关注他们了。他可以这么多年在林氏集团屹立不倒，最后还毫无意外地夺走林瑞程夫妻俩还有他们女儿的股权，其他董事居然都没人声讨，就说明他不是个简单角色。

他就好像一座大山矗立在那里，连宫辰都说不好自己能不能翻过去，更别提初出茅庐的林琅了。

“不管了，总之这次赢了，下次他要做什么，随机应变就是了，赔钱也不是赔我的钱，他总不能大半夜跑到我住的地方，连我也杀了吧？”林琅说完将杯里的酒一饮而尽，长舒一口气说，“我要休息两天，做点儿别的事，这几天先不去公司了，跟你请个假。”

宫辰当然不会拒绝，反而殷切地说：“需要司机吗？免费。”

林琅看着他：“你喜欢我啊？”

宫辰一怔，有点儿惊讶地回望着她，她一笑：“哎呀，开个玩笑，诈诈你，不过好像被我说中了？”

宫辰抿唇不说话，林琅嘴角笑意加深：“我有那么好吗？”

宫辰干脆转开头望向别处，不理她。

林琅继续说：“其实你不应该喜欢我，就我现在这身份，你爸妈肯定不会同意你和我在一起，尽管他们已经把主要业务移到国外去了，国内你一人独大，但他们肯定也不会想你娶个麻烦回家，整天被林氏集团视作眼中钉。”

宫辰转回头来冷哼一声："林小姐你太操心了，那不是你该关心的事，你的小脑瓜想的东西真多，头发都该掉光了吧？你还是烦恼一下怎么把林瑞正打败吧，我可不想跟着你一起倒霉。"

说完，宫辰就抬脚走了，看背影似乎生了气。真是的，生什么气啊，这男人太小气了，踩到尾巴就炸毛，和猫一个属性，事实摆在那儿，还不让人说了？

林琅耸耸肩，又从服务生托盘里端起一杯酒，本来酒量就不怎么好的她很快就彻底醉了，半倚着桌子在那犯晕。刚刚走远没多久的宫辰一直关注着这边，见她这副样子不得不又走回来，直接将她横抱起来离开会场，全场人的目光都集中在了他们俩身上。林琅喝醉了不省人事，根本不知道发生了什么，手还跟玩似的在那摆弄他的领结，走到会场门口的时候，已经把他的领结给扯了下来。

把林琅塞进车里的时候，宫辰恨得牙痒痒，瞪着她说："你给我记着，现在丢的人，我迟早要讨回来的。"

林琅迷迷糊糊地趴在后车座，勾着嘴角笑："嘛嘛，丢什么人啊不丢人……"

宫辰憋着气不说话，坐到另一边，让司机开车去疏影路。

夜里九点多的时候，四合院的门响，庄奶奶刚巧出来小解，以为是林琅忘记带钥匙，立马上前开了门，等她瞧见门外站着的宫辰和靠着他的林琅时，感觉三观要被推翻重建了。

"怎么回事？！"庄奶奶立马把林琅拉过来，林琅就靠着她的身子晃悠，她一脸严肃地瞪着宫辰，"你没事灌我们林丫头酒干什么？没安好心！你对她做什么了没？"

宫辰指着自己："阿婆，你没搞错吧，我看起来像那种乘人之危的人吗？而且你搞搞清楚，是她自己喝成这个样子，我可没灌她。”他看看自己身上的西装，一股子酒味，烦躁地皱起眉，望向庄奶奶说，“我义务尽到了，走了。”

宫辰下台阶时差点儿跌倒，有些郁闷地扫了一眼身后，快步离开。

庄奶奶自己扶着林琅还要关门实在有点应付不来，于是干脆直接大喊谢瑾年的名字，谢瑾年听见门口的动静早就出来了，只是这会儿才上前。

“喝成这样，也不知道怎么想的。”庄奶奶叹了口气，直接把人丢给谢瑾年，“你送她回房间休息，我来关门。”

谢瑾年睨了睨林琅，身上的衣服真是有伤风化，姿势摆得那么扭曲，裙子领口本来开得就低，这下干脆全被看光了，胸贴原来长那个样子。

意识到自己在想什么，谢瑾年皱皱眉，烦躁地将林琅抱起，走到她的房间，直接踹开门，几步跨到床边，直接把她丢到床上。这下可好，裙子的胸口处干脆扯开了，里面的风光，一览无余。

谢瑾年站在床边看了一会儿，弯下腰将她整个人翻了个身让她趴在那儿，随后扯出她身下的被子，将她裹得严严实实。

林琅脑子混乱极了，嘀嘀咕咕地说：“你干吗呀，包粽子啊。”

谢瑾年转身要走，林琅直接一只手给他拽了回来，努力睁开眼看了看，嘿嘿一笑：“谢老板，真巧，在这碰上你。”

他们有好几天没见了，同一个屋檐下可以做到好几天不见面有两种可能，一种是一方许久没回来，另一种就是有一方在刻意躲避另一方。

他俩之间，两者兼而有之。

谢瑾年嘴角抽了一下道：“放手。”

林琅不放，用了力气直接把他拽到身边，当成毛绒玩具那样直接搂在怀里。往日里谢老板一挑眉一冷笑，林琅立马就范了，可今天不行，他是见识过她喝醉时的样子，现在却觉得那次她根本醉得不够彻底。

“林琅。”谢瑾年盯着她喊她的名字。

林琅没听见似的紧紧抱着他，另一边还踢开了被子，露出纤细白皙的腿，直接搭在他身上，十分豪放。

谢瑾年眉头一挑，又叫她：“林琅。”

被叫的人依然什么都没听见一样，躺在那开始呼呼睡觉，可睡归睡，力气却一点儿都不小，怎么都不肯放人，谢瑾年的语气终于有了松动。

“林琅！”

这都感叹号了，足见语气在加重，林琅不得不给点儿回应，她闭着眼，自语般道：“嗯嗯嗯，我在我在，别想我，我就在你身边。”

谢瑾年一怔，注视着她微红的脸颊，那是害羞了吗？怎么会，她明明醉了，那么，应该是因为醉了吧，所以脸才红了。

他好几天没见过她了。

他有了一种不应该有的想法，明知道不会有什么好结果，可还是控制不住。那种明明很清楚会功亏一篑，却还是刹不住的感觉特别可怕。

林琅半梦半醒间，呢喃着什么，她凑近他怀里，闻着他身上那熟悉又陌生的味道，满足地喟叹着：“谢瑾年……”

谢瑾年低头望着她的脸，呼吸变得急促，有点儿控制不住地低下头去，隔着头发，不断摩挲着她的额头，一直波澜不惊的心好像忽然又学会了跳动，那种感觉，难以言表。

他特别讨厌这种感觉。

二十六

很难形容那种一觉醒来看见喜欢的人在旁边的感觉。

林琅现在脑子一片空白。

大概是昨晚宿醉，头很疼，她醒得特别早，天才蒙蒙亮，照现在的月份顶多也就五点多。

谢瑾年靠在床头，她趴在他怀里，他雪白的衬衫上残留着疑似她昨晚流的口水，林琅下意识想替他擦一擦，但都已经干了，这样只会吵醒他。

他睡着，眉头微蹙，好看的脸上有些疲惫，这会儿月亮还没完全退下，而他就像拂晓的月亮一样，掩盖了所有的明亮，整个天际上只能看得见他。

和杨翌承在一起时，她从来没有过现在这种感觉。她与对方的相处，总是非常冷静，除了偶尔会比对待一般人稍稍和睦一些之外，几乎没有区别。

那时的她不太懂真正的爱情是什么样，那种喜欢的情绪又是如何的，只是觉得杨翌承外在条件不错，属于带得出去的那种，又确保可以带得回来，以后不会背叛她，对她也还算体贴，父母又满意，两家知根知底，那就足够了。

这个另一半从各方面条件上都符合她的标准，于是就和对方开始恋爱，并且抱着必将结婚的心态，哪知最后会是那样的结果。

也许没有林瑞正的事，她这辈子就会这么过了，嫁给杨翌承，生个孩子，林家和杨家合伙做生意，时间久了，即便她对杨翌承没有那种挚爱的感觉，至少也会有亲情。她当然也会吃醋，不允许对方和别的女人走得太近，属于她的东西，就算没有特别喜欢，也不允许别人觊觎。

林琅现在的心情很复杂，她觉得自己对谢瑾年的这种感觉是喜欢，可谢瑾年之前的话犹在耳畔，她原本不是个拖泥带水的人，可竟然也会因此迟疑不定，这种改变真糟糕。

忽然，谢瑾年的眼睫颤了颤，林琅立刻闭上眼继续装睡，她呼吸有点儿不稳，脸开始泛红，渐渐地，感觉抱着她的人有了动静，他似乎很小心，怕惊醒她一样，努力撤出身体。

林琅顺着他的力道慢慢倒在床上，闭着的眼快要撑不下去，她能感觉到对方的视线在她脸上停留了很久，看得她浑身冒汗。她这才发现，这么热的天，两人方才拥抱着，她竟然没有觉得热，难不成开了空调吗？还是谢老板其实是天然空调？

林琅心里乱哄哄地想着各种各样的事，那种被人注视的感觉却渐渐消失了，并且越来越远。随后，她听见隐约的关门声，林琅立刻睁开眼望向门口，他已经走了。

她又看向挂钟，果然才五点多，心里好烦，要是他可以晚一点儿醒就好了，她早就想摸摸他的头发和脸，那样清高的人，在没有特定关系的情况下，做梦都别想做到这些，上一次“偷香”摸了一下他的脸，速度那么快，手感却一直让人流连不忘，谢瑾年身上的每一处，好像都对她充满了诱惑力。

她甚至会产生“但求一睡”这种想法。

她真的越来越糟糕了。

怎么可以这样?

林琅喘了口气坐起来，低头一看，才发现她身上还穿着昨晚的裙子。这一看不要紧，那么低的领口，正常情况下她会谨慎对待，不会露出什么更过分的痕迹，可……昨晚那么醉着，躺得又那么“豪放”，谢瑾年不可能什么都没看见。

林琅有点儿烦躁，直接脱了裙子扯下胸贴，光着身子去换衣服。

等她再出门的时候，已经换上了宽松的T恤和短裤，尽管只穿着平底拖鞋，可那两条大长腿真的是太夺人眼球了，但凡是站在院子里的人看见，都很难不去注意。

她按着额角直接去洗澡，昨晚就那么睡了，感觉现在身上还有酒味，这么邋遢的她，谢瑾年居然可以搂着凑合了一晚，不知道他心里是不是也有她，要不然他看起来洁癖那么严重的人，为什么可以这样忍受她?

当然了，也有可能是因为别的，比如说她喝醉了毫无形象，使劲拉着他不让走，从她醒来时紧紧攥着他胳膊的姿势来看，这种可能性高达99%。

想到这些，林琅洗澡都洗得心累，洗完之后又在浴室磨蹭了一会儿，出来的时候也六点多了，庄奶奶醒得早，平时这会儿也起来了。林琅从浴室出来，一边擦着头发一边往回走，随意朝院子里一看就瞧见一个身影，原以为是庄奶奶，可仔细一看，不是。

院子里站着个陌生人，一大早门还没开她就进来了，说明是昨晚就在这儿的。

林琅顿住脚步，放下毛巾湿着头发望着她，她同样地回望过来，两人对视片刻，打破沉默的是庄奶奶。

"臻臻起来了啊。"庄奶奶从房间里出来，拉了拉身上的外衫，笑眯眯的，特别亲切，比平时对林琅还亲密，林琅看得心里醋味不已，莫名对出现在院子里的人产生了厌烦。

那女孩笑了笑，瞧着应该和林琅差不多大，她热络地和庄奶奶说："嗯，有时差，睡不着就起来了，这位是？"她望向林琅。

庄奶奶这才看见林琅，恍然道："林丫头也回来了，今天这么早起来。"

林琅抿了抿唇，半晌才说："我这两天有假期了。"

庄奶奶点点头，没再说啥，拉着那个女孩去了厨房，两人亲密无间，她倒好像成了外人。

说的什么话，她本来就是外人，只是相处了一段时间，还真把自己当成人家自己人了？

林琅心情很差，前路还不知道有多少荆棘等着她，虽然赢了林氏一次，但这一次也是侥幸，因为林瑞正根本没过问。她很清楚林瑞正今后肯定不会再轻敌，她的状况举步维艰，这才申请了几天假期，在暴风雨来临之前，好好安抚一下自己。

只是没想到，在这原本最能让她安宁的四合院里，也会有让她焦躁不安的一天。

林琅没说什么，也没硬往上凑，回房间开了电脑，打开之后又不知道该做些什么，只能对着屏幕发呆。

她叹了口气，双臂撑在桌上按着额角，闭起眼想，也许最近与他们接触少，再加上宫辰的事，庄奶奶对她生疏了吧。又或许，她也只是对方的寄托，今天出现的女孩才是人家最疼爱的人，她什么都不是。

用手捂住脸，林琅平静了好一会儿才放下，打开浏览器查看林氏集团的新闻，看对方最近有什么动向。

她翻看了好久，现在市面上风平浪静的，林瑞正好像真的不打算做什么，宫辰出任董事长的升荣集团股价一直在飙升，林氏因为子公司的效益降低还曾有一段股价下跌的情况，但很快就缓了过来，如今的形势仍然一片大好。

林琅突然觉得自己真的很渺小。她承受了那么大压力，熬了好多个日日夜夜做出来的事，能给林氏集团带来的只是像被蚂蚁咬了一下那样的涟漪，根本不值一提，如果要达到目的，她还有很远很远的路要走。

林琅舒了口气，关了电脑，房门被敲响，原以为是庄奶奶叫她去吃饭，她快步去开了门，谁知外面站着的竟然是谢瑾年。

他与凌晨时分见到的模样有了明显不同，显然是打理过了，少了几分慵懒，多了几分清雅。他向来不喜欢笑，就那么轻轻淡淡地站在那儿对她说了“吃饭”俩字，便转身走了。

他今天又穿了西装，不是上次那套黑色的，而是更配他的深灰色，瞧瞧那高挑修长的背影，宽肩窄腰的模样，活脱脱就是四个字——盘正条顺。

林琅不免有些惆怅，美好的东西谁都喜欢，可如果很清楚他不会属于自己，再欣赏也得不到，就不由自主地感觉人生无望。

林琅到底还是去吃饭了。

坐在席上，本来总是三个人的餐厅多了一个人，尽管刚起来，那女孩依然打扮得十分精致漂亮，与不施脂粉的林琅比，倒是有点儿艳压了，林琅忽然想回去再化个妆，可人都到了，再回去显得刻意，这第一筹被对方夺走了，让人沮丧。

“来，我介绍一下。”庄奶奶笑着说，“这是成臻，那是林琅林小姐，是这里的租客，你们俩年纪应该差不多，也更有共同语言，这段时间臻臻会住在这里，你们俩多交流。”

听听，叫人家就直呼其名，叫她后面就得加个……小姐……，这亲疏远近，一目了然。

更让林琅难以释怀的，其实是谢瑾年。

他那么一个冷若冰霜的人，对谁都疏离单薄，唯独对成臻不同，他甚至会给她夹菜，偶尔还会对她露出一个温和的笑容，一如他柔和的嗓音。

成臻时不时会看看林琅，那探究的眼神，是个女人都能明白。陈星知道宫辰对林琅的心情之后，也曾经用那种眼神看过她，林琅真是不知道自己是不是该感到荣幸，可以和两个男人有这种牵扯。

“我吃饱了，你们继续。”林琅吃不下去了，实在倒胃口，没吃几口便起身离开，头也不回，没见到她起身时谢瑾年的目光追随着她，直到她消失在餐厅门口。

“林丫头这是怎么了？”庄奶奶还有点儿不太明白，但很快便将注意力全放在了成臻身上，“臻臻你多吃点儿，国外那些快餐一点儿营养都没有，还是中餐好吃。”

成臻笑着应声，吃得十分开心，庄奶奶还在感慨：“唉，你现在都这么大了，想当初谢老板正红的时候，你还是个扫地的小丫头呢，那时候你姐姐唱武生，谢老板唱旦角，他们俩合作的《嫦娥奔月》真是一绝。”

谢瑾年慢慢放下筷子，也不知是因为林琅突然离席，还是因为庄奶奶提到了某个人，他神情沉静下来，又坐了一会儿便离开了。

看他走了，成臻小声问庄奶奶：“奶奶，那个林小姐和谢老板是什么关系啊？”

庄奶奶一愣，有点儿不太好形容，半晌才说：“他们现在……没有关系吧，谢老板说他们不是一路人，我原是想着撮合他们的。”她有点儿失望。

成臻面目一凝，随后笑道：“奶奶，你就别撮合了，我这不是回来了，我姐姐没有完成的事，就让我来替她完成吧。”

庄奶奶闻言彻底僵住，诧异地看着她：“臻臻，你……”

二十七

虽然心情糟糕，但日子还得过下去，计划也要继续实施。

林琅没吃完早饭也不饿，回房间换身衣服，简单化了妆，便拿着包准备出门。

走到院子里的时候，她见到谢瑾年从餐厅里出来，他站在那儿斯文有礼，文质彬彬的样子，满身的书卷气，身姿挺拔得像一棵落满了雪花的树。他好像什么颜色什么衣服都能穿得很好看，不过深灰色的西装特别衬他。

“去哪儿？”他问着，走下来，依旧是那副清高的样子，却好像的确有哪里不一样了。

林琅随口胡诌：“上班。”

谢瑾年将她上下一打量，不紧不慢道：“你不是有假期了吗？”

林琅一愣：“你怎么知道？”

他解释得非常随意合理：“早上你和庄奶奶说话，恰好听到的。”

林琅嘴角扯了一下，良久才说："我有事要出去一趟，你回去吃饭吧。"

谢瑾年闻言并不回去，那模样好像在等她说些什么。林琅有点儿纳闷，她能说什么？邀请他一起去吗？不行，她要去做的事，他过去还真的不太方便。

踌躇半晌，林琅还是点了点头离开了，谢瑾年拂手立在那望着打开又关上的门，嘴角似笑非笑地勾着，十分危险的感觉。

林琅当然看不见这些，她离开了四合院便乘地铁去公安局，这件事她早就想做了，但因为忙着应付突变的生活和工作，一直推迟到了现在。

关于父母的车祸，她总觉得有疑点，但警方在车子上没发现什么异常，父母车祸后受了很重的伤，入殓师忙了很久才勉强帮他们完善了遗容。那时候林瑞正表现得非常伤心和担忧，怕她看见会受不了，所以阻止了她见父母尸体的想法。

林琅父母的丧事是林瑞正一手操办的，她那时大受打击，一蹶不振，警方那边也全都交给林瑞正来应付，现在想想，可能存在非常大的漏洞。

既然车子没问题，她有点儿怀疑是不是父母的身体出现了什么状况。

抱着这种怀疑，林琅来到了江城公安局，说出自己的来意后，之前处理她父母那个案子的警官霍远便过来和她见面，但好像有别的案子在等他，不断有电话打过来找他。

"我时间不多，一会儿就要走，林小姐有什么事麻烦长话短说。"

林琅也不跟他兜圈子，直说道："霍警官，我这次来是因为我父母出车祸那个案子。"

霍远点点头，说话很直接："你父母的事已经结案了，你现在过来是有什么疑问？"

果然不愧是搞刑侦的，一下子就猜到了林琅此行的目的。她颔首道："是这样的，我怀疑我父母的死不是意外，希望你们可以再重新查一查。"

霍远有点儿惊讶，颇为无奈道："实不相瞒，林小姐，当初你父母的案子交到我手里的时候，我也存有一些疑问，但车子上没发现什么异常，你父母是当场死亡，因为车祸很严重，你父母的尸身破损也很严重，外在上要判断是什么致命伤需要很长时间，我原本打算让法医试着找一找，但是……"他一笑，"你叔叔说不用了。"

林琅抿唇道："霍警官，我父母的死肯定不是意外，因为……我叔叔他骗走了我手里和我父母的股权，蒙混我签下了我根本不可能签的协议，我那时候因为父母的死根本没心思管那么多，又全身心地信任他，没发现他把协议的签字页给换掉了。"

霍远一怔："是吗？确有此事？"

"当然了，我现在被他从家里赶了出来，身无分文，完全不知道该怎么夺回属于我父母的一切，您一定要帮我查到我父母死去的真相，不能让罪犯逍遥法外！"林琅说到这时有点儿激动，双手握着拳，眼圈发红。

面对这样的她，霍远露出了遗憾的表情："林小姐，我也很想帮你，但很抱歉，你父母早就已经下葬了，而且是火化，就算当初可能存在疑点，现在也没办法再查找了。"

林琅面色难看地僵在那儿，心中也是了然。现在很少有人去世会不火化，所以当林瑞正安排父母出殡火化的时候，林琅一点儿迟疑都没有。就像她完全相信对方，在看完了那所谓的"股权继承协议"之后，也没注意最后的签字页，直接就那么签了，从此便万劫不复。

看林琅状态不好，霍远从怀里拿出一支笔，在旁边同事的办公桌上抽了张纸，撕开一角，在上面写了什么，随后递给了她。

“这是我的电话，我现在有案子得马上出去，林小姐如果需要什么帮忙可以联系我，我虽然挣得不多，但接济一下你的生活还是可以的。至于你叔叔的事，如果你说的都是事实，我建议你去法院起诉他。”霍远说得十分认真。

林琅自嘲一笑，望着霍远说：“霍警官，你太高看我了，你让我去起诉林瑞正？他现在是整个林氏集团最大的股东，是董事长，他能在我家蛰伏四十几年，到今天才出手，肯定是做了万全的准备。可我呢？才二十四岁，我爸妈一直把我保护得很好，什么苦都没吃过，除了在学校里学到的一点儿书本知识之外，我什么经验都没有，你让我去法院告他，先不说我完全没证据证明是他换掉了签字页，就拿律师来说，林氏集团的法律顾问我太熟悉了，他能把黑的都说成白的，你觉得我有多少胜算？搞不好输了之后，不但要赔上律师费和诉讼费，还得被倒打一耙。”

霍远也不知道该如何回答她，这个女孩他见过两次，一次是在调查她父母车祸的案子时，一次是在对方父母的葬礼上，那两次她都冷冰冰的，拒人于千里之外，整个人都被悲伤笼罩着，与他们这些办案人员离得八丈远，林瑞正也刻意保持他们与她的距离，好像生怕她被惊扰了一样，现在看来，或许真的有问题。

沉默半晌，霍远的手机又响了，他叹了口气，对林琅说：“林小姐，很抱歉，我还有别的案子要忙，你的事我记住了，如果可行，我会再想想别的办法。”

事情最好的结果也只有这样了。她也无法强迫霍远拿一个已经结案并且毫无线索的案子真的怎么样。

她深吸一口气，勉强一笑道：“多谢。”

霍远点点头说：“那我先走了，如果有任何需要帮助的，可以随时联系我。”

他转身离开，一身公安制服给人很强烈的威严感，她却察觉不到丝毫安全。

虽然早知道来这一趟恐怕不会有什么收获，可林琅现在还是很伤心。早上的事，再加上白跑的这一趟，她算是彻底心灰意冷了。

从公安局出来，走在人来人往的大街上，她忽然有了一个大胆的想法。

为什么要远离林瑞正呢？似乎靠近他才有可能获得一些反转的可能，也许在家里，或者在林瑞正的身边，才可以发现一些他陷害父母以及自己的证据。

林琅忽然睁大了眼睛，耳边是刺耳的汽车鸣笛声，她感觉身体被人快速拉开，撞进了一个有些熟悉的怀抱，她侧头望去，竟然是谢瑾年。

“怎么会在这里遇见你？”她特别淡定地问。

谢瑾年紧蹙眉头，还有些微喘，方才那辆车距离林琅只有不到一米，如果不是他及时上前把她拉过来，很可能以后就再也见不到她了。

也不知是不是因为最后这个想法，他感觉浑身发冷，呼吸短促而焦急，他也不说话，就那么瞪着林琅，等她抬手去触碰他睫毛的时候，他才拉住了她的手，看着她的目光变得深沉而挣扎。

“你想死？”他冷冰冰地问，“被车撞死？”

林琅望了一眼不远处的马路，她现在的位置已经很安全，便有些晃神地说：“没有，怎么会？我爸妈就是出车祸死的，我就算要死，也会选个别的方式，这样多没意思，重复了。”

这样的话听起来凉薄而惊悚，谢瑾年深深察觉到了她的不对劲，直接拉着她朝路边一辆车走去，那辆车有点儿眼熟，好像是上次去食悦门口接她的时候小郑开的那辆。

谢瑾年直接把她塞进了副驾驶，自己则径直上了驾驶座。看谢瑾年上来林琅还有点儿意外，慢吞吞地说：“想不到你还会开车。”

谢瑾年目视前方，神情紧绷：“必要的东西，还是要学。”

的确，手机不是必要的东西，可以不买，网络不是必备的东西，可以不设，车子是出行必备的代步工具，总是打车或者麻烦别人来载，也不像谢瑾年的风格。

“你要带我去哪里？”林琅后知后觉地问。

谢瑾年冷淡地看了她一眼：“你觉得呢？”

他不会无缘无故出现在这里，她也不会自恋地以为对方是特地来找她的，就算是，他又怎么会在没有和她联系的情况下知道她在这儿？

那就只有一种可能，他们是偶遇。

“你还真是我的天使。”林琅喃喃道，“刚才要不是你，我就下地狱了。”

谢瑾年冷哼一声：“哦，我还以为你会上天堂。”

林琅噗呲一笑：“我这样的人，满脑子都是害人的心思，也不指望上天堂了。”

谢瑾年停下车等红灯，斜睨着她问：“你要害谁？”

林琅望向车窗外，漫不经心道：“曾经或者即将要加害我的人。”

他重新发动车子，面无表情道：“是吗，那你不用下地狱了。”

“为什么？”她望向他疑惑地问。

“因为他们该死。”

二十八

谢瑾年和林琅的确是巧遇。

他路过这里，正要去谈一笔生意，恰好就在公安局门口瞧见了一个熟悉的身影，便不自觉放慢车速停在了路边，本想等着看对方离开之后再走，可那人竟然站在车流量很大的街上纹丝不动，车来了似乎都没察觉。

虽然她不承认，但她可能真的有一瞬间是想死的。她不愿意说，他也就不问，直接开车去了客户那里。

谢瑾年一路把车开到了老城一条古巷附近，停下后下车等她。她愣了一下，立马下车，见他抬脚离开，她马上追了上去。

“你这是要带我一起去？”林琅有点儿不确定地问。

谢瑾年很神秘，他会定期出门，吃穿用度也都不错，还能拿得出那么好的古玉送给她，可庄奶奶却觉得他很穷，怕他饿死，把房子租出去，说明他自己的那些事从来没告诉过对方。

他到底在做些什么？那么有名的如意戏楼，他想登台就可以登台，即便那天晚上除了认识的人以外一个观众都没有，这又是为什么？

为什么如意戏楼的管理员来找他，他甚至可以闭门不见？他面上看着明明就是一个过了气的戏子啊？

很难形容谢瑾年目前的状态，他总是神神秘秘的，这会儿尤甚。

他也不解释，就跟她刚才那副拒人千里的模样似的，倒让她有点儿无言。

说到底，他们俩对彼此都不够坦诚，在她怨对方不表明心思的同时，自己又何尝不是隐藏着很多不为人知的事不肯与他分享。

她怪不了他，他也别想怪她。

这么想着，谢瑾年停在了一个看上去有些老旧的门市外面。这间门市没有匾额，窗子看上去也有些残破，大门上悬挂着皮帘子，应该是为了防止蚊虫进去。林琅看谢瑾年撩开帘子走了进去，她便也跟着进去了。

这间门市里面积不算大，还有点儿挤得慌，屋里摆了几个立柜，还有一个低一点儿的矮柜子，挺长的，下面是玻璃，里面摆着一些样式老旧的东西，瞧着应该是些名不见经传的古玩。林琅将目光放在了立柜上，那里摆着的花瓶虽然不新，却一个个都价值连城。

她不是不识货，奢侈品和古董也见过不少，这点儿眼力还是有的。

林琅将目光挪到谢瑾年身上，他顺着椅子坐下，旁边是个年近六旬的老人，手里拿着烟斗，正在给他倒茶。

“谢老板今天迟到了，倒是这么多年来头一回。”那人倒完了茶便抬眼睨着林琅，笑呵呵地说，“小姐请坐吧，谢老板带着个姑娘来，也是多年来头一回。”

林琅有些不自在，正想说我站着就好，就瞧见谢瑾年指了指他对面的椅子，漫不经心地说了句：“坐。”

林琅下意识就坐到了那儿，坐下之后才回想自己是不是表现得太听话了，又转脸看看那位老人，对方果然笑得一脸揶揄。

林琅皱皱眉，笑了笑没说话，那老人还算和善的样子，开口介绍了自己：“小姑娘瞧着年岁不大，谢老板倒是很照顾你。还不知道老头子是谁吧？叫我何伯就行。”

林琅看看谢瑾年，见对方点过头她才叫了声：“何伯。”

何伯笑笑：“嗯，乖。”他从口袋随便掏出一个扳指递过去，“也没准备什么见面礼，这个小玩意儿拿着玩吧。”

林琅不知道该不该接，于是又去看谢瑾年，她觉得自己就好像被家长带着去别人家作客的小孩，做什么都得先得到家长的批准。

谢瑾年看了那扳指一眼，淡淡道：“何伯给的，就拿着吧。”

林琅这才接过来，摸着扳指的质地，看着那成色，翡翠，老坑玻璃种，真是太奢侈了，随便一给就是这样的极品，这位何伯怕是不简单。拿着那扳指，林琅总觉得手上烧得慌。

“前阵子小郑捡了个大漏儿，是块战国时候的古玉，听说你给买了？”何伯笑着问道。

林琅一听，后背顿时挺得笔直，很想去摸一摸挂在脖子里面的玉坠子，那是谢瑾年给的，该不会和何伯说的是同一个吧？如果是同一个，那得值多少钱啊？上百万该是有了，她居然就这么整天戴着出去，幸好长了个心眼儿没露出来过，一直挂着红绳放在衣服里头，这要是被哪个懂行的贼给看见，她就没好下场了。

谢瑾年没回答何伯的问题，而是直说：“前阵子收了个唐三彩，有位爷瞧上了，给了个价，不知道划不划算，我让小郑拿来给您掌掌眼，您瞧见了吗？”

何伯点点头，起身去了里间，抱着一个特别好看的唐三彩花瓶出来，林琅到底是个外行，不懂他们倒腾古玩的人怎么相看，反正她是觉得那花瓶不管是造型还是色彩，都特别好看。

“是个好东西，留着多好，卖了做什么？那位爷给的价也算公道，但我觉得还可以再放放，过个两年出手更好。”何伯将花瓶放到桌上，这么不起眼的破门市里，居然藏着这么多好宝贝，谁会想得到呢？

林琅是万万没想到的。跟谢瑾年从何伯那里走的时候，她还有点儿回不过神来。

在她最初的概念里，像谢瑾年这样清高的戏子，是没什么大收入的，偶尔登台唱一台戏，观众多了还收入高些，如果像那次登台唱《贵妃醉酒》一样，一个观众都没有，他哪里又能有什么收入？她一直以为，他是不问世事的世外高人，对金钱视如粪土，都是庄奶奶张罗着开销，因为银钱紧缺，这才招了个租客，碰上了她。

可现在，她完全颠覆了那个想法，谢老板怎么可能缺钱？他随随便便拿出个瓶子、坠子，那笔钱就够普通人家生活几辈子了。

直到回了车上，林琅还是有点儿语塞，车子正式进入街区，她才慢吞吞地把那扳指拿了出来，要还给他。

“给你。”她皱着眉说，“这么贵重的东西，我不能收。”

谢瑾年扫了一眼，不咸不淡道：“何伯给你的，你就拿着。”

林琅眉头越皱越紧：“可我为什么收这么贵重的礼啊？我既不是生日，又没替人家做过什么。”

谢瑾年意味深长地斜睨着她，片刻之后将扳指接了过来，随意地套在右手的大拇指上，尺寸倒是意外的合适。

“你戴着很好看。”林琅仔细看了看说，“我不适合戴这种东西。”

谢瑾年不在意，只是说：“我替你保管。”

林琅抿抿唇，望向车窗外，开始发呆。

谢瑾年偶尔会看她一眼，两人难得单独相处，也难得这么安静。

她应该是有心事的，否则绝对不会这样，她一向很吵，往常有这样的机会肯定努力找话题，拉近他们之间的关系，她如今转性了，他反而有些不习惯。

片刻之后，他再次开口问她：“你什么时候去上班？”

林琅惊讶地望向他，他居然主动和她说话，还是询问她的事，真是出乎她的意料，便下意识回答说：“我不准备去了。”

谢瑾年眉眼间有显而易见的讶异，林琅想到方才，他带她见到了他那些甚至连庄奶奶都不知道的“朋友”，觉得她不能这么自私地什么也不透露给他，于是斟酌了一下用词，跟他说：“我想回林氏集团上班，在宫辰那里虽然安稳，不用遭人白眼，可我总觉得，跟林瑞正作对反而会给我带来麻烦，我倒不如适当地示弱，像他当年蛰伏在我们家那样待在他身边，看准时间找机会扳倒他。”

谢瑾年知道些林琅的事，有几次谈话她情不自禁地说过。她是林氏集团原董事长林瑞程的独生女，是林氏集团的千金小姐，父母不在了，叔叔抢走了本该属于她的股权，堂妹抢走了她原来的未婚夫，其他的也没什么了。

这样三言两语把她的身世描述下来，文字很少，却感觉异常沉重。

一个才二十四岁的女孩可以在短时间内接连承受这么多打击却没疯掉，她其实已经很坚强了。

谢瑾年听完她的话很长时间都没说话，等车子快到家的时候，他才开口说了一句："那会很辛苦。"

林琅先是一愣，随后反应过来他在说什么，勾起嘴角浅淡地笑了笑："我知道啊，可我也没别的办法，我是无论如何放不下这些的，就算会很辛苦，还是要继续下去。"

谢瑾年停好车，林琅下车先一步离开，他将车子锁了跟上她，看着她的背影，也不知是不是因为她的经历让她身上增添了许多不一样的色彩。世人在谢瑾年眼中大都是灰白色的，在鲜有的色彩里，林琅是最浓重的那个。

两人一前一后回到四合院，一进去，林琅就瞧见庄奶奶和成臻在花架底下，穿着水袖长褂，唱着婉转的戏词，看她进门，那悠扬的曲调便戛然而止。

成臻停下动作直起身，望着站在门口的林琅，很快她身后又出现了一个身影，那人成臻最熟悉了，可却熟悉得有些陌生。

多年过去，谢瑾年似乎还是那时候的谢老板，但又好像有哪里不一样了。

他站在林琅背后，顺手握住她的手腕，把她往前拉了几步，动作看上去那么自然。

庄奶奶不知是没看出什么不对劲，还是他们经常如此，已经习惯，只是笑着说了句："回来啦！"

她甚至不问问，他们分明是分别出去的，为什么回来时却是两个人。

成臻怔怔地站着，想起小时候在如意班里见到的清高冷淡的谢老板，忽然觉得，活在那个时候的人，除了她姐姐，就只剩下她了。

二十九

林琅还是不能太完美地面对这位名叫成臻的小姐。

倒不是她小气，而是对方也没有朝她表现出任何善意。甚至，对方在某种时候，会刻意做出一些让她觉得“他们才是一家人”的事。

比如此刻。

她和谢瑾年一起回来时接近午饭时间，按理说平日都是林琅帮庄奶奶一起做饭，但今天成臻在，林琅就被排除在了门口，只能站着看着她们，无从插手，甚至无从插话。

这种感觉很微妙，不声不响的，却最打击人。

林琅无声地离开厨房，坐到厨房门口的台阶上，看着不远处那片圈出来的田地发呆。正是枝繁叶茂的季节，菜园子里一片绿色，生机勃勃，瞧见这一幕该高兴和轻松的，如今却充满压力。

林琅忽然就开始厌烦了，为什么当她跌落高峰之后，就总是在不停地迁就和讨好一些人？这是以前的她最不屑也绝对不会做的事，现在却做到了极致。

这难道不是一种悲哀吗?

当你成功的时候，全世界都对你和颜悦色；当你失败了，随便一个人都可以对你妄加揣测，社会就是这么现实，就算是“人之初，性本善”，不是也强调了“之初”吗？当一个人开始成长，善恶也就很难再自我控制。

烈日炎炎，热辣辣的光照着林琅，可她却觉得浑身发冷。她站起来，拍了拍短裤后面的尘土，准备回房间。就在这个时候，谢瑾年端着茶壶从房里出来，漫不经心地朝她招了招手，好像招呼小狗一样，也没说什么话，可她脑子还没反应过来，身体已经很诚实地到了他的房间。

“你找我？”林琅站在门口问。

谢瑾年点头：“进来，坐，外面热，这里凉一些。”

林琅体会了一下，似乎的确如此，但他好像也没开空调，真奇怪。

林琅就这么走了进去，并没发现他们全程的交流都被成臻注视着，对方甚至忘记了帮庄奶奶擀面皮。

庄奶奶打算中午包饺子吃，包完了手里的，看见面皮还没擀出来，就顺着成臻发呆的方向看去，正巧看到林琅走进了谢瑾年的房间，背对着她们将门关上了。

她有点儿遗憾地叹了口气，柔声说：“臻臻，是不是我做错了？”

成臻收回视线低下头，继续擀面皮，摇了摇头说：“庄奶奶，这不怪你，是我的不对。我应该早点回来，拖到今天，要后悔的人是我。”

庄奶奶眼神复杂地看了她一会儿，才慢慢说：“你和你姐姐真像，一样善良，没有心机，其实我从来没想过你还会回国，你姐姐出意外去世的时候，我以为你会恨谢老板，所以我……”

成臻擀面皮的动作顿了顿，良久才说：“姐姐那么喜欢的人，甚至为了他愿意去死，我又怎么能恨得起来。我想，她在天有灵的话，也会希望我来替她照顾好他。”

庄奶奶低下头没说话，眉梢眼角都是怀念与难过，她扫了一眼成臻，想起那时候的事。

那天和往常一样，如意班在如意戏楼里开台唱戏，唱的是成老板和谢老板的代表作《嫦娥奔月》。

理所当然的观众爆满，离戏点还有半个多小时，观众们便开始催着让两位老板登台开唱，场面那叫一个火爆，比前阵子谢瑾年单独登台唱《锁麟囊》时的场面还要火爆好几倍，如意戏楼三层都坐满了人，即便第三层只能看见两位老板的头顶。

可是，如果那次第三层没有坐人就好了，又或者在那些人进场时好好查一查身份也好，这样就不会漏放了心存歹念的人进来，害得成老板为救谢老板而死。

当时庄奶奶刚在后台忙活完，准备到前面瞄一眼两位老板的表演，哪料从天而降一把木头椅子，直直地朝谢老板砸去，庄奶奶都没反应过来，反而是陪同谢瑾年唱戏的成老板察觉到了意外，直接将谢老板往后一推，自己则被椅子砸中了要害，当场血溅三尺，后羿就这么为了嫦娥而死。

庄奶奶至今还记得，亲眼目睹了师妹为他而死的谢瑾年当时是什么表情。他惊慌地上前扶住成老板，用手推开已经碎掉的木椅子，因为太急切，动作不当，手掌被划了一道长长的疤痕，可他好像不知道疼一样，就那么看着成老板。

那次意外给谢瑾年带来很大打击，也给如意班沉重一击。出了这种事，很少有人再来这里看戏。那天丢椅子的最终被查明，是谢老板的一个戏迷，因为入戏太深又求而不得，遂起了歹念，想和他同归于尽。

想起那些往事，庄奶奶就止不住地叹息，人家都说人生如戏，现在想想是没有错的，如今谢老板已经年过而立，没了当年的风光，也不打算找个另一半过日子，当真是如戏文里写的那样，就要孤独终老了。

庄奶奶不希望他这样，所以林琅住进来之后，看她为人很好，模样也不错，才想着撮合他们，哪料到那时候年纪小小就出了国的成臻还会回来，甚至不但不再恨谢瑾年，还想要和他在一起。

庄奶奶想不通，谢瑾年自然更想不到这些。在他看来，对方不恨他，他便把她当妹妹，就如他当年花了很多积蓄送她出国学习一样；如果她恨他，那他便不出现，消失得无影无踪。

这会儿，林琅正坐在谢老板房间里喝茶，她不怎么看他，垂着眼望着他手上的翡翠扳指，脑子里什么都没想，空空荡荡的，纯粹就是在发呆。

谢瑾年沏完了茶，便靠到椅背上望着她："跟我说说你打算怎么回到你那个叔叔身边，又要怎么说服对方接受这样一个心存异心的你。"

林琅抬眼睨了睨他，摇头说："没想好，顺其自然吧，我准备先把我的想法告诉宫辰。"

听了这话，谢瑾年眉头皱了皱，林琅察觉到，解释说："你别想太多，毕竟我之前麻烦他让我进入他的公司，现在又改变主意，总得给人家一个解释。"

谢瑾年慢条斯理地端起茶杯："你觉得他会同意你的想法吗？"

林琅摇头："不会，而且会尽可能地阻止我。"

"哦？"他挑起眉，适当地表现出疑问。

林琅望着他，也不知道出于什么心理，这样说道："因为他喜欢我，所以肯定不希望我去冒险。"

谢瑾年一直淡定的动作顿了顿，没有说话，林琅站起来倾身越过桌子靠近他，低声问他："那你呢，你会不会担心我？"

谢瑾年答非所问："你那么笃定他喜欢你？"

林琅嗤笑一声："当然了，我又不傻，他会这么迁就我，除了我能给他带来一些利益，肯定还有别的原因。上次我请你吃饭，他的表现还不够明显吗？"她直视他，"在感知爱意这种事情上，只有谢老板你是迟钝的啊。"

谢瑾年这次难得没有闪躲，也没有拒绝，他甚至没有逃避，就那么回望着她。雪白无瑕的脸，黑白分明的眼，淡色薄唇，美，用这个字形容他最恰当，但他美得丝毫不女气，反而有一种高贵优雅的魅力。

"这么看着我又不说话，我很容易误会你是想让我亲你的。"林琅皱着眉头说。

她还没反应过来，就被谢瑾年拉到了面前，整个人几乎趴在了桌子上，先是惊呼一声，下一秒就被人堵住了嘴，谢瑾年轻轻吻着她的唇，就那么贴着，没有下一步，他甚至没有闭眼，就那么与惊讶地睁大眼的她四目相对。两人这样僵持了几秒，她忽然抬手捂住了他的眼睛，加深了这个吻。

对于接吻这件事，谢瑾年显然是生疏的，她甚至怀疑，这是不是他的初吻。他那么生涩，僵在那儿被动地承受着她的亲吻，就好像刚才主动索吻的那个人不是他一样。

明明只是一个吻，两人都没有任何更进一步的动作，却觉得缠绵至极，脑子昏昏胀胀的，几乎有些沉迷，甚至都没听见有人在敲门。等成臻推门进来的时候，两人才猝不及防地分开，林琅直接趴在了桌子上，脸变成了猪肝色，肚子有点疼。

谢瑾年坐在椅子上看见她那副样子，原有的几分尴尬顿时荡然无存，他起身将她拉起来，待她不自在地站好之后，面不改色地望向门口，问成臻：“有事？”

成臻还保持着方才目瞪口呆的样子，半晌才低声说：“庄奶奶让我来叫你们吃饭，我敲过门的，但你们没应声，所以我才……”

“无妨，你先过去，我们一会儿就到。”

谢瑾年这样说，旁人听了不会觉得有什么，可落在成臻耳中，却让她难受极了。他叫她“你”，却称呼那位林小姐和他是“我们”，明明是自己先认识他，却反而被排除在外，这种心情真的很难受。

成臻点头离开，转身后泪水不可抑制地流了出来，她仰起头，不让自己显得太狼狈。

正午的阳光刺得人睁不开眼，她似乎又在天空上看见了多年前那位清高疏离的谢老板，他那么尊贵，清高，除了姐姐这位最亲近的师妹之外，与外人从不会多说一句话，每次她因为做错事被班主责怪，姐姐不在的时候，都是谢老板护着她。

那时候多好啊，虽然她还小，他只把她当孩子看，可至少没有林琅。

至少，那时候她还可以抱着不切实际的幻想。

三十

成臻来到这个家之后和林琅吃的每一顿饭都是非常沉默的。

一桌四人，连往日里总是活跃气氛的庄奶奶都不说话了，别人就更不会说什么。

林琅虽然会觉得不自在，可她还有更重要的事去想，没办法把太多心思分给无关紧要的人。

她首要的任务，就是得告诉宫辰她不会再在食悦继续工作下去。

宫辰根本没想到她会做出这样的决定，所以被她约出来时，他还抱着“不是在休假吗，这种时候还约我应该是对我有意思”的想法。

和林琅约定的时间是晚上七点，他从四点钟开始准备，光挑衣服就挑了两个小时，从袖扣、口袋巾到领结或是领带，又浪费了一个多小时，最后鞋子也换了好几双，询问过正在打扫房间的用人，被无一例外地表示十分完美之后才舒了口气，拿起车钥匙去赴约。

用人看看表，已经六点五十了，听宫先生说他约定的时间是七点，他肯定要迟到了。

用人叹了口气，继续打扫房间，不多会儿楼下的座机响了，她立马下去接电话，果然是太太打来的。

宫辰的母亲每天固定在七点打来电话，询问这一天宫辰的情况，她不需要宫辰本人接听，因为很清楚他讨厌这样，也不会和她多说几句，所以打座机让用人告诉她。

用人尽职尽责地汇报了宫先生今天的日常，这里面当然也包括刚才他磨蹭了好久才赴的约会，宫太太听完之后就念叨着："这小子该不会是谈恋爱了吧。"

用人附和："看着像，听宫先生说是很重要的约会。"

"见大客户也没听说他会这么紧张。"宫太太沉吟片刻，"吴妈，你旁敲侧击一下，看看是哪家的姑娘，他和你认识时间长了，防备不多。"

吴妈应下来，挂了电话之后就开始叹气，母子做到这份儿上，倒还不如没钱好，最起码不会感情这么凉薄，把儿子教育得再好，可儿子跟你不亲近岂不是更痛苦？需要从别人的口中知道他的现状，难道不悲哀吗？

七点二十分的时候，林琅才等到宫辰，对方一进餐厅，服务生们就震惊了，派了一个平时口碑最好的过去询问对方是否有预定，宫辰挑眉说道："两位，林小姐的预定。"

服务生马上去查看，随后热情地说："好的，您是宫先生对吗？这边请。"

宫辰被服务生引导着来到餐厅靠窗的位置，这间西餐厅很高档，但他不常到这里来，只知道这是林琅以前喜欢来的地方，她总会坐在靠窗的那个固定位置，和她的前未婚夫杨翌承一起，抑或是和她的父母、叔叔来家庭聚会，那时他们都不太看得起宫家，他也就不愿意和他们凑在一起。

看见坐在窗边正欣赏江城繁华夜景的林琅时，他忽然有点儿怀疑，自己是不是穿得太正式了，因为她穿了条白色的修身连衣裙，散着头发，非常随意的样子。可他呢，皮鞋、领结、三件套西装，好像有点儿过了，可是现在回去换似乎来不及了，宫辰只好趁着服务生没注意悄悄扯掉了领结，塞进西装的侧口袋，等对方望过来时，装模作样地咳了一声，解开西装外套的纽扣，坐到了林琅的对面。

“林小姐，宫先生到了。”服务生笑着说道。

林琅正双手托腮看着窗外，听见声音就收回了视线，坐正身子道：“谢谢，按照我点的上吧。”

服务生应声退下，林琅望向对面的宫辰疑惑道：“屁股下面有钉子吗？”

宫辰皱起眉，板着脸说：“没有。”

“那你老动什么？”林琅眯眼道。

宫辰只是说：“这椅子不太舒服。”

“哦，是吗？可以让他给你换一个。”她立马就要叫服务生。

宫辰冷声说：“不用了，凑合吧，真搞不懂你为什么喜欢来这里，食悦旗下有更好的西餐厅。”

林琅轻轻笑了笑，望向窗外说：“因为我喜欢这个角度，你看，从这里刚好可以看见林氏集团的大厦，CBD 那么多高楼大厦，它是最引人注目的那个。”

宫辰顺着看去，的确，林氏集团的大楼比 CBD 其他大楼都要高一些，大厦顶端林氏集团四个字还有英文翻译都非常闪亮，在夜幕中璀璨耀眼。

“可那里已经不属于你了。”宫辰无情地指出来，“你再来这里，不过徒增伤感罢了，何必把自己弄得那么狼狈。”

林琅抿抿唇，搅拌着杯里的咖啡，笑着说：“没问你喜欢吃什么，直接点了，你不介意吧？”

西餐这东西是一样一样上的，其实宫辰不在意吃什么，他在意的是和他一起吃饭的人是谁。

“无所谓，反正我不饿。”他继续刚才的话题，“林琅，你不需要担心，就算接下来林瑞正要做什么，我们联手，我不相信就一定会失败。”

林琅望向他，他很专注，眼神认真，脸庞英俊，是与谢瑾年完全不同的类型。如果谢瑾年像个世外高人，那宫辰就是典型的世故商人，于残酷之中透着一股高高在上，这跟谢瑾年那种骨子里透出来的清高不一样，前者的清高让人心悦诚服，后者的则会让人觉得傲慢反感，他们最大的共通点就是，全都那么难以接近。

“宫辰，我真的该对你说声谢谢，我变成今天这样，只有你还愿意接纳我，以前那些跟我关系很好的人，现在全都对我唯恐避之不及，其实我也没想到，最后愿意帮我的会是你这个原来的死对头。”

林琅望着他，他很不喜欢她现在的眼神，带着点儿遗憾和愧疚的色彩，好像他下一秒就会被抛弃一样。

令他没想到的是，他以往总是猜不透她，这次却猜中了。

“但只能到此为止了。”她抿唇笑着，“我不能让这个世界上为数不多还愿意对我好的人被我拖累，所以我决定，离开食悦，结束跟你的合作。”

宫辰瞬间皱起眉，本来还十分温和的表情瞬间冷漠下来，他紧绷了很久，才冰冷说道：“你想做什么？”

林琅低下头，咖啡也不喝，就那么漫不经心地搅拌着，这是她不安时惯会有的小动作，宫辰瞧见，努力克制着自己心里的不甘和愤怒，绷着脸说：“你肯定有别的安排，让我猜猜，你该不会是想认输吧？”

“……你的猜测，在某种意义上，也算是对的。”林琅抬起眼，慢慢说道，“可以这么理解吧，我想回到林氏工作，就必须得向林瑞正认输，并且得到他哪怕很少的怜悯。”

宫辰像看疯子一样看她：“你傻了吧林琅，居然还想回去？你有没有想过你回去之后会被怎么对待？那可是林瑞正和林菁的天下，但凡你回去，不说你叔叔，你觉得林菁会放过你吗？你是存心回去找虐的吧？”

宫辰一声声质问像刀子一样一下一下割着林琅的肉，她又怎么会不知道回去之后的境遇，可为了能够接近林瑞正，为了找到父亲去世的真相，她只能选择这么做。一开始她的确想借助外界的力量跟林氏集团抗衡，可她很快就发现这根本就不够。宫家的公司毕竟是后起之秀，想要和林氏较量很有难度，即便她把所知道的林氏全部的机密都泄露出去，也很难确保真的能有什么效果。

况且，她只是想把父母的心血夺回来，并不是想彻底毁掉林氏集团，所以不能真的毫无保留地跟对方开战。她受到各方面的钳制，但林瑞正可没有这些顾忌，一旦真正开始交火，不但她会失败，搞不好还会连累宫辰。

霍警官的话算是一个提醒，让她彻底意识到这一点，有理想总是好的，可理想又怎么会那么容易实现。

“我已经决定了，这次请你吃饭，算是对你这阵子以来的照顾表示感谢。”林琅尽量笑得自然，“这顿饭很贵的，可别浪费，也就请你我还舍得，要吃掉我好多生活费呢。”

宫辰冷笑道：“我还没沦落到吃饭要女人付钱的地步。”

林琅只是继续笑着，不说话，服务生过来开始上头盘，宫辰始终紧盯着林琅，可林琅却不再与他对视。

吃完饭付钱的时候，宫辰果然掏出了他的卡递给侍者，林琅现在手头的确拮据，既然他执意如此，她也不会在这样的场合跟对方推让。

从西餐厅出来，林琅便准备回家，她望着不远处的公车站说：“你不用送我了，我坐公车回去，刚好可以到家门口。”

宫辰紧蹙眉头，他一向这样，总是很严肃，偶尔会有点儿刻薄的感觉。他盯着林琅，也不开口道别，林琅终于开始有点儿不自然。

“怎么了，老看着我做什么？这次之后不知道要什么时候才能再见，不跟我道别吗？”林琅含笑问着，漂亮的眉眼让人过目难忘，即便落魄至此，依然自有一种高贵的气质。

片刻，宫辰的表情终于有了松动，可他竟然叹了口气，他那样骄傲自负的人，竟然会叹气，林琅认识他这么多年还是头一次瞧见，不免有些惊讶。

“如果你一定要那么做，我想我也没有身份让你改变想法。”他说着话，嘴角自嘲地勾着，“我好像也没什么可说的，反正我现在已经没有利用价值了，你也不会在意我的话，那我们就此分别吧，希望以后不要再见面，否则我可能会忍不住打你。你知道的，打女人太没风度，别让我那么做。”

他说完话转身就走，夺人眼球的劳斯莱斯就停在街边，有不少人在那偷偷拍照，他走过去往那一站，不知道说了什么，其他人顿时作鸟兽散，走的时候还不忘朝他竖起中指。

林琅看着他驱车扬长而去，心想，这样也是好的，她当然知道他最后的话是气话，但不要再见面，却是他们共同的愿望。

三十一

说干就得干，再犹豫恐怕自己都会忍不住退却了。

林琅休息了两天，第三天便准备去林氏集团见林瑞正。

她一点儿都不担心自己会见不到对方，也不需要提前打个电话，朝夕相处那么多年，对于最亲密的叔叔的工作时间，林琅恐怕比他的秘书都要清楚，因为他们以前关系真的很好，她和对方在一起的时间甚至比和父亲还多。父亲总是很忙，要四处奔走，不像叔叔基本都在国内的总部当班。

林琅出发这天起了个大早，收拾了房间，换了衣服，化了淡妆，她没把自己打扮得太花枝招展，又或者太隆重，而是适当地将自己化得气色差了一些，却涂了大红色的口红，这样会给对方“她明明很憔悴却强颜欢笑”的错觉。

她也没穿以前那些衣服，挑了件最普通的白衬衫，黑色长裤，高跟鞋，长外套，全部准备妥当的时候，已经快早上八点了，她出门时，成臻恰好过来叫她吃饭，两人打了个照面，林琅的装扮让成臻有些发怔。

虽然不太合得来，但不得不承认，林琅真的很漂亮，那么简单的穿着在她身上却别有风韵。她抬手捋了捋耳侧的碎发，妩媚的黑色微卷长发极具女人味，这是在成臻身上看不到的。

她们虽然年岁相仿，可成臻身上却依然有浓浓的少女气息，而林琅却不是。或许经历使然，她很快地成熟起来，不管是妆容还是穿衣风格，抑或是身上散发出来的气质，都与“少女”俩字不再沾边。

原来谢老板喜欢这样的类型吗？成臻在心底里默念，面上浅淡一笑：“林小姐，谢老板让我来叫你吃饭。”

林琅道了谢，跟成臻一起去了餐厅，她一进来，谢瑾年的目光便落在她身上，即便成臻走在她前面，他却好像看不见一样，眼中锁定了一个人，再多半个都塞不进去。

成臻停下脚步，林琅直接越过她坐到了谢瑾年身边，他随手将筷子递过去，她也没道谢，他们的举动那么自然，成臻坐在庄奶奶身边和他们面对面，越发像个外人了。

前阵子她也用过同样的手段来对付林琅，现在被对方这么不软不硬地膈应回来，也怪不了别人。

她勾勾嘴角，笑得有点儿讽刺，林琅也不看她，自顾自地吃饭，还笑着夸赞道：“庄奶奶，你的手艺真是越来越好了，吃过你做的饭，再好的饭店都吃不香了。”

庄奶奶笑道：“看你这丫头，嘴巴真是越来越甜了，今天起这么早，打扮这么好看，是要上班了吗？”

林琅夹菜的动作连贯极了，不带一点儿停顿，面不改色道：“嗯啊，要上班去了，不过我换了一个地方，您不喜欢上次那个老板，我当然就不给他干了。”

庄奶奶闻言一喜：“是吗？那真是太好了，你这丫头真是乖，比谢老板听话多了，那种人啊，以后咱们离他远一点儿，太高不可攀了。”

由此可见宫辰给庄奶奶留下的印象无疑是毁灭性的，未来很长一段时间庄奶奶恐怕都会深深地记住他。

林琅附和着说：“放心吧，我肯定离他远一点儿。”

谢瑾年是那种一看就冷冷清清的人，实际上也确实如此，但他的冷清有时候却不失温柔，就像现在，那特别的柔和嗓音在她耳侧说道：“今天就要过去？”

他问着在场其他两人不明白的问题。

“嗯，今天过去，你别担心，我可以搞定。”她的声音坚定自信，好像真的天不怕地不怕一样。

谢瑾年没说话，但点了一下头。庄奶奶偶尔会问问林琅到新公司主要做些什么，林琅只是含糊其辞地说和以前一样，面上瞧不出什么不对劲，但吃完饭谢瑾年跟她一起出来时，她便稍稍有点儿紧张了。

“我要走了。”她深吸一口气，回头对身后高高大大的男人说。

谢瑾年点了一下头。今天有点儿阴天，早晨有些雾蒙蒙的，谢瑾年站在雾气里，比往日似乎又好看了几分。她勾勾嘴角，笑着说：“可以给我一个幸运之吻吗？我这可有一场恶战要打啊。”

谢瑾年正从口袋取出车钥匙，被她这么一说便将车钥匙攥在了手心。她目光灼灼地望着他，满脸期待。他就那么回望着，没有进一步动作。时间一长，她有点儿失落，自我安慰说：“好嘛好嘛，我知道了，不亲就不亲，我先走了，等着我胜利归来的好消息吧。”

她挥挥手要离开，谢瑾年却在她转身时拉住了她的手腕，将她拉回他清冷的怀中，单手托住她的下巴，轻轻地吻了上去。

林琅怔住了，瞪大眼睛看着他近在咫尺的脸，鼻息间满满都是属于他好闻的味道，这个早晨，她觉得幸福得快死掉了。

其实何必怀疑自己是否有某种感情寄托呢？是又能如何呢？难道寄托的就不是真感情吗？她一样付出了同等的爱和心血，不管出发点是什么，最终的结果都是好的，苦恼那些可能会阻碍幸福的东西实在太矫情，他们两人现在显然都意识到了。

成臻从厨房出来的时候恰好瞧见他们接吻的那一幕，画面真的很美，他单手揽着她纤细的腰身，另一只手托着她的下巴，她紧紧贴着他的胸膛，那场景就像画一样。

成臻立刻回到了厨房，心里面那股子不甘和愤怒几乎烧光了她的理智。

“我该走了。”

林琅并没发现成臻出现过，她被他揽着，与他亲密无间，脸红得都快炸了，稍微垂眼一看，就能瞧见他染了她口红的唇瓣，啊，真是的，早上涂口红涂得比较浓艳，现在搞得谢老板的唇都红艳艳的，真的是唇红齿白，一表人才。

“我送你。”

谢瑾年说完话便放开了她，也不去擦掉唇瓣上的口红，径直朝外走，林琅亦步亦趋地跟在后面，觉得即便接下来要走刀山火海，她都充满了力量。

谢瑾年很少到商业圈来，这里如此繁华，车流密集，满街的都市白领快步走着，拿着比外围人员高好几倍的薪水，每个人的脸上却都紧锁眉头。

他们真的快乐吗？真的为此而感觉骄傲吗？

不起眼的黑色大众车慢慢停在林氏集团大厦对面的街上，这里不能调头，他只能停在这里。

林琅扫了一眼那栋大厦，那是她以前随时可以来，并且毫无心理压力的地方，现在瞧着却充满了压迫感，跟一块大石头似的，重重地压在她心上。

“就停在这里吧，我自己走过去就好。”林琅看着窗外说。

谢瑾年望向她，迟疑片刻，还是说：“要我等你吗？”

林琅知道今天不会太顺利，她已经做了最坏的打算，自尊和脸面都不想要了，她回答谢瑾年：“不用了，我办完事情会直接回家，你不用担心我，我可以的。”所以，你不要等我，我不想你看见我出来的样子。

最后那句话林琅没说，但谢瑾年好像有心电感应一样，那么不喜欢与人亲密的他竟然抬手摩挲了一下她的脸颊。她怔了怔，挤出一个轻松的笑容，快速开了车门离开，生怕自己因为贪恋那一时的温暖而懦弱地想要后退，想要反悔。

谢瑾年坐在车上，目送她头也不回地走进那栋奢华的大厦，回到以前的家，却需要得到别人的批准，她心里一定很难受吧。

可是没有办法，他也帮不上什么忙。

生平第一次，谢瑾年觉得，活得淡泊如水，没有纷争，同样也没有财富，似乎也有弊端。

林琅走进林氏集团大厦的第一时间就被关注了。

保安当然认识这是林小姐，可那是以前的林小姐，现在这里当家的是林瑞正的女儿林菁，这位今天来是要做什么？

见保安上前想要询问，林琅先一步开口说：“麻烦你们跟林董事长说一声，就说我来了，想要见他，他会见我的，不用担心。”

她语气十分笃定，但心里其实真的不够坚定，她也有担心，万一他不见呢？幸好，这种意外没有发生，在一楼等待了将近半个小时，她终于被批准到顶层去见林瑞正。

走进电梯的时候，林琅的手心已经全是汗了，她知道接下来要面对什么，也知道自己将会被如何羞辱，她只期盼林菁现在不在这里，否则的话，这份羞辱会更严重。

可惜，天不遂人愿，当林琅好不容易顶着一众熟人诡异的注视到达顶层的时候，没有见到林瑞正，反而先见到了林菁，她身边站着杨翌承，他紧缩眉头看着她走过来，他们显然是得到了消息，特地等在这里。

林琅刚刚站定，林菁直接当着林瑞正那些秘书的面给了她一巴掌，她被打得差点儿摔倒。有一个人扶住了她，她抬眼去看，是林氏集团的一位股东周峰，曾与父亲关系很好，他头发全白了，看着她的眼神特别复杂，原先的风采完全不在。

“你怎么到这里来了？”周峰小声说了一句，瞥了一眼林菁，笑着说，“菁菁，你父亲让她进去呢，叔叔这边有点儿东西给你看，乖，跟叔叔走。”

林菁笑得冠冕堂皇：“周叔叔，你就别替她挡着了，你不知道她之前害我们赔了多少钱，居然还敢来这里，这不明摆着是送上门的吗？我怎么可能饶了她？”

秘书们都转开了视线，林小姐他们都认识，原来的林董事长最疼爱的独生女，林瑞程董事长在世的时候对他们都不错，林小姐虽然眼高于顶，却也没有为难过他们，反倒是林菁，上位之后十分看不起人，大家虽然面上恭顺，心里都是不服的。

杨翌承看了林菁一眼，担心她再动手，直接去敲响了林瑞正办公室的门，在虚掩的门口轻声道：“叔叔，林琅到了。”

林菁瞪向杨翌承，杨翌承摆出一副不明所以的样子，像是真的不知道她在生什么气一样，林菁反而拿这样的他没办法。

片刻后，办公室的门被打开，林瑞正亲自到了门口，和蔼地对林琅说：“琅儿来了，快进来。”他又看看林菁和杨翌承，笑道，“你们也别在门口待着了，都进来吧。”

林琅顿时面如死灰，有林菁在，她要达到目的就更难了。

她下意识看了一眼周峰，对方望了她一眼，黯然地叹了口气，转身离开。比之以前，现在的他仿佛苍老了十岁。

林菁和杨翌承先一步走进去，林琅站在门口，林瑞正见她还没进去，就那么看着她。她勉强一笑，抬脚走了进去。办公室的门被关上，连外面的秘书们都忍不住替她捏了一把汗。

如果林瑞程董事长还在，看见今天这一幕，不知道有多伤心。

三十二

这算是林琅特别熟悉的地方了。

父母去世，被赶出林家后，她每次做梦，都会梦见这里。

这原本是父亲的办公室，她每次过来都随意舒适，想动什么就动什么，可以无所忌惮。

但今后不可以了。

坐在办公桌后面的人已经换成了叔叔，林瑞正好整以暇地靠在椅背上看着她笑，他那么平静，好像没有丝毫的愧疚。他难道就不担心世间有轮回？如果真有的话，他做了那样的亏心事，夜里不会做噩梦吗？

为什么不能安枕的都是好人呢？

林琅心情复杂地想了好多，面上却一点儿都没显露，她低下头，长发掠过肩膀挡住了半张脸。杨翌承坐在林菁身边远远看着她，林菁忽然伸过手来，递给他指甲刀，杨翌承抿了抿唇，接过来替她修剪指甲。

多么惬意和舒适的生活。

她曾经的未婚夫正低身下气地服侍堂妹，她以前怎么没察觉林菁对杨翌承有意思呢？也对啊，她以前哪里在意过这些事，林菁总是在很多场合夸赞她的未婚夫，人英俊，对她又体贴，她只当作是姐妹之间那种真挚的赞赏，完全没想过对方会存心抢走他。

林琅之前没看杨翌承，但看见他之后，心里还是有点儿不舒服。

要说她已经完全忘记了杨翌承，这好像显得有些薄情，要说心里还记得，对于谢瑾年来说又有点儿不公平。其实她现在对杨翌承的心情挺复杂，有时候她恨他，恨他见风使舵，懦弱无能，有时候又同情他，虽然过着优越的生活，却从来没有自我，没办法选择自己的生活，甚至不能爱自己想爱的人。

他对她来说就像一根刺，刚扎进手里的时候很痛，痛得恨不得把手指切掉，就算拔出来，短时间内还是会有些隐痛，以后每次遇见都会小心让自己不再被扎到。

可时间一长，她都忘记当时被刺扎的时候有多痛了，但还是会习惯性地保护自己。刺留下的阴影一直存在，只是她已经不会再痛，也不会再栽在这上面。

林琅安静地坐在沙发上，林瑞正在办公桌后坐了一会儿，起身来到会客区，坐到三个年轻人中间，先一步打破了沉默。

“琅儿上次撒气走了之后，叔叔还以为你再也不会回来了呢。”林瑞正没有戳破那层窗户纸，甚至绝口不提她当时为什么会大发雷霆，好像他完全没做过偷偷换掉协议签字页的事情一样。

林琅望向他，其实她很难在这个人面前保持懦弱平和的状态，她总会不自觉地将自己伪装起来，让对方看见她不会被轻易打倒的决心。

但这次不可以了。

她要想留下来，就得学会示弱，学会隐忍，甚至即便她全部忍下来，全部学会了，也不一定能留下来。

林琅有点儿绝望，前路太艰难，让她很多时候几乎都想就这么算了，可只要一想起父母的枉死，公司的易主，她就知道自己不得不振作起来。

“叔叔，我这次来是想给您道个歉。”林琅低下头，看上去有点儿怯懦，“之前我气糊涂了，没明白您的苦心。”

林瑞正呵呵一笑，似乎一点儿都不惊讶，特别随和地说：“傻丫头啊，我们是亲人，为什么要道歉呢？当初你生那么大气走了，菁菁一直怪你不相信亲人，所以后来才会对你那样，叔叔还要向你道歉呢，不要生她的气。”

果然姜还是老的辣，一句话说完，显得自己既和蔼又高尚，不知道的听见肯定要为他点个赞，身为林氏集团最大的股东，林氏新晋的董事长，有这样容人的度量，真是太难得了。

林琅笑了笑，眼圈泛红，她抬起头来，似乎特别自责，先看了看林瑞正，又看了看林菁，小声说：“是我不对，怎么能怪菁菁呢？我当时钻牛角尖了，叔叔也没说错，股权交到我身上，我也没办法保护好它们，那个时候四面八方都盯着我，如果不是叔叔出面替我挡下那些窥伺股权的人，说不定现在林氏集团都不姓林了。”

林瑞正闻言，面露思索，事实上，如果林琅真是这么想的，那简直皆大欢喜。虽然他现在掌权，但兄长去世不久，余威犹在，林琅的消失让那些推崇林瑞程的董事们都很不安心，他们还在观望，甚至会给他增添阻力，在一些决策上不予支持，一些他最想做的事还做不了，方才在门口他们遇见的周峰就是其中之一。

如果林琅可以回来，在这里做一个傀儡，那就再好不过了，但想起她之前和宫辰的合作，免不得现在又是一个陷阱，这个侄女总是可以给他很多出乎意料，他不可能养虎为患，宁愿时间拖得久一点儿也不会冒险，所以今天的结果如何，全看林琅的表现了。

“说实话，我最近过得不太好，不管是吃住还是在宫辰那里的工作……”林琅继续说道，“我都不太适应。”她咬着唇，似乎特别委屈，“冷静下来想想，我之前太过冲动了，再怎么，林氏集团才是我的家，和别人合作来攻击自己的家，我实在太过分了，如果我爸妈在天有灵，也不会希望我这么做。”

林菁一直在观望，瞧见她这样就冷哼一声说：“是吗？说得倒是挺动人的，谁知道你说的是真是假？你才刚刚害我们赔了不少钱，现在跑回来道歉，该不会又打什么别的主意吧？”

她这么说话，林瑞正一点儿阻拦的意思都没有，显然是想看林琅怎么应对。

林琅抬起头望向林菁，带着一种难以言表的懦弱表情，看得林菁都有点儿起鸡皮疙瘩，她和林琅从小一起长大，林琅大都是强势和张扬的，现在忽然这样，反而有点儿不自在。

杨翌承望着林琅，也在猜测她今天的表现有几分是真，几分是假，林琅没有将余光分给他，因为她很清楚那么做会引起林菁的反感。

“菁菁，以前是姐姐不对，没有考虑过你的感受，只按照自己的方式对你好，却没想过那不是你需要的，我很自私，希望你可以原谅。”林琅降低姿态道歉，垂下眼睑，泪水掉在手背上，看上去特别可怜。

林菁紧皱眉头别开脸，不开口回应，现场气氛有些尴尬，最后还是林瑞正缓和了气氛。

“好了，都是一家人，哪有那么多对错，琅儿当时的想法也可以理解，毕竟大哥和大嫂那时候刚走，你从来没受过这么大的打击，会胡思乱想走极端也在情理之中。”

林瑞正的话似乎在给林琅台阶下，但林琅知道，在他看来，她表现得还远远不够。她不能再维持坚韧不拔的形象，她需要变得堕落和糟糕，这样才能让林瑞正完全放心。

“叔叔，对不起，说实话我特别想回来，我现在过得根本不是人过的日子，什么都要自己做，我很想家，之前是我错了，您就原谅我吧。”林琅泪流满面地看着林瑞正，“叔叔，我想回林氏集团工作，虽然我没有什么经验，但之前我在宫辰那里您也看见了，我也算有点儿能力，我也想为林氏出力，来弥补我之前犯下的错误。”

话说到这里，她此行的目的算是很明显了，可林瑞正似乎并不被她的眼泪感动，杨翌承想送上手帕，可林菁就坐在他身边，他这么做只会让林琅处境更尴尬，于是只能那么硬撑着，当作什么都没看见。

“琅儿，你说的这是什么话，叔叔都说不怪你了，你快别哭了。”

林瑞正将手帕递给她，林琅接过来擦了擦眼泪，带着期许看着林瑞正。

“那叔叔，您同意让我回来吗？我知道我以前做错了，我以后再也不会这样了，我会全心全意地留在家里帮您的。”

林瑞正浅浅一笑，面露遗憾，他慢条斯理地说：“琅儿，不是叔叔不答应你，你想回家这当然可以了，只是现在的局面……因为你上次跟宫辰合作打击林氏集团的事，很多董事不太高兴，你要是到公司来上班，恐怕就有点儿难度了。”

林琅表现得特别愧疚和急切：“叔叔，我真错了，您帮我跟他们解释一下，我不是有意的，是宫辰诱导我，我本来没想那么做，那件事也不全是我主导的，我真的很冤枉啊，菁菁是我的妹妹，我怎么会让她不高兴让她受伤呢？这是我们家庭的矛盾，我一定不会让外人得逞的啊。”

林琅的话，林菁根本就不信，冷笑着说：“是吗？那天杨翌承去找你，你对我们说的话还记得吗？”

林琅怔住，望向林菁，又看看杨翌承，最后目光落在林瑞正身上。

他显然也在等她的回答。

林琅慢慢站了起来，她看上去狼狈极了，如果真有灵魂的话，林瑞程看到女儿被他们这样的挟制和欺辱，不知道要难过成什么样子。

林琅越过茶几停在了林瑞正的面前，与他对视几秒钟，忽然跪在了地上。

除了林琅，在场三人都被她的举动震惊了，实在是她以前的性格在他们的印象中太过深刻，他们根本没想过她会做出这样的举动，巨大的反差令人惊诧万分。

三十三

其实跪在地上并没什么。

董事长办公室的会客区铺了地毯，跪在上面不凉，也不会硌得慌。

林琅低着头，长发披肩，其他人不太能看见她的脸，她好像也不太能面对现在的情形，一直闭着眼，等到终于平静下来，才吸了吸鼻子说：“叔叔，你给我一次机会吧，这么多年了，你是看着我长大的，我求你给我一条生路，让我回来吧。”

她仰起头，直视林瑞正：“以前是做侄女的不对，以后绝对不会再发生类似的事，我知道您可以搞定其他人，您一直那么厉害的，在我的记忆里，您一直无所不能。”

这是在打亲情牌，其实林琅一点儿底气都没有，因为她不觉得林瑞正那样的人，既然做出那样的事，还会有什么亲情可言。

蛰伏这么多年，可能他说的每句话，做的每件事都带着不可告人的目的，根本没有哪怕一丝一毫的真心，现在和他谈亲情，有点儿太可笑了。

可是她已经无路可走，只能这样一试，她来之前看上去似乎信心满满，其实一点儿筹码都没有，她能做的只有放低姿态，碰碰运气，希望老天爷今天开开眼，成全她一回。

林瑞正看了林琅好久，两人彼此回望着，没有一人先移开视线，他似乎是在看她，又似乎在透过她看别人，过了一会儿，他忽然笑了，竟然是他先收回了视线，低下头，摆弄着手上的婚戒，看着已经有些年头了，手指根部有着明显的戒痕。

其实林琅从来没见过林瑞正的妻子长什么样，她记事起林菁就在了，据说两人出生日期只相差几天。林菁出生之后就在国内生活，她母亲是设计师，很忙，一直在米兰，没照顾过她，后来还出了车祸，反正就是去世很早，林菁自己都没见过。

看上去，林瑞正和对方似乎还有很深的感情，这些年婚戒一直没有摘掉过，更是没有和任何女性搞过暧昧关系，听起来挺专情加分的，但个中原因，恐怕只有他自己最清楚。

他笑起来，倒让其他人有点儿不明所以，他终究也是上了年纪，维持笑容时眼角有了深深的皱纹，看得出长年累月带着笑脸，就是这样一个看上去总是很温柔的人，却做出了让林琅难以置信的事。

一直信任仰慕的叔叔竟成了毁灭她的刽子手，她既不敢相信，又恨之入骨。

林瑞正从沙发上站起身，将林琅扶起来，感觉到她的手在发抖，这样细微的反应，让她显得弱小而无力，仿佛一把稻草就可以将其压倒，他要是想斩草除根，现在是最好的时候，但是……

林瑞正嘴角笑意加深，就那么点了一下头说："看你说的，你这是做什么？我们是亲人啊，亲人之间需要这样吗？这也没什么难办的，叔叔会帮你搞定的，你回去等我的消息。”他十分自然地转移话题，“啊，对了，你换电话号码了吧？你应该记得我的私人电话，回头发个短信给我，我存一下。”

这样热络自然的言语，仿佛他们之间的事从来没发生过一样，林菁看到这有点儿坐不住了，上前抓住父亲的手说：“爸，你不是吧，你居然真的允许她回来上班？你这是放虎归山啊，小心……”

林瑞正瞥了她一眼，那个眼神林菁非常熟悉，她下意识闭了嘴，林瑞正抬手摸了摸她的头，和蔼道：“菁菁，琅儿可是你的姐姐，她一直对你很好的，你就算生气，也不要生得太久，我们毕竟是一家人，其他董事也不想看到我们反目成仇。”

最后这句话意味深长，林菁恍然，原来父亲考虑的是这些。

的确，最近很多董事都蠢蠢欲动，林瑞程和妻子死得蹊跷，与他一同建立林氏集团的几个股东都还在围观，林琅又加入食悦反咬一口，明显昭示着他们父女俩的名不正言不顺，如果现在林琅可以回来，倒是真能稳住那些股东，毕竟林瑞正现在虽然是董事长，所持股份也没有占太大优势，不可能不在意股东态度。

林琅还有点儿反应不过来，事情就这么成了吗？她望着林瑞正深邃的背影，余光瞥见林菁冷漠的注视以及嘲笑的神色，虽然不太舒服，却也不会太难受了。

习惯真是可怕的东西，人的适应能力也真是很强，难怪可以进化到今天这个地步。

对方既然已经答应了，那她也没必要再留在这里。林菁气哄哄地转身出去，杨翌承跟在后面，出门前回眸望了她一眼，那个眼神很复杂，她看了看就收回了视线。

“那么，我就先走了，叔叔。”

林琅毕恭毕敬地道了别，抬脚离开那间再熟悉不过的办公室。她出门之后，林瑞正又再看了看手上的婚戒，脸上的神情也沉了下来。

别的不说，今天的天气还是不错的，在走廊里都可以被阳光照到，林琅稍稍眯起眼，她不曾去看四周，因为不晓得要怎么面对以前那些熟悉的人，又要用什么样的姿态面对他们。

她走了几步，杨翌承出现在她面前，看着她的眼神很熟悉，他以前总是这样看着她，好像她是什么珍稀动物一样。那时候还不觉得有什么特别，现在看来，真是难得啊，虽然是不再喜欢的爱人。

“要走了吗？”他低声说道。

林琅下意识看向他身后，没有看见林菁，猜想林菁大概是离开了，有可能是去哪里发泄心情，她以前总是那样，心情不好的时候喜欢去没有人的地方发泄，不让任何人看见，就算是父亲也不行。

“是的。”林琅点了一下头，越过他离开。

杨翌承的声音带着不舍：“我送你吧。”

林琅停住脚步，侧头睨了睨他，淡淡道：“不用了，如果你真想对我好，就不要跟我来往，我不希望刚回来就因为你的事再和林菁闹矛盾。”

她说完就头也不回地走了，杨翌承站在那不去看她的背影，不是不想看，是怕看了之后会忍不住做出什么失去理智的事。

他们彼此都很清楚，他们现在没有失去理智的资格。

走出大厦的时候，太阳已经转到了另一个方向，照耀着街对面，而林氏集团这边则一片阴凉，林琅走在阴影里，眼睛通红，她早料到会如此，所以准备了墨镜，出来之后就戴上了，所幸现在是夏季，前面一段路正艳阳高照，也没人会觉得戴墨镜有什么奇怪。

林琅快步离开这个繁华的商业圈，走进地铁站之前都没注意到身后不远处停着那辆熟悉的黑色大众轿车，谢瑾年坐在车里目送她走进地铁站，想起她出门后戴上墨镜时憔悴的样子，有一瞬间是想出现的，但最终还是没有。

也许这种时刻，她会比较喜欢一个人独处。

对于她的事，他应该算是都知道了吧，但好像总少一些什么。

是细节吗？又或者，是其他什么？

林琅没有直接回家。她怕自己的状态会让谢瑾年和庄奶奶担心，所以想等眼睛消肿之后再回去。

路过一间男装店，橱窗里模特身上的白衬衫特别好看，其实也说不上有什么特别，但雪白无瑕的用料，剪裁得体的设计，她忽然就开始想象谢瑾年穿上是什么样子。

他送过她那么贵重的古玉，但她好像从来没送过他什么东西。林琅几乎没怎么细想，便推门走进了男装店。

这间店并不便宜。她最近没怎么花钱，除去给庄奶奶付的两个月房租，上次卖掉背包换来的五千还剩下两千多一些。

林琅问过衬衫的价格，得到的结果有些失望。

买不起。

这种感觉真是太糟糕了。

林琅走出男装店，本想去上次那个典当行，可一抬眼，发现马路对面有家没听说过的珠宝店，门口的 LED 屏幕上飘过回收各种奢侈品珠宝的字样，她不由想起了手腕上的链子。

迟疑几秒，她过了马路走进那间珠宝店，将手腕上的链子摘下来递过去，轻声说道："小姐，帮忙看下值多少钱。"

服务小姐很专业，自己先看了一下便表示叫店长来仔细检查，毕竟是这么昂贵的手链，总要谨慎一些。

店长是个三十岁左右的男士，西装革履的，很有礼貌，仔细检查完确定是真货，给了一个不算太高的价格，是手链入手价格的百分之二十，也就一万块左右。

店长十分客气地说：“小姐如果不舍得，可以再考虑一下。”

林琅沉默了一会儿，点头说：“给我钱吧。”

店长笑了笑，将手链收起来，去柜台取钱。

不一会儿，一沓钞票便送到了林琅手中，她低头看了一下，丢进背包里，走出珠宝店，回到那家男装店。

“就要那件白衬衫，尺码的话……”林琅回想着谢瑾年的身材，“他很高，但偏瘦，还是要中等尺码吧。”

三十四

林琅回到四合院的时候已经过了中午，院子静悄悄的，这会儿庄奶奶应该午睡了，谢瑾年如果在家的话，应该也睡着了。

至于成臻，那不在她的考虑范围之内。

林琅在外面已吃过午饭，她上好门栓便回了自己的房间，关上门，将手提袋放到椅子上，脱掉外套和高跟鞋，光着脚躺到了床上。

真累。

明明什么也没做，但就是由内而外地产生了一种疲倦。

趴在柔软的被褥里，真想就这么睡到天荒地老，不用思考仇恨，也不用担心饿死，那该多好。

忽然，床边凹陷下去一些，林琅倏地翻身坐起，目瞪口呆地看着已坐到她身边的谢瑾年。

“你什么时候进来的？”她有点儿懵。

谢瑾年回望着她，略微低头的样子显得很温柔：“我一直都在。”

林琅惊呆了：“一直都在？我怎么没看见？”

谢瑾年指了指另一侧的圆桌：“我在那坐着，你进屋直接躺床上了。”

林琅噎住，她进来之后的确什么也没看，径直躺到了床上挺尸，实在是因为压力太大，而这是个可以让她释放所有压力的地方，于是乎……

林琅迅速翻身，整理了一下衣服，咳了一声说：“你在等我吗？”

谢瑾年没否认，而是看向了她放在椅子上的手提袋，淡淡地说了句：“买东西了？”

林琅想起那件白衬衣，有点儿兴奋地下了床去拿，大概是因为现在是夏季，这样光脚踩在地面上也不会觉得凉，所以她没什么意识。

谢瑾年看着她雪白的小脚丫，等她拿到手提袋想回来的时候，他已经站在了她身边。

“地面凉。”

谢瑾年说了三个字，便拎住了她两条胳膊，她整个人升高了一点儿，脚掌脱离地面，随后踩在了他的脚背上，他穿着皮鞋，一身西装，两人这样一个松散一个严谨的搭配，却充满了异样的美感。

“这个……”林琅低下头，踮着脚尖踩在他脚背上，有点儿为难道，“会不会很重啊，你脚会疼吗，你别看我好像身上没肉，其实体重一点儿都不轻，马上就要突破一百大关了。”

谢瑾年没回话，直接挪动脚步，林琅必须配合着才能不从他脚背上掉下来，等两人好不容易挪到了床边，本以为成功了可以放松一下，谁知一放松整个人都站不稳了，林琅直接朝床的位置倒下去，谢瑾年为了迁就她，不得不跟着一起倒在床上。

林琅手里的袋子也掉在了床上，里面包装精美的衬衣掉了出来，正好落在她身后，她立刻将手背到身后把衬衣按住，好像生怕被他看见一样，可明明东西就是买给他的。

谢瑾年倒在床上，看着面对面倒着的林琅，两人的表情都有点儿微妙。

片刻后，林琅先坐了起来，盘腿在床上，注视着谢瑾年慢慢坐起身，她磨蹭半晌，终于还是将身后的衬衫盒子拿了过来。

“这个是给你的。”她双手捧住盒子，恭恭敬敬地递给他，谢瑾年觉得自己好像是长辈在接受小辈的礼物一样，并不怎么自在。

谢瑾年也不看礼物，就盯着林琅的脸，林琅有意别开头，心想着眼睛应该好了吧，回来之前特意看过不太肿了啊，他应该看不出来吧……

哪想到怕什么来什么，下一秒谢瑾年就开口说话了。

他声音醇正悦耳，比以往更深更沉，听得人心慌意乱。

“哭过了？”

林琅倏地望向他，也没否认，半晌才点了一下头，又朝前推了推衬衫盒子：“给你的，拿着啊。”

谢瑾年接过来，像是真的不知道一样问：“这是什么？”

林琅无奈道：“你拆开看看不就知道了？刚好可以试一下。”

说着话，她又下了床，不过这次有记得穿鞋，高跟鞋踩在地面上发出清脆的响声，谢瑾年顺着她的方向看去，她把窗帘拉上了，还锁了门，似乎上次成臻直接推门而入的事给她造成了不小的心理阴影。

“好了，你可以放心地试试了。”林琅回过头来，笑得揶揄。

谢瑾年慢慢将盒子打开，这不是他第一次收到礼物，却是第一次当着送礼物的人拆开。当包装纸被翻开，一件白衬衫便落入眼帘，本来是不怎么新奇的东西，毕竟他的衣柜里有许多件类似的款式，但不知为什么，心情却完全不一样。

“试一试吧，看看尺寸会不会小，你个子那么高，但又有点儿瘦，所以我只拿了中码。”林琅走过来拉着他站起身，将衬衫在他身上比画了一下，赏心悦目道，“我的眼光果然就是好啊，这件衬衣太适合你了，我走在街上看见，就果断下手买了。”

谢瑾年注意到她手腕上不管何时都舍不得摘的手链不见了，上次还从他这里失而复得，那一晚发生的事犹在眼前，她当时曾说，那是她父亲送给她的礼物，她很珍惜，怎么会不戴了？

“怎么不动啊？难道要我帮你脱吗？”林琅仰头去看谢瑾年，对方直盯着她的手腕，她下意识单手背到身后，另一只手将衬衫塞给他，皱着眉说，“快点儿。”

谢瑾年似乎笑了一下，又似乎没有，她根本不敢直接看他，所以不确定。

不过，他最终还是接过了衬衫，就站在那里，当着她的面脱掉了西装外套。

林琅这下敢看他了，两人的处境好像一下子有了转变，谢瑾年成了弱势的那一方，他一边解着身上衬衣的纽扣，一边漫不经心地打量着她，似乎在猜测她会什么时间出去，又或者背过身去，最不济也要转开视线吧。

但是没有，一直都没有，等他解到第四颗纽扣的时候，她还是一点要移动的意思都没有。

谢瑾年停顿了一下动作，凝视了她好一会儿才意味深长道：“不打算回避一下吗？”

林琅一笑，好像就在等他这句话一样，端端正正地往后面的椅子上一坐，说：“不打算啊，看一看又不会少块肉，我都给你看过我的了。”

谢瑾年忽然想起那天晚上。

她穿着那么低胸的礼裙，喝醉了倒在床上，怎么都不肯松开手，因为折腾着不断扭曲姿势，胸前的风光不止一次露出，他的确算是看过了。

这种感觉真的有些奇妙，他竟然无法反驳对方。

最后，谢瑾年当着林琅的面解开了衬衫的全部纽扣，没有一丝迟疑地将衬衣脱掉，露出了整个雪白无瑕的精瘦上身。

他的确是有些瘦削的，但瘦得很好看，穿起衣服就是衣架子，可以直接去走台了，不过脱掉衣服就更好了……林琅惊呆了，对于这样突然而至的福利，她手指都开始颤动，控制不住地想伸手去摸一下。

怎么办？真的控制不住，反应过来的时候手已经落在了他胸前。她仓促地抬头去看他的脸，他黑白分明的眼睛若有所思地凝视着她，她觉得手下发烫，那起伏的肌肉线条，以及……胸前某些敏感的地方，她都想触碰一下，似乎只有这样，才能确定眼前这个俊美如画的人是真实存在的一样。

“不要乱动。”

谢瑾年说着，想把她的手拿开，但她直接用另一只手抓住了他想动作的那只手，犹犹豫豫地靠在了他赤诚的怀中，长长地松了口气。

“真好啊，这样，感觉实实在在的。”林琅用耳朵贴着他的胸口，听着她的心音，小声说，“都不会心跳加速吗？”

好像故意给她面子一样，很快他的心就跳得不再那么平稳了，林琅一喜，更凑近了些，耳廓紧紧贴着他的胸膛。

说实话，这种天气这样赤着上身一点儿都不冷，林琅不喜欢开空调，这会儿屋子里还有些热，不过谢瑾年似乎是低温体质，即便炎炎夏日也不会出什么汗，今天却很反常，不一会儿额头便渗出了细密的汗珠。林琅察觉到气氛有点儿不对劲，后撤身子想要躲开一些，可他们之间的距离拉开还不到十厘米，林琅的胳膊就被人拉住了，接着整个人被谢瑾年拥入怀中，那种拥抱的力道，让她感觉到自己是被需要的。

“谢瑾年……”

林琅小小声地叫他的名字，他单手揽着她的背，另一手执起她的手，摩挲着光滑的手腕，不着痕迹道：“手链呢？”

林琅噎住，半晌不说话，谢瑾年慢慢放开她，也不去看她的脸，直接将她送给他的白衬衣穿到身上，真不愧是林琅当了手链买的这件衬衣，太适合谢瑾年了，虽然看上去好像和他以前那些白衬衫没什么不一样，但他穿上后，就是有一种与众不同的气质，这不会只是她一个人的感觉。

“真是帅呢！”林琅骄傲地说，“不愧是我看上的男人，和别人就是不一样，穿得比模特都好看，谢老板以后不打算唱戏了，倒是可以试试混娱乐圈。”她很快又反驳自己，“不行，娱乐圈太乱了，像谢老板这种出淤泥而不染的白莲花，还是在清清静静的地方好。”

不过，白莲花好像不是什么好的形容词……

林琅想着，嘴角笑意加深，她笑得那么好看，甜甜蜜蜜的，看得出来是发自真心。

谢瑾年将纽扣系好，虽然没有照过镜子，但听她那么说，应该是不错的吧。

她顺势坐到床上，双手撑着身子，回来之后一直紧绷的心情渐渐放松了许多，谢瑾年在她身边坐下来，安静了好一会儿，才问了一个问题。

“一件衬衫，当掉你父亲送的手链，值得吗？”

林琅怔住，诧异地看向他，不自觉道：“你知道了？”

谢瑾年没有否认，却也没有点头，他也只是大概猜测。

林琅含糊其辞地笑笑：“没事啦，反正我刚好快没钱了，我爸送过我很多东西，我都珍藏着，还有上次那瓶红酒，因为担心这里没有条件会坏掉，我已经早早喝完了，这样才能体现它的价值嘛。”略顿，她神色认真了许多，凝视着他的眉眼说，“而且，换成别人或许不值得，但对你，做什么都值得的。”

因为，你身上寄托了我的全部啊。

这样的话，还是没有办法说出口。

三十五

林琅按照林瑞正的要求，用自己新的联系方式给对方发了短信，令人意外的是他居然回复得很快，似乎一直在等待这条短信一样，表示下周就会替她安排好工作，让她下周一去上班，直接找杨翌承。

其他人大概很难理解，杨翌承是杨家的太子爷，现在却在林氏集团工作，这究竟是为什么？

其实很简单。

杨家的公司基本上只剩下空壳子，所有的运作资金都来源于林氏集团，运作的项目也都在跟林氏集团合作，一旦林氏撤资，杨家的公司马上就会倒闭，什么太子爷，什么杨董事长，都是虚无缥缈的东西，林家人一个不高兴，他们就会马上被打入地狱。

杨翌承就是在这样的情况下认识了林琅，起初他也非常抵触，虽然按照家里的指示对她不错，但一开始也没有什么真感情，说不清是在多久之后，忽然觉得两人熟悉了，关系也没有之前那么僵硬，再后来双方可以很自然地说话，谈论一些敏感话题，一切都朝着好的方向发展。只是没想到，这样的局面会在林琅二十四岁生日那天发生翻天覆地的变化。

八月份接近尾声，江城的天气依然十分炎热，走在外滩边上，即便撑着遮阳伞，林琅依旧汗如雨下。

她加快脚步，希望还能赶上去市郊的公交车，从四合院门口的地铁站没有直达她想去的地方的站线，只能到外滩这边来乘公交车。她走了很长一段路，尽管已经很小心地穿了平底鞋，可脚后还是被磨破了皮。

这也不算是今天一天的成果，前阵子太累，忙着做这做那，没关心自己的身体，整天走来走去的，脚上有好几处摩擦伤，不过身为女人，这样的伤口很快就可以习惯，毕竟它们太常见了。

好不容易到了公交站，林琅看了看刚刚开走的公交车，正好是她要乘的那一班，忍不住在心里叹了口气，真倒霉啊。

看来只能再等等了。

她要去的地方是市郊，比较远，从这里出发的公交车班次也不算太多，来往时间就会长一些，下一班恐怕要等半个多小时。

站点里挤了很多人，长椅上已经没有位置，林琅只能站在一边等。

这种天气，站在这里等车就好像被人放在锅里煮一样，各种不舒服。林琅心情有点儿烦躁，一种委屈的心理滋生出来就怎么也压不下去了，她微闭着眼睛，连有车子停在一边也没发现，直到那个人来到她身边。

“哪里不舒服？”

熟悉的声音在问，林琅诧异地看过去，谢瑾年就站在她身边，熟悉的黑色轿车停在公交位上，她匆忙说：“没什么，太热了。”

谢瑾年皱着眉拉住她的手腕，两人下了台阶回到车上，车子快速开走。坐在驾驶座的男人今天穿了件白色的长外套，上面绣着栩栩如生的仙鹤，里面是她送他的那件白衬衣，原来还担心他不穿，忐忑了好久，没想到他这么给面子。林琅心情好了许多，就连方才的燥热都减了几分，也不知是不是因为车里开了空调。

“公交位上不能停太久，所以没问你要去哪里就让你上车了。”

谢瑾年解释着，从车子挡位后面的格子里取出水杯递给他，淡淡道：“庄奶奶做的酸梅汤。”

消暑的酸梅汤，以前母亲也经常亲自下厨做给她，尽管用人都会，但她每次都坚持自己动手，就因为林琅说过一次“只喜欢喝妈妈的味道”。

林琅接过水杯，打开盖子，轻轻抿了一口，其实酸梅汤的味道都大同小异，但有人会加入一些特别的东西，所以偶尔有不同的味道，比如她母亲，会根据林琅的口味加一些别的东西进去，庄奶奶就不会了，她做的东西中规中矩，尤其是做给谢老板的，那就更符合这个标准。

“很好喝。”她垂着眼说话，神情恹恹，不太高兴的样子。

谢瑾年开了一会儿车，等要转弯的时候才开口问她：“你要去哪里？”

林琅噎了一下，抬眼目视前方，半晌才说：“去市郊的墓地。”

谢瑾年很清楚什么时候该说什么，不该说什么，他总能把握好那个度，就像现在一样，得到对方回答后他便安静开车，好像一点儿都不好奇她去墓地做什么。

林琅望向他，其实她对他的过去也不是很了解，包括成臻，她甚至不知道对方和谢瑾年究竟是什么关系，但她就是莫名相信对方，相信他不会做出杨翌承做过的那种恶心事。一旦在一起，她相信他会是那种绝不出轨或者有任何其他心思的人，她对他能够做到百分百的信任与放心，这在别人身上根本不可能发生，很奇妙，难以理解。

因此，她愿意与他分享她的一切，包括她想保守的所有秘密。

“上次我去见林瑞正，算是有个好结果吧。”林琅抱着水杯说，“我下周一就要回林氏集团工作了，还不知道会是什么样的安排，也不知道会遇到什么困难，所以，我想在此之前先去看看我爸妈。”

谢瑾年有点儿意外地看了她一眼，但很快就收回视线继续看路，他在开车，担负着两个人的生命安全，不能太过分心。

林琅笑了一下，柔声道：“干吗用那种眼神看着我，告诉你让你很惊讶吗？虽然你没说过什么，但我觉得我们现在算是在一起了吧。如果在一起，我就希望是毫无保留的，虽然你现在还不愿意告诉我你的一些事，但我相信你以后肯定会的。”略顿，摆弄着空调风扇的方向说，“至于我的事，你基本都知道了……可能有一个人我没跟你说过，我周一去上班时，林瑞正让我以前的未婚夫接待我。”

林琅清楚地感觉到车子好像顿了一下，幸好她系了安全带，但手里的水杯还是朝前倾出一些，洒了一些酸梅汤在腿上，她急忙拿了放在车子前台上的纸巾擦拭。

谢瑾年将车子停在红灯前，抿唇说道：“抱歉，没注意到红灯。”

林琅吐了口气，无奈地看着他说：“你吃醋啊？”

谢瑾年的表情有点儿微妙，视线在她用纸巾擦着的白皙双腿上停留了几秒匆忙收回，侧目望向另一边的车窗外，轮廓优美的耳朵好看极了，泛着淡粉的颜色。

看来是真的吃醋了，大概还要加上一些……羞涩？

真难得啊，能见到这样的谢老板。

林琅笑着，不愿意看他尴尬，所以转移话题说：“你今天不是出去了吗？我还以为你要晚上才能回来。”

谢瑾年目视前方，不疾不徐道：“本来是出去了，听庄奶奶说你要出门，中午不回去，就想着你会去哪里，顺着家的方向开过来，在外滩看见了你。”稍稍一顿，他微微蹙眉，“其实，也说不清为什么就去了外滩，总感觉好像在那里能找到你，没想到真的找到了。”

林琅单手撑头看着他，因为燥热而产生的负面情绪一扫而空，美丽的脸上是一片明媚光彩的笑容。

“你知道这叫什么吗？”她笑着问话，倒让对方有点儿拿不准。

“不想知道。”谢瑾年抗拒地说完，专注地看前路，却没想到后者根本不按常理出牌。

“这叫心电感应。”林琅爽朗地笑出声，她的笑声十分悦耳，连谢瑾年这种对声音要求很高的名角儿都不由为她侧目。

车子进入市郊时，路上的车辆渐渐减少，行驶安全度也高了很多。

谢瑾年像在思考什么，片刻之后换单手握着方向盘，另一只手越过挡位，抓住了林琅的手。

林琅一怔，诧异地看向他，半晌都憋不出一个字。

还是谢瑾年漫不经心地转过了头，淡淡地看着她问：“有事？”

林琅噎住，良久才说：“没事。”

谢瑾年早就转回了头，自动挡的车就是这点好，大部分时间可以解放出一只手，让你做点儿别的事情。

林琅用空着的手翻出手机，打开相机，关闭音量和闪光灯，悄无声息地瞄了谢瑾年一眼，自以为十分隐蔽地拍下了两人两手交握十指紧扣的照片。

她收起手机，谢瑾年才抽回手，将车子停在路边，墓园到了。

下车之前，谢瑾年散淡地问她："为什么拍照？"

留念？林琅不想直接这么回答。

她凝视了他好一会儿，有点儿不太喜欢他这副淡定得仿佛天塌下来也毫不关心的样子，遂换了个轻松而愉悦的神情说："当然是拿到交警队举报你了，开车时做这种事情是很危险的哦，我担心小朋友会向你学习。"

她清楚地看到谢瑾年嘴角抽了一下，随后解开安全带打开车门下车，绕到另一边替她打开了门，一手遮在上方防止她撞到头，这样的行为导致她下车时会和他距离拉近。

林琅本来就有点儿心虚，想要越过他下车的时候不敢看他的眼睛，谢老板大多时间都冷冷清清的，可也有时候会维持一种分分秒秒都让你心惊肉跳的形象，他这种模样基本上只有林琅一个人见过，就比如现在，周围的所有声音林琅都听不见了，只能听见自己的心跳声，她看见谢老板薄唇开合，似乎说了什么，她努力克制着自己的情绪，哪料下一秒谢瑾年就直接低下头来，在她额头上亲了一下。

林琅瞬间俏脸通红，一脸懵圈地坐回了副驾驶。

三十六

冷静下来之后，林琅回想起来，谢瑾年当时说的是：要我陪你一起进去吗？

她太紧张了并没有回答，不说话的态度就被当成了默许，于是谢老板低头亲了她一下，这是在表示愉悦吗？

林琅摸着额头跟在他后面，心里胡思乱想着，脚步有些凌乱，周围一排一排的墓碑，高大繁茂的树林，微风阵阵，凉快极了，以后要是穷得吹不起空调，倒是可以来墓地消暑。

谢瑾年忽然停住了脚步，匪夷所思地看了看她，她直接撞进他怀里，捂着鼻子抬起头，才恍然意识到自己把心里话给说了出来。

……

现在是不是要说点儿什么缓和一下气氛？

不过好在，谢老板也只是没有在意地笑了笑，后撤身子说：“你走前面。”

是哦，的确应该她走前面，因为谢老板根本不知道她父母在哪一排，什么位置。

被林瑞正欺骗接着赶出林宅之后，林琅还是第一次来看父母。也不是不想来，实在是不知道该怎么面对他们。他们一生的事业，都在她一不小心签下名字之后全部付诸东流，落到了别人手上，他们一直疼爱的女儿反而沦落到了无家可归的地步。

说到底，林琅自己也有很大的责任，如果她可以小心一点儿，可以仔细一点儿，后面的事情根本就不会发生。当然了，林瑞正可能会采取别的办法，他那三寸不烂之舌，连客户和董事都被哄得团团转，更别提刚失去父母的侄女了。

二十多年的朝夕相处，两家人住在一栋房子里，那种亲情，林瑞正或许不在意，林琅却是真的放进心里过，以至于现在，还是无法想通林瑞正究竟为什么可以下得了这样的狠心。

他与林琅的父亲林瑞程一起建立林氏集团，兄弟二人因为投入资金的不同占有股份不同，林琅出生之前的事她不清楚，也没听父亲说起过，但后来的事她都记得很清楚，她完全没有发现他们两家人之间有任何不合，也从来没见过父亲和对方吵架，他究竟为什么那么做？难道钱财和权力真的可以让一个人丧失理智，摒弃亲情吗？

林瑞程和妻子合葬在墓园西北角的位置，是林琅挑选的，夫妻俩的墓要比其他的更宽广一些，但也没有太奢华。

墓周围很干净，看得出来经常有人打扫，墓碑前还放着一束百合花，林琅看见时愣了一下，下意识道：“我母亲生前最喜欢百合花了。”

谢瑾年和她并肩站在墓碑前，终于见到了林琅的父母，两位长辈的照片是黑白色的是一张合照，合照上两人都笑得很开心，但谢瑾年总觉得哪里不太对劲。

他看了一会儿，发现了端倪。

虽然林琅的母亲是笑着的，看上去好像很高兴，但仔细观察对方的眼睛，会发觉笑意并未达眼底。

谢瑾年侧头望向林琅，她并没注意到这些，只是蹲下来打理着父母墓碑前的花，她将花束拿起来，上面没有卡片，便皱起眉，看上去有点儿犯愁。

“是谁来看他们了呢？”林琅站起来说，“知道我妈喜欢百合花的总共就那么几个人，稍微筛选一下，到今天还会来看她的就更没几个了，难不成是杨翌承？”

谢瑾年眯了眯眼：“那是谁？”

林琅一愣，半晌才说：“我以前的未婚夫。”

谢瑾年勾勾嘴角：“你觉得会是他吗？”

林琅摇头，显得有些烦躁：“不会吧，林菁把他看得那么严实，他怎么会有时间来看我爸妈？”

谢瑾年收回视线，望着那座墓碑安静地说：“也不是，如果有心的话，自然就可以办到。”

林琅心里很不安，半晌没说话，谢瑾年识趣地后退几步，渐渐和她拉开距离，站在墓园边沿的大树下远远望着她，她回头朝他这里看了一眼，神情复杂，明明在笑，可却给人很难过的感觉，令人心疼。

“爸，妈，这么久没来看你们，一定很孤单吧。”林琅慢慢蹲下来，望着墓碑上的照片说，“我去找过霍警官了，他说他也觉得你们的车祸有蹊跷，可车上没发现什么问题，你们的尸体又很快被火化了，很难再找到什么证据翻案，所以我想……”她压低声音，拧起眉，“如果要找到你们去世的真相，我就必须回到林瑞正身边。”

微风吹来，拂过她脸颊边的长发，好像父母在安慰她一样，林琅吐了口气，低下了头。

“你们别担心，我一定不会让你们这么不明不白地离开，我一定要找出真相，弄清楚你们那天到底发生了什么，然后……”林琅再次抬起头，目光坚定，“把属于我们的东西，全都夺回来。”

谢瑾年站在边沿处等待林琅，他很有耐心，一点儿都不着急的样子，但林琅说话的时间也没他预想的那么久，她很快就一路小跑着回到了他身边，在他疑问的眼神下把他拉到了父母的墓碑前，一本正经道：“对了，爸，妈，还有一件非常重要的事，今天得介绍一个人给你们认识，你们看见他肯定就不会担心我了，这是谢老板，是我现在的男人，对我可好了，而且特别有钱，出手就是战国古玉啊。”

林琅的话让谢瑾年站在那儿不知如何是好。

他嘴角僵持着一抹笑容，淡淡的，很好看，不像以往，给人冷冰冰的感觉。

“所以不管前面的路多难走，都会有他陪着我的，你们可以放心，我一定可以成功，到时候再带他一起来看你们。”林琅坚定地说完，又看向墓碑前那束花，继续说道，“是谁给你们送的花，我也会查清楚，如果是害了你们的人妄图用一束花来赎罪，你们一定不要接受，不要用你们的宽容来对待这种人。”

说完，林琅似乎一身轻松，拉着谢瑾年的手笑着说：“谢老板，虽然我可能有点儿自说自话，没问过你的想法，但是我爸妈看着呢，你稍微给我点面子，就答应我吧。”

答应她？答应什么？

他没说话，他平时话就很少，这会儿显得更少了，林琅拉了拉他的手，歪着头问："做我男朋友好吗？"

男朋友？听起来很新鲜的词。在谢瑾年的潜意识里，心上人更适合形容彼此的关系。他好像总喜欢老套的东西，现在这些年轻姑娘们所崇尚的，他都不太了解。

"好吧。"

在林琅灼灼的目光之下，谢瑾年终于皱着眉说了两个字，语气里充满了迟疑和为难，林琅听得心里不高兴，直接问他："做我男朋友你很不愿意吗？要是不愿意也不用勉强啊，我没有要拿我爸妈逼你的意思。"

谢瑾年直接朝墓碑鞠了一躬，随后拉起林琅的手就走，林琅跟着他，嘴里还喋喋不休地据理力争："你要是不喜欢我，就不用迁就我，也不用管我，反正我要死要活都和你没关系，但你给我的感觉是你也喜欢我的，那你就和我在一起嘛，我现在一个人孤孤单单的很可怜啊，你和我在一起，以后我难受的时候最起码还可以想着'至少还有你陪着我'，那样我就不会太难过了。"

等她连珠炮似的说完这一长串的话，谢瑾年已经拉着她到了墓园门口，直接敲响了守墓人办公室的门，一个五十多岁偏瘦的男人从里面出来，看着他们俩说："两位还有什么事吗？"

林琅好奇地望向谢瑾年，谢瑾年直接道："老先生，跟您打听一件事，西北角林先生和林太太的墓，这两天内都有谁来过？"

管理员怔了怔，看了一眼林琅，恍然道："我想起来了，之前还有点儿认不出来，这不是林小姐吗？现在变样了啊。"

林琅扯回自己的手腕，掩饰性地笑了笑，她哪里是样子变了，只是生活遭遇了巨大的变故，再也做不回以前那个张扬的林小姐罢了。

“我今天才来当班，除了你们没人来看过，昨天我就不知道了。”管理员很和善地回答了谢瑾年的问题。

谢老板闻言点点头，又拉起林琅的手离开，林琅匆忙地朝管理员道了谢，随后便抓住谢瑾年拉着她的手腕，无奈道：“你能不能别老这么拉着我呀？我又不是小孩子，丢不了的。”

谢瑾年脚步一顿，回过头看着她，半晌才说：“不是要谈恋爱吗？”

林琅闻言愣住：“所以你这是……”话说到这里她突然止住，抽出自己的手反手握住他的手，两人牵手状站在那儿，远远看去，那幅画面真是赏心悦目。

“这样才是谈恋爱。”林琅对他说，“谢老板刚才那样，分明是在带小孩儿。”

谢瑾年垂眼望着两人再次十指紧扣的双手，回想起在车上时，似乎也的确这样更让人身心舒适。

“谢老板很没经验啊，不过没关系，我会教你的。”林琅牵着他的手朝前走，眯眼笑着说，“但你也要做一点儿改变，比如说……”她斜睨着他，“多跟我说话，不要老是板着脸，不要老是不理我，多和我身体接触，多朝我笑，因为我，和其他人是不同的。”

林琅说这句话的时候没想那么多，她想要什么就直接说了，却没想过会造成多么惊悚的后果。

或许，一般人恋爱的相处模式，真的不太适合谢老板。而且，说太多话，真的也不太适合他。

回去的路上，谢瑾年打开了广播。

广播里正在播广告，某个楼盘要开盘了，只要 88888 一平米，黄金地理位置，依山傍水。

谢瑾年："江城哪里来的山？"

林琅："……可能是人造假山。"

谢瑾年："是吗？呵呵。"

林琅："……"

广播开始放不孕不育的广告。

谢瑾年："现代人亚健康的烦恼。"

林琅："……放心吧，我觉得我们不会有这种烦恼。"

谢瑾年安静了一会儿才说："不一定，我年纪比较大了。"

林琅："……"你才三十几岁而已吧。

广播开始播放节目，这下林琅觉得可以松口气了，而且离家也越来越近，到家之后就不用听这奇奇怪怪的栏目了！

只是，林琅还是失算了。

即便是广播节目，也还是可以有讨论的地方，而且怎么就那么巧，接下来的广播新闻说的是现代男性三十岁以后身体需要注意哪些方面，然后从前列腺说到男性私密部位，搞得林琅面红耳赤，直接伸手去关广播，谢瑾年抬手挡住了。

"怎么了？"

他居然还问她！

林琅瞪着眼睛说："我忽然想去逛超市，中午你想吃什么？我做给你吃好不好？"

谢瑾年终于转移了视线，眼中带着疑虑，分明是想说：你还会做饭？

林琅指着街上的那间超市说："就去那里吧，我下面给你吃。"

谢瑾年答应着："哦，好。"

林琅可疑地沉默了一下，观察着谢瑾年的脸，他在专心停车，似乎完全没察觉到她的话里有很深的歧义。

“怎么了？”他忽然回头望向她，目光让她猝不及防。

“没事。”林琅马上收回视线，笑着说，“我煮面给你吃。”

谢瑾年看了她好一会儿，才打开门下车，绕到副驾驶给她开门。她下车的时候，他轻声说了一句话，让林琅顿时僵在那儿窘迫得不行。

他说：“我没有想歪。”

三十七

谢瑾年一开始真的没有想歪，但林琅后面的欲盖弥彰将这个问题彻底暴露出来。

出于礼貌或者绅士风度，谢老板还是表示了一下，所以他说没有想歪。

但不知道为什么，林琅整个脸都变成了一个“囧”字。

好在，进了超市之后她表现得正常了许多。只不过，谢老板有点儿不太正常了。

走到生鲜区，林琅指着一条鱼问中午要不要吃，很新鲜的样子，谢老板抿了抿唇，看上去有点儿为难，过了一会儿才开口说了一系列吃鱼的知识，包括如何挑选新鲜的鱼。

林琅听完之后整个人都蒙了，惊讶地看着他说：“谢老板还知道这些？”

谢瑾年扫了她一眼：“只是不想说而已。”

意思是他知道很多东西，只是不想说出来？

“那你为什么现在肯说了？”林琅意外地看着他。

谢瑾年瞥了她一眼，不吭声，两人继续往前走，接下来在果蔬区、零食区，反正就是各种林琅想买点东西的地方，谢瑾年都会给一些意见，每次都说出很多道理，等到林琅去结账的时候购物篮里就只有鸡蛋、西红柿和面。

“听君一席话，胜读十年书。”林琅抱拳谢过，掏出钱包准备结账。

谢瑾年十分自然地将自己的钱包递给她，林琅愣了一下，下意识接住，看着他小声问：“这是干吗？”

“用我的。”

他言简意赅，三个字表达了全部的意图，比刚才“谢教授”的形象正常多了，简直有点儿久违，林琅感动得要哭了出来。

看看后面还有很多人排队，今天买的东西也不多，花不了多少钱，林琅没拒绝，直接用他的钱付了帐。两人一起离开的时候，谢瑾年又牵住了她的手，林琅心弦一动，嘴角控制不住地上扬，脸上的笑容异常甜蜜，附近的路人看到他们，也觉得这对情侣真令人赏心悦目，羡煞旁人。

回到车上，谢瑾年才放开了她的手，这次他没开广播，因为林琅表示她想听歌。

其实剩下的路程没多远了，顶多一首歌的时间，放不放都无所谓，之前林琅坐谢瑾年的车，他什么都不开的，那时候怎么没发觉他那么喜欢听广播呢？

带着这样的疑问，车子很快开到了胡同外面，谢瑾年停了车，两人并肩回去，东西当然是由谢老板提着啦。

这条胡同里的人，没人不知道谢老板，因为庄奶奶“宣传”得好。

他们眼中的谢瑾年，是那种特别典型的禁欲系帅哥，平日里冷若冰霜，拒人于千里之外，连想给他介绍个对象都无从下手，因为不知道对方喜欢什么类型。现在他身边忽然多了个大美人，年轻又漂亮，直接住进了他们家，虽然听说只是租客，可庄阿婆那样子，分明是要把对方发展成谢老板未来的另一半。所以看见林琅和谢瑾年出双入对，大家也没有多少惊讶，反而一脸欣慰。庄阿婆成功了，虽说胡同里少了一位不食人间烟火的世外高人，却多了一个真真实实的好邻居，还是值得高兴的。

林琅单手捧着脸，很久没有被这样围观，一下子被直勾勾地看着，还是那种眼神，她有点儿不自在，不由加快脚步，想要快点儿回到四合院。

"我去开门。"林琅三两步上了台阶，将门打开。

白天四合院一般不栓门，因为庄奶奶担心不能及时给谢老板或者她开门。

林琅开门进去的时候，一眼就瞧见院子里的成臻，她正在晒衣服，那衣服很熟悉，林琅见谢瑾年穿过，往常需要手洗的衣服都是庄奶奶洗，需要干洗的大部分时间也是老人去送，偶尔林琅有时间也会帮忙送一下。

今天看见成臻帮谢瑾年晾衣服，很可能还是她亲自替对方洗的，林琅就觉得浑身不舒服。那是衬衣啊，贴身穿的，庄奶奶是长辈，看着他长大，洗一洗没什么，可成臻一个年轻小姑娘，说不好比她还小呢，做这些事……林琅觉得浑身鸡皮疙瘩都起来了。

是她太小气了吗?

她皱着眉看谢瑾年，朝成臻的方向抬抬下巴，谢瑾年关了门望过去，见对方手中拿着他的衣服，立刻皱起了眉。

林琅假装淡然地后退了一步，在成臻看过来的时候，回了对方一个微笑。

成臻将衣服挂好，拘谨地笑着说："林小姐回来了，和谢老板碰到了？"

林琅笑着说："算是吧。"她下了台阶，朝厨房的方向走，随口问，"庄奶奶呢？她请你帮忙晾衣服吗？"

成臻一怔，笑着说："不是啊，我看谢老板的衣服在衣篮里放着，庄奶奶说是要洗的，她要准备午饭，我就帮忙洗了。"她望向走过来的谢瑾年，看到对方冷淡的脸色也愣了一下，半晌才说，“我以前也帮谢老板做过这种事，应该没关系吧。”

以前是以前。那时候，谢瑾年还是如意班的戏子，成臻也只是个十来岁的小丫头，在戏班打杂，帮当家花旦洗洗衣服没什么。可现在不一样，她是个大姑娘了，他们也不再是以前那种类似于主仆的关系，她这样的行为始终有些不合适。

“下次不要做了。”谢瑾年终究没有说什么重话，丢下这句便抬脚朝厨房走，林琅猜测他可能是去找庄奶奶，毕竟如果没有对方的同意，成臻也拿不到这些衣服。

“谢老板！”成臻直接上前拦住了他，也顾不上林琅还在，拧眉说道，“我到底做错了什么？我只是帮你洗个衣服都不可以吗？以前在如意班我不是也帮你洗过衣服吗？你供我读书，我现在回来了，想报答你都不行？庄奶奶年纪那么大了，总让她做这些家务活也不是办法吧，我现在都回来了，替她分担一点儿都不行吗？”

谢瑾年望向她，清冷的五官，冷峻的神情，他都不需要开口，别人就可以猜想到他接下来要说的话会多无情。成臻有些迟疑，毕竟林琅还在这里，她不想让谢瑾年把话说得太绝，可对方根本不给她任何改变现状的机会。

“不行。”他很果断地拒绝了对方，并且做了解释，“成臻，现在不是在如意班的时候了，你长大了，同我只是长辈与晚辈的关系，我们的关系还没有近到让你替我洗衣服。”

成臻狼狈地看了一眼林琅，对方虽然面无表情，甚至刻意走远一点儿避免她尴尬，可她还是觉得特别不舒服。

“我只是想帮庄奶奶和你一点儿忙。”成臻强撑着说，“她年纪大了，什么都要她做，我过意不去。”

谢瑾年扫了一眼已经晾好的衣服，片刻后说：“那也不需要你。”

成臻愣住，诧异地看着他。紧接着谢瑾年抬手一指，林琅缩了一下，指着自己：“我啊？”

谢瑾年点头：“你来洗。”

林琅瞪大眼睛：“我来洗？”

成臻显得比林琅还激动：“为什么是她？我都不能替你洗衣服，为什么她可以？”

谢瑾年望向她，眉头微蹙，好听的声音里带着疑惑：“我们在恋爱，她给我洗衣服，不是理所应当的吗？”

成臻：“……”

林琅：“……”

闻声赶来的庄奶奶：“哈哈哈哈哈哈！”

在场三人顿时看向大笑着的庄奶奶，她高兴得合不拢嘴，满脸都是“老天开眼啊，我们家谢老板终于有对象了”的兴奋，早就忘了方才几人的矛盾，上去拉着林琅就说：“哎哟喂，这简直太好了，以后有人替我分担了，那我就不用麻烦臻臻啦！”她握着林琅的手喜滋滋道，“林丫头啊，以后就麻烦你啦，好好照顾我们谢老板。”

林琅还有点儿搞不清楚状况，一脸茫然地点了点头，等大家都散了，她才后知后觉地反应过来……也就是说，以后照顾谢瑾年的担子就落在她头上了？

也不是说不可以，她也的确是有点儿高兴的，因为可以更近距离地接触他，但是……为什么还有点儿心塞？难道是因为她连自己的衣服都洗不好吗？

还是先做饭吧。

林琅进了厨房，谢瑾年已经把东西放下离开了，庄奶奶说君子远庖厨，但她觉得庄奶奶的想法太封建，现在是男女平等的时代，很多家庭做饭的都是男人。

当然了，这些话她是不会说出来的，毕竟庄奶奶上了年纪，年轻时就是那样过来的，突然给她灌输现代理念，她一时半会儿也接受不了。

总之，马上要开始做饭了，有庄奶奶在旁边指导，倒不至于炸了锅，做出来的味道也还蛮好，第一次就有这么好的成果，林琅已经开始畅想以后被称为大厨的日子了。

上桌吃饭的时候，谢瑾年看着今天的主食，似乎也颇为惊讶。

收到林琅满眼的期待，谢瑾年问庄奶奶："真是她自己做的？"

庄奶奶笑着点头说："是呀，林丫头特别有天赋，我可以放心地走啦，谢老板不会饿死了。"

谢瑾年皱起眉，脸色不太好看，庄奶奶赶紧说："哎呀开个玩笑嘛，我去叫臻臻来吃饭。"

她说完话就走了，餐厅里只剩下林琅和谢老板两人。

"快尝尝啊，我自己尝过了，味道很好的，虽然只是简单的西红柿鸡蛋面，但照我这么有天赋来看，接下来完成满汉全席也不是问题。"林琅说得无比认真。

谢瑾年表情空白了几秒，似乎想说什么，但还是什么也没说，低头尝了尝她的手艺。

的确是不错，卖相也还好，但……

抬起眼看看她那副得意的样子，总觉得不能让她那么骄傲啊。

"那么，以后我会每天等你回来做饭给我吃。"谢瑾年面不改色道，"只要做给我就好，我会等你，多晚都等。"

林琅苦了脸，掰着手指头数着：“要给你洗衣服，还要给你做饭，我们还没结婚呢，我怎么就开始做家庭主妇要做的事情了？”

“你不愿意吗？”

这话直接把林琅问愣了，她呆呆地看了他半晌，才对着手指说：“愿意。”

是真的愿意，并且会全身心地做好。

谢瑾年听不见她的心声，还担心她会胡思乱想，过了一会儿，终究是补充了一句：“我只是希望，你回去工作之后，即便白天再难熬，想到家里有人在等你一起吃饭，会高兴一点儿。”

林琅脸上欢悦的表情顿时荡然无存。

她看着他，眼神复杂：“说起来，从墓园回来的时候你就挺反常的，是为了我？”

他话变多了，转变很突然，会开着广播找话题，因为听音乐时他不会讲话。在超市时他也会努力分享一些自己知道的常识，让两人相处时不仅仅是她一个人努力找话题活跃气氛。他做的每一件反常的事，仔细想想，她都可以理解他的用意。

谢瑾年被她这样问，清隽英俊的脸上浮现出柔和的神色，他温声说：“多跟你说话，不要老是板着脸，不要老是不理你，多和你身体接触，多对你笑，因为你和其他人是不同的。”

林琅这下是真的炸毛了。

这话多耳熟啊，太熟了，熟得她都不能淡定了，这分明是她在离开墓园时对他说的话。他当时没回应，她还以为他没放在心上，原来他都记得，而且一字不差。就像以前一样，他对她很好，只是他从来不说。

有这样一个人站在身边，以前觉得没有希望的未来，也变得值得期待了呢。

三十八

周一林琅去林氏集团报到，是谢瑾年开车送她过去的。

早上吃饭的时候只有三个人，成臻不在，庄奶奶说她不舒服，想多睡一会儿，谢瑾年也没过问她哪里不舒服，林琅更加不会自讨没趣地关心情敌，所以直到早餐结束，谢瑾年和林琅一起出门，也没有一个人去成臻那里问一问，她到底哪里不舒服，需不需要看医生。

成臻站在虚掩的窗前朝外看，那对男女携手出门，看上去般配极了，般配得让她恨不得上前将他们拉开。她有些窒息，后退几步回到房间里，来到她的行李箱前，看着里面那些她在国外取得的荣誉以及一件青衣外衫，沉默着蹲下来。

那件外衫被保存得很好，一点儿都看不出来有了数年的历史，那是姐姐还活着的时候谢老板送给成臻的第一份礼物。她那时也想成角儿，姐姐便让谢老板多教教她，她那么小，谢老板瞥了她一眼，就把手中刚刚脱下来的外衫给了她。

成臻记得清楚极了，姐姐让她跪下来拜师，她特别激动，可谢瑾年却拒绝了，只说会提点她，再后来……

再后来也没什么可说的了，他确实会偶尔在她练功的时候提点几句，但也仅此而已。

谢老板和戏班里的任何人都不一样，即便是和姐姐，也不一样。

成臻的姐姐成老板唱的是武生，是谢瑾年的搭档，两人关系特别好，外人都觉得他们会成为一对儿，但只有成臻知道，谢老板对姐姐只是兄妹之情。

她记得很清楚，那天晚上姐姐偷偷穿了衣服出门，她悄悄跟上去，看见她去找谢老板表白。

即便是那样亲近的关系，谢瑾年的拒绝依然那么直接，所幸周围没有别人，姐姐也不至于太丢脸。

什么时候产生想要和他在一起的想法？大概就是那时候吧。

这样一个好像天上明月的男人，那么遥远，却很容易成为少女的梦想。

这一梦，就是十几年。

成臻将行李箱的盖子重新合上，颓然地坐在床上，太阳的光芒透过窗户洒在她身上，但她感觉不到一丁点儿温暖，满腔无处宣泄的感情几乎把她逼疯，她是那么不甘心。

可她又能怎么样呢？

谢瑾年那样天生凉薄的人，同类人很难打动他。不论是成臻，还是她的姐姐，他们在为人处事和生活方式上都极为相似。

成臻很清楚，谢瑾年真的喜欢一个人很难，一旦喜欢上，再忘掉会更难。

如果她非要做一些什么导致他和那位林小姐最终分手，恐怕会让那个本就凉薄的人更加冷漠，她真的要那么做吗，真的要伤害他吗？

还是不要了吧。

毕竟那是姐姐用生命保护下来的人，如果让他痛苦，不管是姐姐还是她，都不会开心的。

这个时候，林琅和谢瑾年正在前往林氏集团的路上，林琅靠在椅背上朝外看，虽然早就做好了心理准备，也难免会有点儿紧张。

她时不时扭头看看开车的男人，好像看见他心里就会平静一点儿似的。

早高峰时段路上的车很多，谢瑾年开车很专注，虽然知道林琅在看他，却也不会分心，他可不希望她第一天上班就迟到。

林琅兴致缺缺地摆弄着手里的背包带子，周围的景色越来越熟悉，目的地最终还是到了。她现在的心情，竟然比那天去见林瑞正的时候还忐忑，她甚至产生了一种想退却的想法。

她知道自己不能后退，即便前面可能是一片火海，她也必须毫不犹豫地踏进去，因为朝前走还有可能柳暗花明，往后退却一定是万丈深渊。

“到了。”

车子停在林氏集团大厦对面不起眼的位置，谢瑾年将车子熄火，终于看向了副驾驶上坐着的林琅。

她穿了件白衬衫，黑色的裙子，脸色苍白，唇瓣抿着，像有什么话要说，最后却什么也没说。

“开车回去小心些。”林琅打开车门下车，站在车外说，“我先过去了，中午不用来接我，我会吃食堂，晚上我自己坐地铁回去。”

谢瑾年没有拒绝，只是安静地看着她，她吸了口气，努力朝他露出一个笑容，然后关上车门，头也不回地朝马路对面那熟悉又陌生的大厦走去。

这个时间段正是员工们陆续来上班的时间，大厦门口不断有穿着严谨的白领走进去，他们一如既往地刷卡，有的在互相交谈，有的面无表情，对接下来一天的工作习以为常，虽然有压力，但至少不会被压得喘不过气。

林琅和他们不一样。

她停在林氏集团门口的台阶那儿，一步一步地迈上去，因为低着头，长发遮住了半张脸，大家并没发觉这个和他们一起来上班的人有什么不同。林氏集团那么大，有无数个部门，当然会有不认识的同事，对此他们并不好奇。

林琅走进大厦的门，正式迈入林氏集团之后，还是有人认出了她。

林琅以前无疑是高调的，事实上以她的身份，想低调也低调不了。作为董事长的独生女，在林氏集团里，连一个小小的保安都对她十分熟悉。

她站在一层，原以为还得在这里被围观一会儿，直到杨翌承来接待她，因为她还没有考勤卡，不能直接刷卡进去，这次来又不是以客人的身份，不能走客户通道。

但意外的是，杨翌承比她更早到，她刚停下脚步没多久，杨翌承就从里面出来了，直接走到她面前，像是将公主从恶龙身边拯救出来的王子一样，冷着脸对旁边围观的人说：“不怕迟到吗？有什么好看的？”

众人立刻收回视线，毕恭毕敬地说了句“杨总早上好”便快步刷卡进去了。

林琅扫了他们一眼，又将目光落在杨翌承身上。

感觉到她意味深长的注视，杨翌承维持着那个冷笑的嘴脸说：“怎么了？是不是想说，他们背地里喊我吃软饭的小白脸？不用你告诉我，我一直都很清楚，比任何人都清楚。”

他说完抿了抿唇，转身走在前面带路。

林琅没有表情地跟着对方走在贵宾通道，直接上了总裁电梯，这种待遇，真是久违了。

不过没关系，等着瞧吧，她一定会把所有失去的东西全部夺回来。

似乎听见了她的心声一般，在电梯里，杨翌承瞥了一眼摄像头，压低声音对林琅说：“不管你出于什么目的回到这里工作，以后有什么为难的事，可以私下里来找我。”

林琅斜睨着他：“杨总敢出手帮我吗？”

杨翌承轻嗤一声，自嘲道：“我当然不能出手帮你了，出手帮你我的阔少日子就过不下去了，但是……”他微垂眼睑看着地面，“如果有什么员工为难你，我还是可以帮你说两句话的。”

林琅没再说什么。

他们已经不再是以前那种可以无话不说的关系。

接下来她要做的事，他也帮不上什么忙，和他过多接触，很可能还会给她带来麻烦。

不管即将面对什么样的困难，她都不会找他帮忙。

杨翌承其实也很清楚这一点，不过他还是忍不住说那些话。

这个社会，很多人身不由己，她是，他也是，不管在未知的将来他是否能帮上忙，至少在心里，他愿意为她那么做。

电梯停在二十层，总裁专用电梯的好处就是没有外人在门外等候，也没有外人和你挤在一起上去。

那么，在电梯门打开之后会看见的，肯定不会是普通员工。

银色的电梯门缓缓展开，熟悉又陌生的女人双臂环胸站在外面似笑非笑地看着电梯里的一男一女，嘲讽的嘴角，鄙夷的神情，林琅印象里那个唯唯诺诺总是安静微笑的林菁为什么会变成现在这样？

她已经得到了所有，为什么好像还是很不快乐？

林琅当然不会问这些问题，可她回望着她的神情却让林菁很不舒服。

“不要觉得意外哦，你被分到我主管的部门了，以后我就是你的上司，有什么想说的吗？”林菁巧笑倩兮，余光瞥了瞥杨翌承，后者很快走出电梯，站在她身边。她满意地眯起眼，继续看着林琅，好像十分期待她的回答。

林琅看了看外面站着的四五个人，除了林菁之外其他的不怎么熟悉，应该是被新提拔上来的，原来在这个部门工作的应该不是被调走就是被辞退了吧。

的确，新的董事长上位后，许多关键部门的工作人员都得大换血，就好像一个朝代换了新的皇帝，内阁也会替换成自己的心腹一样。

林琅保持着面无表情的样子说：“有想说的。”

林菁冷笑一声：“是吗？想说什么？”

林琅皱起眉说：“能不能让一下，让我先从电梯里出去？”

林菁的表情顿时好像吞了一只苍蝇一样难看。

三十九

林菁本来是想给林琅一个难堪，以此来给她接下来糟糕的生活开个“好头”，不过却被她不软不硬地给顶了回来，林菁不高兴了。

她不高兴的直接后果就是，林琅上班第一天处境很不好。

林菁大学读的是服装设计专业，毕业之后便在林氏集团的自主品牌设计部工作，现在林菁地位升级，直接成为这家子公司的负责人。

林琅对服装设计一窍不通，让她做服装营销策划还差不多，但很可惜，林菁怎么会让她做擅长的事？她甚至不愿意让林琅做一份正常的工作，直接找来一堆作废的服装设计图，丢到林琅的办公桌上，一脸笑意地说：“碎纸机忽然出了故障，就麻烦你把这些图纸全部裁成小碎片吧，一定要特别细碎，绝对不能有任何拼接回去的可能啊，要不然的话，如果有什么下一期走秀主题外泄之类的事情发生，就是你的责任了。”

听林菁说完这句话，林琅就觉得接下来肯定会发生这样的事。

林菁宁可品牌秋季走秀主题被外泄，甚至是被抄袭，也要让她万劫不复。

看着一桌子的设计图，林琅找来一把美工刀，低下头开始工作。

看见她这样，林菁忽然觉得索然无味，就像猫抓到了老鼠，如果老鼠不反抗，猫也会兴致索然，不再玩弄下去。

林琅现在就像是那只老鼠。

她坐在椅子上，闷头裁纸。林菁要求这些图纸绝对无法拼凑回原来的样子，她就得将它们全部裁成细碎的粉末，除了这样，林菁恐怕随时都能找出借口来责备她“这么简单的事都做不好”。

杨翌承路过的时候，瞧见她非常认真地做着这些毫无用处的事。

他想为她做点什么，可那种无能为力的心情，让他倒尽了胃口。他干脆直接离开了，找点儿别的事情做。

现在他是吃软饭的小白脸，不工作也不用担心饿死，但做点儿事情占用住大脑，才会避免自己再去思考那些可能毁掉杨家的事。

在裁纸的时候，林琅也在思考如何应对林菁接下来的为难，如果真的搞出外泄主题或者设计图的事，整个子公司都会因此受到重创，董事会不可能不过问这件事，而一旦确定是她的原因，到时候那些还在观望的股东很可能就会彻底倒向林瑞正。

不能让这种事发生。

该找谁来帮忙呢？似乎没有办法。

如果林菁真要那么做，又或者林瑞正打算铤而走险，用这种方式博得其他股东的支持，让他们看见他并没有为难林瑞程的女儿，只是对方在背叛林氏集团，先是和宫辰一起联手，现在又进来做内奸，他也是无可奈何才赶走对方的，那她就真的没有翻身的可能了。

林琅因为苦恼这件事，中午的时候也没出去用餐。

待在空荡荡的办公室，看着刚刚裁碎了五分之一的设计图，林琅忽然拿出手机，拨给了林瑞正。

林瑞正接电话的速度很快，和上次回短信时一样，就好像他一直在等这个电话。

电话接通后，林琅立刻恭敬地说：“叔叔，是我，有打扰到您吗？”

林瑞正那边沉默了一会儿，随后笑道：“你还真是长大了，都懂得担心会不会打扰到叔叔了，以前可不是这样的。”

林琅缄默片刻道：“叔叔，我想跟您见个面。”

“哦，是吗？工作不顺利吗？菁菁为难你了？”林瑞正好像真的担心一样，语气充满了关怀。

这虚假的关怀，她曾经就因此受骗，以后绝对不会再上当了。

“您在办公室吗？如果可以的话，我们面谈吧。”她软化语气，带着些哽咽的声音，对方好一会儿没说话，良久才答应下来。

挂断电话，林琅便收拾了东西离开，桌上的设计图就那么摆在那儿，毫不关心。

等她走后，林菁就走了出来，她根本没出去吃饭，林琅刚才把电话打给谁她也很清楚。

她觉得很可笑，那可是她的父亲，林琅觉得她跑去告状有用吗？

林菁冷笑一声，走到她的办公桌前，翻看着那些还没来得及裁碎的设计图，露出恶意的表情。

这可是她自己不小心，走的时候也不记得把设计图锁进抽屉，要是发生外泄主题的事，就百分百是她的责任了。

林菁拿出手机，将那些属于秋季走秀主题的作废设计全部拍下来，这些虽然作废了，但上面还注有本次主题的核心与灵感来源，一旦外泄，也会引起轰动，毕竟林氏集团的自主服装品牌在业界有着很高的口碑。

她在做这些的时候，林琅已经进入了林瑞正的办公室，并且开门见山地说了这件事。

当她把自己的担忧说给林瑞正时，眼泪就落了下来，看上去可怜极了，紧紧抓着背包，十分委屈道：“叔叔，我是真的想回来好好工作，菁菁可以不给我正常的工作，但我希望她不要置我于死地，以前是我不对，误会了你们，但我们毕竟是亲人啊，血浓于水，她为什么还是不肯原谅我呢？”

林瑞正看着在他眼前哭泣的女孩，她似乎深受打击，看破了未来，完全绝望了。

她和她死去的母亲长得很像，尤其是那双眼睛，哭的时候简直一模一样，惹人怜爱。

林瑞正转开视线没有说话。事实上，如果没有他的默许，林菁也不敢那么放肆地对待以前的林大小姐，子公司并不代表着完全没有其他股东的眼线。

如果林菁的计划成功了，他们就没有后顾之忧，可以名正言顺地抛弃林琅，甚至将她置之死地。

只是，现在耳边听到她不断地用以前那熟悉的声音叫着“叔叔”，林瑞正的心情十分微妙。

“叔叔，耽误您吃午饭的时间，我也很不好意思，我想说的就是这些了，我希望菁菁不要因为想赶我走，就把属于公司的机密外泄出来，这会对公司造成什么样的伤害叔叔您比我清楚。”林琅站起来朝林瑞正鞠了个躬，告辞离开。

林瑞正听了很久，这会儿才终于开口回应，轻慢的语气带着温暖的色彩，给人安稳的错觉："别担心，我会告诉菁菁不要乱来的，那丫头平时的确没有分寸，你们到底是姐妹，不应该因为以前的小误会就闹得这么僵，你的工作我会重新给你分配。"

林瑞正会这么说很出乎林琅的预料。

她其实根本没奢望对方会有什么表示，她来这一趟别有目的，林瑞正的保证全都是意外收获。

她忍不住惊讶地转回头，看着坐在办公桌后面的中年男人，他和父亲十分相似的长相，让她恍惚间以为父亲还在世，但她也很清楚那只是在他虚伪面具下产生的假相。

"谢谢您。"她干涩地说完，低下头小心谨慎的模样，愈发像她母亲了。

林瑞正看了一会儿，收回视线，挥了挥手，意思是让她走了。

林琅转身离开，手放在背包里，结束了手机录音。

有了这个，即便林瑞正没有做那些保证，在将来真的爆出外泄事件时，她也可以为自己辩解一下。毕竟在录音里，林瑞正最后的保证也侧面证实了林菁有这样做的可能。

那么，她就不至于毫无筹码了。

林琅走后，林瑞正的办公室里又响起电话声，他按下免提，秘书说林小姐想要见他，这个林小姐当然不是林琅，而是林菁。

"告诉她我去跟客户吃饭了。"林瑞正说完就挂断了电话，他起身来到办公室的书架前，抽出一本厚厚的书，放在手中翻了几下，拿出夹在里面的一张老照片。

照片有些年头了，边角都开始发黄，但画面还是彩色的，上面有两个年轻人，一男一女，男的好像是他，又似乎是林瑞程，难以分辨，但女的，可以确定是林琅的母亲。

要放她一条生路吗？这完全不是他的风格。

不过，也只是个小丫头罢了。真的留下来，应付她，他还是游刃有余的。

算了，就当作送给她最后一份礼物。

林瑞正将照片放回书中夹着，合上书，重新放到书架上。

四十

傍晚时分，小郑来到古董店开了门。

不多会儿，谢瑾年的车停在古董店门口，小郑赶紧掀开帘子出去，观察了一下周围，没什么可疑的人。

谢瑾年打开车门下来，也先扫了一眼周围，随后才走到车后打开后备厢，从里面取出一个很大的木匣子，小郑上前帮忙抱着，进了古董店。

谢瑾年锁了车走进去，古董店的门很快关上，还上了锁。

“谢老板您居然一个人去拿回来了，多不安全，下次找我一起啊。”小郑把大木匣子放到桌上，松了口气笑着说。

谢瑾年坐到椅子上，不自觉地掏出怀表看了看，快到林琅下班的时间了，也不知道她今天过得怎么样。

见谢瑾年心事重重的，小郑也没打搅，过了一会儿，见再不说时间就来不及了，才打断他的思考说道：“谢老板，那位想买这个唐三彩花瓶的主儿今天就想拿货。”略顿，他比了一个数，“他又加钱了。”

谢瑾年望向他，又看了看木匣子拆开后露出真面目的花瓶，不甚在意道：“听起来倒像是个真喜欢这瓶子的。”

小郑附和道：“是啊，他还挺执着的，这几天一直打电话催我，您觉得呢？卖还是不卖？”

谢瑾年几乎没有思考便说：“既然他那么喜欢，我们便成人之美吧。”

小郑笑道：“好嘞，那人说要是您肯卖，他今天六点亲自过来取。”

谢瑾年微微蹙眉：“马上就要六点了。”

小郑点头说：“我这就跟对方联系，您要在这一起吗？”

谢瑾年心不在焉道：“是哪里人？”

“就是江城本地人，说起来还挺有名气的，那个林氏集团您知道吗？”

小郑的话让本来漫不经心的谢瑾年稍稍集中了注意力，他颦眉道：“林氏集团？”

“对，就是那个林氏集团的董事长，叫林瑞正。”小郑笑着说，“那可是个有钱人，那林氏集团市值几百亿，买这么一花瓶的钱，对他来说倒也不算什么了。”

谢瑾年忽然勾起了嘴角，露出一个非常难懂的笑容，小郑迷迷糊糊地看着，问他：“谢老板，您那是什么表情？”

谢瑾年没回答，只是挥了挥手，小郑了然，转身去打电话，不多会儿便回来了，汇报道：“那位林董事长说一会儿就到，而且他想和您见一面，好像是想感谢您成人之美。”

谢瑾年轻抚过手上的翡翠扳指，那本来是何伯送给林琅的见面礼，他只是代为保管，每次碰到，都会莫名想起林琅，这会儿尤甚。

林瑞正。

如果他没猜错，这位应该就是林琅那个不择手段的叔叔了。

见谢瑾年一直沉默不语，小郑好奇地问：“谢老板，您要见他吗？”

谢瑾年随口说道：“见，为什么不见？当然要见了。”

小郑挠挠头，有点儿搞不懂对方的想法，但转念想想虽然认识这么多年，他依然只对谢老板的思维方式一知半解，便也释怀了。

“那我去准备一下，沏壶好茶。”小郑念叨着便去忙活了。

这会儿，林瑞正那边正打算离开。

因为中午林琅来找过他，下午他便吩咐子公司给林琅安排一个正经工作，可以是外宣方面的，不要任由林菁乱来。这可是董事长的旨意，对方当然得照做，林菁得知消息自然非常不满，直接去找林瑞正吵了一架，觉得父亲不向着亲生女儿反而帮着外人，很不应该。

这位笑面虎慢悠悠道：“菁菁，这可就是你说错了，她还真不算是外人。”

的确，林琅能算外人吗？那可是他的亲侄女。

林菁哑口无言，半晌才冷着脸说：“反正我现在是在下属面前丢尽了脸，搞得大家以为她才是您闺女，我是个多余的，我不管，您得补偿我。”

林瑞正看看表，时间差不多了，于是他站起身说：“菁菁，别任性，爸爸有别的事要去做，你先回家去。”

林菁见父亲抬脚准备离开，立刻上前拉住对方的手撒娇说：“我不要自己回去嘛，爸你不能这样对我，妈要是在天有灵的话，看见你这样对我肯定不高兴的。”

林瑞正脚步顿了一下，表情空白了几秒，若有所思地笑着问林菁：“菁菁，你该不会真信这个吧？要是人死了真有灵魂的话，你觉得你大伯和伯母会怎么做？”

林菁愣在原地，毛骨悚然地看着父亲，半晌才白着脸说：“爸，你可别吓唬我啊。”

林瑞正没说话，继续朝门外走去，林菁不死心地跟上去，一直追到大厦门口，正巧碰见低头离开的林琅，她似乎没看见他们父女，又或者看见了，不想面对，就那么绕开走了。

她的背影纤细而柔弱，像是一阵风就可以把她刮跑，简直就是一朵脆弱的温室花朵，看上去不堪一击，没有任何与他们较量的能力，防着她，似乎都太高看她了。

林菁白了她一眼，挽着父亲的手臂继续撒娇：“我不要自己回家嘛，你都让我受委屈了，现在要去哪里，就带着我呗？”

林瑞正瞥了她一眼，没有办法，只能带着她一起走。

当豪华的宾利车停在一间不起眼的古董店门口时，屋子里的小郑便打开了门。

林菁从车上下来，看着那个年轻男人只是站在门口，居然不热情地上前迎接他们，颇为不满，不过看父亲似乎并不在意，也只能咽下了那口气。

“林董事长来了。”小郑不咸不淡地打了个招呼，礼貌地撩开帘子，请他们进去。

林瑞正和善地笑着说：“有劳了，路上堵车，迟到了，不好意思。”

小郑跟着一笑，轻声道：“无妨，林董也没迟到多久，外面热，进去凉快会儿吧。”

林瑞正点点头走进去，林菁跟在他身后，眼神不屑地睨了一眼小郑，在对方望回来时立刻收起了那副神情，换上了温文尔雅的笑容，但已经太迟，小郑早就发现了。

小郑虚假地笑笑，先一步走进去。这样的无视，让自从父亲掌权以来就享尽奉承的林菁十分意外，她快步走进去，一进门就瞧见了和父亲面对面坐着的男人，以及两人面前桌上的唐三彩花瓶。

那花瓶可真漂亮，难怪父亲为了它专程跑一趟，他书房的柜子上空着的位置看来能填上了。

正这样想着，林瑞正招呼她到身边，对一旁坐着的男人客气地介绍道："这位是小女菁菁。"他将林菁转了个方向面对那男人，"这位是谢老板，菁菁，叫人。"

林菁望着，眼神有点儿发怔，她还是第一次见到这样的男人，她父亲身居高位，她也处于上流社会，见过不少富商和世家公子，可没有一个人是像他这样的。

古朴安静的古董店里，他端坐在红木椅子上，手里端着杯茶，气质冷冷清清的，是那种好像雨前月亮一样的人，整个人都是银白色的。

纵然你在某些方面可以翻云覆雨，纵横捭阖，但面对他的时候，却会不由自主地沉淀下来。

很奇怪的气场。

林菁抿抿唇，低声说了句："谢老板好。"

谢瑾年微微抬眼，自她进屋后第一次将视线落在她身上，她只觉好像被烫了一下，情不自禁地垂下了头，避开他的视线。

片刻后，她听见一个特别婉转幽雅的声音，沉沉的，清澈极了，叫人过耳难忘。

"不知道林先生会带女儿过来，我也没准备什么见面礼。"

他似乎有点儿歉意，但言辞间却带着一种与生俱来的清高，林菁再次看向他，他已经转开了视线不再关注她，就像以前跟在林琅身边的杨翌承一样，永远看不见她的存在，但这种情况，在父亲成为林氏集团董事长之后，就再也没发生过了。

这位谢老板，很明显知道她的身份，他看上去又那么年轻，但好像完全把她当晚辈一样，还要给她见面礼，真是让林菁都不晓得该做出什么反应了。

“谢老板太客气了，这丫头任性，非要跟着我过来，我没办法，只好带着她来了。”

林瑞正顺着说了一句，便开始和谢瑾年讨论唐三彩文化，林菁坐在一边的椅子上，听着他们的谈话，发现这位谢老板不但人长得好，气质好，懂的也特别多。

怎么说呢，就是那种学识渊博，身上充满书卷气的人，和他们这些商人有着本质上的不同。

林瑞正也觉得谢老板算是他难得的知音，两人相谈甚欢，最后付钱的时候，他在支票上又多写了几个数字。小郑看见后便交给谢瑾年，他扫了一眼，将支票还给了林瑞正。

“林先生之前应该和小郑谈好了价格，依约支付就好，这个花瓶值多少钱，你我都很清楚，实在不必这样。”

谢瑾年这样的态度，更加让林菁另眼相看了，一直保持着高傲姿态的她，此刻也露出了和善的笑容。

林瑞正收回支票，重新开了一张，再次交给小郑后，对谢瑾年说：“谢老板，有时间再一起喝茶聊天，我们算是朋友了吧？”

朋友吗？跟你？当然不是。

林瑞正瞧见谢老板笑了笑，自然而然地当作对方默认了，随后领着林菁离开，后者走的时候还有些不舍地回头看了一眼，那副样子，倒让小郑瞧出了端倪。

关好门，小郑问谢瑾年："谢老板，刚才的那个林小姐，和林琅小姐长得好像有点儿像啊……"略顿，他疑惑，"而且还姓林，难不成……"他露出惊讶的表情。

谢瑾年注视着门口的车子走远，随后开了门离开。

临走之前，他对小郑说："你是瞎了吗，这样的人怎么会和她长得像。"

四十一

林琅在回家的公车上接到了宫辰的电话，接之前她还犹豫了一下，接起后果然听见那边如预料中的冷嘲热讽。

“林小姐，大忙人啊，听说您今天回林氏集团上班了？还被像一个老年痴呆症患者一样要求在那儿裁纸玩，怎么样？开心吗？享受吗？”

林琅安静地听完，平静问道：“宫先生真了不起，在林氏集团内部还有眼线呢。”

宫辰嗤笑一声：“你管那叫眼线？不过是你的堂妹想让我知道的事罢了，专门打个电话来示威，告诉我你即便是回家当废物也不愿意在我这享受好的待遇，我做人真是有问题啊。”

林琅干脆不说话了，感觉不管怎么说宫辰都能误会，扭转到她看不起他的逻辑上去。

“为什么不说话？为什么不解释？你默认了？”宫辰的语气一点点沉下去，也不等她辩解，直接就说，“也对，林小姐什么时候都那么高高在上，根本看不起我们这些暴发户，我打这个电话来也不过是自取其辱罢了，就算你们林家内部怎么分裂，我宫辰也不够格参与进去，我知道了，我以后不会再和你有任何联系，你也不要联系我。”

林琅适时地说：“是你打给我电话的。”

宫辰闻言彻底爆发了：“是啊是啊，是我打给你的，我贱行了吧，我就是想听你亲口鄙视我行了吧！”

林琅把手机拿得离耳朵远一点儿，等对方把话说完，才再次凑近手机，低声说：“宫辰，不要胡思乱想，我离开食悦回林氏集团是有别的目的，绝对不是看不起你。”

宫辰缄默半晌才说：“是吗？”

林琅看着车窗外道：“是林菁告诉你她给我分配了什么工作吗？你也不用担心，我不用做那个了，下午我把碎纸机找到了，当着她的面把那些设计图都碎掉了，而且我也见过林瑞正，他让子公司的负责人给我安排了外宣工作，接下来可能会忙一点儿，因为马上要开秋季新款发布会了，忙着安排走秀和宣传的事，我也没那么多心情在意林菁背后耍的小心思。”

宫辰质疑道：“林瑞正不会那么好心向着你不向着他的女儿，他一定是有什么阴谋。”

林琅一笑，将自己的想法以及她是怎么和林瑞正说的，全部都告诉了宫辰，宫辰听完之后沉默半晌才说：“你可真厉害。”

林琅笑笑没说什么。宫辰继续道：“林琅，你真让我不可思议，我以前只觉得你高傲，但没想到……你可以做到现在这个地步。”

林琅稍稍收敛起了笑意，良久才说：“当你经历过我经历的事，你也可以做到我现在这个地步。”

宫辰下意识反驳：“我不会经历你经历的事。”他直言道，“那有点儿太痛苦了，我可能会受不了那个打击，直接从大厦顶端跳下去。”

林琅“嗯”了一声，感慨道：“所以说啊，女人和男人是不一样的，女人的抗压能力更强。”

其实想想也能明白，宫辰那样的人，对着庄奶奶都那副样子，惹得对方要记恨他一辈子，如果真的跌下高峰，又怎么能接受得了那种落差？还记得上大学的时候，连学校让他开一辆面包车他都觉得受到了侮辱，如果像她现在这样天天挤公交，他还不得疯掉？

宫辰又跟林琅扯了一些有一搭无一搭的，在最后不得不挂断电话时，才不情不愿地添了一句：“如果你遇到困难，可以给我打电话。虽然升荣是后起之秀，但现在市值也不比林氏低多少。”

林琅心里非常感动，她落魄至今，曾经的朋友没有一个和她联系，哪怕是曾经一起读书时的好闺蜜，好室友，都没人来察看她到底过得好不好。

也可能是她换掉了电话号码大家不知道吧，但更大的可能是，她以前做人真的太失败，又或者是，那些人所看重的，只是她林小姐的身份。

她真的很难不产生一种人生如戏的感觉，到了最后，愿意向她伸出援手的，居然是一直与她不和的宫辰。

客气地道了谢，林琅挂断了电话，看看手机上的时间，已经快要七点了，从林氏集团所在的 CBD 回到疏影路的四合院，她需要跨越大半个江城，就算每天都不加班，到家的时间最早也得在七点半左右。

随着月份的推移，秋天即将到来，江城的气温仍然没有下降的趋势，天黑得也仍然比较晚，七点半站在四合院门口时，林琅还可以很清晰地看见路况，太阳还没完全落下，但月亮已经升起来了。

她仰头看了一下天际边朦胧的景象，日月怎么可能同时挂在天上呢？那是违反常态的。太阳和月亮，终究要有一个落下，她和林瑞正，迟早要有正面冲突的那一天。

抬手推开四合院的门，刚走进去就看见了庄奶奶，她和成臻在院子角落的菜园里摘菜，瞧见林琅回来了便笑着说：“林丫头回来啦，工作辛苦了，快去换衣服歇会儿，今天谢老板要下厨，你可是有口福啦！”

成臻居然也朝她露出了一个笑容，虽然有点儿勉强，但她分辨得出，这与对方刚住进来之前那个有些敌意的笑容不一样，她似乎改变了什么想法。

“林小姐回来了。”成臻站直身子说，“谢老板也刚回来不久，他买了不少菜，说要亲自下厨，我和庄奶奶都在等你回来一起吃呢。”

这种被纳入某个圈子不再被排除在外的感觉还是不错的，林琅笑着道了谢，走到菜园边说：“需要帮忙吗？我看你们好像摘得差不多了。”

庄奶奶点头说：“你快去换衣服，高跟鞋看起来好高啊，走那么久的路很累了吧？”她叹了口气，“真搞不懂你们年轻人呢，都要跑到那么远去上班，在家附近找个公司上班不好吗？虽然赚得不如在那边做白领多，但起码不劳累啊，女孩嘛，天生就该娇生惯养啊。”

她说得那么理所当然，在某一秒钟几乎和林琅的母亲完全重合，她稍稍一怔，母亲曾说过和庄奶奶一模一样的话，那时候林瑞正还和他们一起住，五个人围坐在餐桌旁，父亲责备她不好好配合学校的毕业实习，母亲疼爱地摸着她的头，说了上面那番话。她记得很清楚，那时候林瑞正总是看着她们母女点头附和，无论是什么事，他永远支持着母亲和她，从来没站在父亲那一边，也是因为这个，林琅才会和这个叔叔关系那么亲密。

她万万没想到，这个人从那时候就开始铺垫了，如果没有他这二十几年来的虚假疼爱与宠溺，她也不会只看了协议的前几页，便草草在签字页签下自己的名字。

想起那些烦恼事，林琅的笑变得有些牵强，她告辞回了房间，脱掉风衣和衬衫，套上宽松的 T 恤和舒适的短裤，绾起头发去卸妆洗脸。

等她做完一切再次出门，庄奶奶和成臻已经不在院子里，她望了一眼厨房，窗户开着，三个人在里面忙忙碌碌，谢瑾年穿着她送他的衬衣，黑色西裤，系着庄奶奶买的碎花围裙，十分认真地炒菜，似乎并没察觉到外面有人注视着他。

林琅有些陶醉地凝视着他做饭的样子，他就是自己此刻的力量源泉。她现在很难对任何会参与到她和林氏集团以及她父母去世那些事的人产生好感，即便是宫辰，除了感动，她也没有什么别的情绪，因为对那个圈子已充满憎恨。只有与那里完全无关的谢瑾年才会让她感觉到轻松。她甚至不需要什么强大的人来为她一掷千金，为她解决一切难题，她只需要看着他，然后便充满力量，勇敢地去独自夺回本该属于他们的一切，让那些做了错事的人得到应有的惩罚。

现在他就是她心里最大的依靠，最有力的靠山，如果他也倒了，那她可能就真的万劫不复了。

谢瑾年被看了太长的时间，不可能一点儿都没察觉到，在端起炒锅的时候，他终于朝窗外望了过来，一下子捕捉到了她的视线，林琅也没闪躲，将内心的陶醉摆到了脸上，甚至干脆双手捧住脸朝他眯着眼笑，像一朵花儿一样，惹得一起望过来的庄奶奶笑出声来，连成臻都被她这样的表现搞得有些忍俊不禁。

其实，林小姐并不是一个太讨厌的人。

也许，是她之前戴着有色眼镜看她，才会产生这个人很差劲的感觉吧。

至少，她现在看起来挺可爱的。

四十二

谢瑾年会做饭，庄奶奶居然还允许他做，这让林琅非常惊讶，毕竟庄奶奶之前不只一次说过“君子远庖厨”。

坐在餐厅的椅子上，林琅还觉得有些不可思议，忍不住说：“谢老板，庄奶奶居然允许你进厨房？”

谢瑾年分筷子的动作不带一丝停顿：“如果我想，她也不会阻拦。我刚进戏班的时候，厨子不怎么给我饭吃，我都是在晚上他们睡觉之后偷偷去拿东西吃，冬天太冷的话，吃凉的东西会伤嗓子，所以学着自己热东西，吃完之后再收拾干净。”

庄奶奶端着碗进来时正好听见他在说这些，立刻露出心疼的表情：“唉，那时候大家都是这样，除了班主没几个例外，毕竟那时候粮食太贵了……”

谢瑾年端坐在椅子上，嘴角扬着，即便那不是什么美好回忆，但他似乎十分怀念。

“所以要珍惜粮食，现在也是。吃饭。”

他先夹了一筷子蔬菜给林琅，林琅立刻说：“给庄奶奶，我自己夹就可以了。”

庄奶奶欣慰道：“没事的，这里也没有外人，喜欢吃什么就自己夹，你们也不用管我，本老太太还能自己照顾自己呢，不用急着伺候我。”

林琅一笑，低下头将谢瑾年夹给她的菜吃了。

一开始她没料到谢瑾年会做饭，现在更没想到他做饭还能这么好吃。

她忍不住向他投去诧异的眼神，他刚好也在看着她，他的眼神有点儿复杂，似乎发生了什么别的事，但什么也没说，吃饭的时候非常安静。

他一直是这样的，大家也都和他一样，吃完了饭才再次有一些交谈，但大多都是庄奶奶和成臻在说，谢瑾年将要去帮忙洗碗的林琅叫了出来。

“到我房间去。”

他说了这么一句，便去了杂物间的方向，林琅记得那里面放着一些老戏班里剩下的东西。

不知道他要做什么，但林琅还是没迟疑，直接去了他的房间。

他的房间永远都保持着干净整洁纤尘不染的样子，可以看得出他有点儿洁癖，并且程度应该还不轻。林琅站了一会儿，坐到了榻子上，透过窗子望向杂物间，很快看见他从里面出来，手里拿着个木盒子，瞧着有点儿年头，也不知里面装的是什么。

谢瑾年回到房间，关上门，坐到林琅对面，将木盒子放在两人中间的矮几上，毫不迟疑地打开，雪白的手指与颜色深旧的木盒形成了鲜明的对比，有一种极为古典的美。

“这是什么？”林琅好奇地问。

谢瑾年面不改色道：“我在如意班时的一些照片。”

林琅怔住，好奇的表情变成了不解，好像不太明白他忽然拿出这些东西做什么。

“你的事我都知道，但你对我的事，大概都不了解。”

他将木盒子打开，抬眼望向她，她的视线立刻从木盒移到他脸上，他就是有这样的本事，一旦他要注意谁，那个人就无法将注意力从他身上移开。

“……你愿意告诉我？”林琅半晌才说了句话，唇瓣有些发白地抿着，看上去小心翼翼。

谢瑾年笑了笑，他平时不喜欢笑，因此笑得弥足珍贵，尤其是这样温柔而安抚的笑容，普天之下没几个人在他脸上见过。

“你想知道什么，直接问我就是，你不问，又怎么知道我愿不愿意说？”

他斯斯文文地讲话，微微翘起的嘴角柔和而诱人，林琅看见，都不能专心听他说话了。

他抬手将木盒子里的照片取出来，一张一张地讲给她听，照片大多都是黑白的，她这会儿才名副其实地体会到他身上那股年代感从何而来。

即便他此刻就坐在她面前，面容依旧年轻稳重，却的确曾生活在那个她不了解的时代。

“我大你十岁，在你还没出生的时候，我就已经被卖到戏班了。”谢瑾年将他小时候和那些师兄妹的照片放下，拿起一张彩色照片交给林琅，淡淡道，“这应该是你比较感兴趣的人。”

林琅接过去一看，照片上青衣扮相的高个子男人和武生扮相稍矮一些的人，不太确定是男是女，她下意识觉得是个男的，但等谢瑾年说出了真相，她就惊讶了。

“那是成臻的姐姐成玉，比我小一岁，是我的师妹，这张照片，是我们一起演出《嫦娥奔月》时合照的。”谢瑾年斜睨着那张照片，语气平静，像在讲述别人的故事，“我唱嫦娥，她唱后羿，这出戏火了很久，我们也算名利双收，但后来……”

后来，就在江城的如意戏楼，他们再一次演出《嫦娥奔月》时发生了意外，三层的变态戏迷将沉甸甸的木椅子搬起来朝下砸去，谢瑾年唱得投入，没有发觉，成玉发现之后，将谢瑾年推开，自己则直接被椅子砸中要害，永远倒在了戏台上，流了满戏台的血。

当时谢瑾年也受了点儿伤，但比起成玉，那根本不算什么。他伸出手给林琅看，林琅看着他完美无瑕的手掌心有一条长长的疤痕，这还是第一次瞧见，虽然时间过去很久，已经看不出它刚划开时恐怖的样子，但她还是觉得有点儿心疼。

“给呼呼，吹一吹，痛痛飞啊。”林琅心疼地摩挲了一下，发现谢瑾年愣在那便皱着眉说，“怎么啦？不习惯？我妈还在的时候，甭管我多大，她都这么照顾我，现在你有福气了，以后我也这么照顾你，上哪儿找我这么不辞辛劳的女朋友？”

谢瑾年本来还有点儿低迷的心情瞬间荡然无存，他看着她，若有所思的样子，林琅稍稍倾身过去，打量了他好一会儿，抬手在他眼前晃了晃：“所以说，成臻是成玉的妹妹，你照顾她是为了报答成玉？她念书也是你供的？”

谢瑾年点头，收回视线，耳后有可疑的红色痕迹。

“所以你不需要……”

“我知道，我不需要吃她的醋，你对她没有别的感觉。”林琅直接帮他把话补全。

谢瑾年后撤身子转移话题：“今天工作怎么样？”

林琅笑了，继续双手托腮扮花朵看着他，半个身子趴在矮几上：“挺好的，早上干了半天老年痴呆症才做的事，下午就正常了。”

谢瑾年睨了她一眼：“是吗？以后要你做什么？”

林琅数着手指头道：“外宣啊，接下来最忙的应该就是林氏集团的自主服装品牌秋季发布会了，应该会一直忙到十月份，忙完秋季还有冬季，总之一年四季基本都不会闲。”

谢瑾年没说什么，他已经恢复了正常神色，安静地注视着她，虽然什么都没说，但这适当的沉默林琅也察觉得出他在思忖什么。

“我知道，你在想我那么忙的话，怎么会有时间做自己真正想要的事。”林琅慢慢坐好，舒了口气说，“俗话说好事多磨，我要达到目的就得先麻痹林瑞正，在他不设防的时候给他致命一击，总得先牺牲一段时间，你说呢？”

“林瑞正”这三个字真是有点儿熟悉了，在回家之前，谢瑾年才刚刚见过这个人，并被对方视为知己，如果对方知道他认识林琅，并且是男女朋友，不知道脸上会是多么精彩的表情。

“好了，我在里面时间太长了，再不出去的话庄奶奶又该胡思乱想了，你换衣服吧。”林琅下了榻，穿上鞋子抬脚离开，很快消失在门口。

谢瑾年仍然坐在榻子上，似乎还在思索她刚才的某些话，又或者在想什么别的事。

忽然，窗外响起一个古怪的声音，谢瑾年心神一动，转头望去，林琅趴在窗户那看着他说：“怎么魂不守舍的？在想什么呢？”

谢瑾年安静了一会儿才说：“没什么，只是在想怎么样才能帮上你的忙。”

林琅怔了怔，半晌才说：“你不用帮我，就这样已经很好了，我自己可以的，你看我不是都进入林氏工作了吗？事情没有我们想象的那么难。”

谢瑾年微微一笑，很儒雅清静的笑，但迷人极了。

林琅看了他一会儿说："你只要想我就够了，要是你舍不得我走，我就留在这看你换衣服。"

谢瑾年直接把窗户关上，林琅站在外面摸摸鼻子，嘟囔了一句："看看都不给，真小气。"

说完，她转过身，十分遗憾地回了房间。

谢瑾年又打开了窗子，注视着她的背影看了很久，还是在想刚才的问题。

在遇见林琅之前，谢瑾年对他的生活状态十分满意，并甘于平淡，钱和权势对他来说一文不值，他甚至不愿与陌生人交际，最多也就是见见古董店的客户，即便是那样，也会精挑细选，大部分还是小郑自己解决，他从不露面。

认识林琅之后，她的人生转折了，他也一样。

就像现在，素来不会和客户交换联系方式的谢瑾年居然给对方留了电话。

并且，他很快就收到了对方的邀约。

这份邀请是通过小郑传达过来的，这在某种意义上算一种尊重，毕竟在那些所谓的"有身份"的人看来，不太熟悉的双方发出见面邀约都是找助理或者秘书，如果直接找本人，会显得冒犯，因为关系还没那么亲厚。

得到这个消息时小郑并不惊讶，往常这样的交易过后，总会有客户希望和谢瑾年成为很好的朋友，一般花高价买下类似收藏品的，都是好这口儿的人，必然也希望今后有什么好东西再紧着他们，不过林瑞正肯定是和他们不同的。

至少谢瑾年在态度上明显就不一样。

从来不答应这种邀约的他，居然答应了到林瑞正的家作客。

四十三

林菁这几天并不怎么缠着杨翌承，这是很稀奇的事。往常她会经常性地把他绑在自己身边，生怕一不留神他就跑去找林琅了。

这几天她的注意力似乎被吸引到了别的地方，有几次杨翌承看见她在研究唐代的古玩文化，便插了句嘴问她怎么忽然对这个感兴趣了，她立刻冷着脸驳斥这不关他的事。

其实她没说错，这真的不关他的事，他也是嘴贱才去问，他根本不应该好奇这些。

她不找他，杨翌承乐得轻松，在她身边他总会有喘不过气的感觉，这样放松的时间对他来说十分珍贵。

林琅被分到了外宣部，跟林菁工作的地方不在一个楼层，除非林菁故意，她们也不太碰得到面，而且品牌的秋季走秀马上就要开始了，一切都在紧锣密鼓地筹备中，林琅作为“新人”被分配了许多任务，非常繁杂，囊括了场地的挑选布置等一系列问题，她基本早上去公司刷了考勤卡之后就得出门，到订好的场地去做最后的筹备。

杨翌承从林菁的办公室出来，估计她一时半会儿不会找他，也不会离开公司，便驱车前往九月份走秀举办的主场地。路上有点儿堵车，他到的时候已经接近中午，他琢磨着时间还可以，刚好可以偷偷和林琅吃顿饭，想到这些，他本来不怎么样的心情就好了很多，甚至还哼起了歌，这要是被他父母瞧见，肯定大吃一惊。

他们已经很久没见他这么高兴过了。

但杨翌承也没高兴太久。

林琅很忙，是真的很忙，几乎没时间和他多说几句话，旁边又有不少林氏集团的员工，因为担心他们告密，杨翌承也不敢太靠近林琅，于是他心里的打算完全没有办法付诸行动，只能在外围远远看着她忙碌。

她瘦了很多，穿着七厘米左右的黑色高跟鞋，黑色的长裤贴着她笔直修长的腿，上身的白色衬衫还是巴宝莉今年年初的款，她现在大概没有钱购买新款了吧。

杨翌承迟疑了一下，拿出电话打给专柜，为她订了一件新款，但他不知道，电话那头专柜的服务小姐还以为他是给林菁订的，毕竟林琅的尺码和林菁一样，现在杨翌承是林菁的未婚夫，专柜小姐是看过他们一起来挑衣服的，接完电话就开始感慨。

“哎，你们说这位杨总，也真是有本事，林氏集团换了董事长，他就可以立马傍上新的大小姐，那些千金小姐都不挑的吗？”专柜小姐A啧了一声说。

小姐B哼了一声说：“杨总条件不错啊，换我我也喜欢，长得又高又帅，家世相当，品位又好，他要是真对一个女孩子特别好，估计没几个人能扛得住吧。”

小姐A叹了口气说："你说的也是啊，算了，帮杨总打包去吧。"

小姐B走出柜台去拿杨翌承要求的当季最新款，正要拿着衣服准备去包装的时候恰好有客人进来，抬眼一看，真是说曹操曹操到，林菁小姐来了。

"林小姐来了。"小姐A特别客气热情地说，"欢迎欢迎。"

林菁不冷不热地点了一下头，视线落在她手里提着的衣服上面，漫不经心道："这件衣服还不错，是新款吗？"

小姐一愣，笑着说："是的，林小姐，这是当季新款。"

林菁颔首道："拿来我试一下。"略顿，又说，"看你似乎要拿走，是有人订了吗？"

专柜小姐立刻说："没关系的林小姐，这个就是准备给您的。"

林菁一皱眉："给我的？我记得近期没有找你们订衣服吧。"

专柜小姐笑道："是这样的，刚刚杨总打电话找我们订了当季的最新款，让我们包装好，他一会儿过来拿。"

"是吗？"林菁想起杨翌承，他们最近关系非常恶劣，那个男人不太可能主动给她订衣服，而且他下午离开时是怎么说的？和吴家那边聚会去了，既然是去和男人聚会，订女人的衣服做什么？难不成是要给她赔罪？

沉默了一会儿，林菁说："这件衣服我不试了，你们直接包好给他，不要说我知道这件事。"

专柜小姐只当林小姐不希望杨总失望，想装作惊喜的样子，于是从善如流地答应了。

林菁走进专柜，挑了一件黑色的裙子，付了钱便离开了。

今晚父亲邀请谢瑾年到家里来作客，林瑞正一直对收藏品这方面比较感兴趣，也难得遇见一个不贪钱的知己，本来他也没想过这么快邀请对方来家里作客，还是林菁提起了这件事，林瑞正才做了决定，他今晚刚好有空，而她……存有别的心思。

别人用过的男人，自己再接手，的确不如一个彻彻底底属于自己的男人来得舒服。

再加上杨翌承明显是对林琅余情未了，林菁跟对方费了这么久的劲儿，早就疲累了，谢瑾年出现的时间刚刚好，他也没有那些商人子弟身上的铜臭味，可以说是吹到林菁面前的一缕清风，她对他一直念念不忘。

今晚见谢瑾年，林菁是做了万全准备的，不但去专柜精心挑选了衣裳，还去做了新的造型。

她回到家，父亲坐在沙发上正在看新闻，他漫不经心地望过来，见女儿打扮得那么精致，讳莫如深道："见一个古董店老板而已，不用这么隆重吧，以前和爸爸一起参加酒会也不见你这么认真打扮。"

林菁哼了一声说："我平时的打扮就足以应付那些人了。"

林瑞正意味深长地问："那今天的打扮是要应付谁？"

林菁走过去坐到他身边，抱着他的胳膊撒娇道："爸爸，你明知道我怎么想的，就别拿我开心了。"

林瑞正收回视线，好整以暇道："菁菁，爸爸是想提醒你，虽然谢老板不错，但你是有未婚夫的人了，玩玩可以，不要动真心。"

林菁皱起眉说："可是杨翌承那个家伙根本不喜欢我，到现在心里还是只有林琅，我和他在一起一点儿都不快乐。"

林瑞正换频道的动作顿了顿道："那可是你当初嚷嚷着要让他做你未婚夫的，我那时候还反对过，是你自己拒绝听我的话。"

林菁咬着下唇说："我现在后悔了，当初我只想着在林琅面前挣点儿面子，没仔细想过未来要怎么样，我……”

“菁菁。”林瑞正打断她的话，似不经意道，“这件事没你想得那么简单，你和杨翌承的婚姻，是杨家和林家的联姻，杨家虽然现在不行了，全部都依附着我们林家，但我们也不能在婚事上拿对方开涮。”

“可是我真的……”林菁还想说什么，用人过来报告客人到了，她只好闭上嘴。

林瑞正拍拍她的胳膊说：“好了，别生气，我们再给杨翌承一点儿时间，如果他还是管不住自己的心，那么他就干脆还和琅儿在一起算了，我们也当作成人之美，杨家也说不出什么，你说对吧？”

林菁眼前一亮：“还是爸爸聪明！”

林瑞正轻轻一笑，起身和女儿一起去门口迎候客人。

跟第一次见面时不太一样，那时谢瑾年穿着西装，但今天没有。

林菁的位置靠里，旁边还有林瑞正，所以她首先看见的是谢瑾年的侧身，走在这样富丽堂皇的私人别墅里，他的表情始终很平静，不见丝毫惊讶，面对她放肆的注视，他没有施舍一丁点儿目光，这种完全被无视的境遇，已经很久没发生过了。

“谢老板能来，我这儿真是蓬荜生辉。”

林瑞正上前跟谢瑾年握手，林菁看着这握在一起的两双手，父亲的手已显苍老，谢瑾年的手好看极了，手背上的肌肤白皙无暇，指甲修剪得整整齐齐，非常干净，手指骨节分明，线条修长好看，指腹莹润得像一颗颗珍珠，泛着淡淡的美丽光泽。

她的心忽然就乱了，匆忙将视线落在他身上的其他地方，他上身穿着件黑色短褂，里面是看上去质地非常柔软的白衬衫，她记得这一款，之前和杨翌承一起逛男装店的时候见过，某个大牌子的新款，价钱不便宜，她当时就看中了，但因为仅存的一件已经被订走，下一件又要等太长时间，只好作罢。

想不到谢老板的穿衣品位也那么好，林菁这样想着，目送父亲和对方一起去了会客区。奢华的欧式沙发上，两人落座之后，林瑞正看上去与周围的景色很合拍，但谢瑾年却显得格格不入，他大概更适合住在那种古色古香的地方，红木的桌椅，考究的茶杯，而不是……高脚杯。

“菁菁，过来坐。”林瑞正一边招呼女儿一边对谢瑾年说，“能约到谢老板可不容易，我之前听别人说过了，谢老板给我面子，今后有用得上我林某人的地方，我一定义不容辞。”

谢瑾年笑得很平淡，似乎并不看重这个承诺，这也让林菁刮目相看。她很清楚父亲的承诺有多难得，若是一般人，怕是早就高兴得掩饰不住了，但谢老板不一样，他好像真的不放在心上，又或者说，人无欲则刚？

今天的天气不太好，极有要下雨的可能，林琅忙完从会场出来的时候，就听见空中已经开始响起了雷声。

她看看表，这会儿估计公交车上人正多，还是坐地铁吧，那里还好一些。

背起背包朝地铁站走，林琅拿出手机很自然地给谢瑾年打电话，这会儿时间有点儿晚，他们现在既然是男女朋友关系，那么如果他有时间希望可以在地铁口那接她，因为她没带伞，万一真的下雨，又要淋湿一身昂贵的衣裳。

电话响了几声对面就接听了，谢瑾年可能在家吧，周围很安静的样子，林琅直接就说：“能来疏影路的二号线地铁口那接我一下吗？我看好像要下雨。”

谢瑾年过了几秒才说："今晚恐怕不行。"

林琅紧接着问："你在外面？"

谢瑾年"嗯"了一声，林琅下意识觉得对方可能是在见什么客户，之前他带她去见过一次何伯，对于谢瑾年那些神神秘秘的生意，自己应该给他充分的空间，所以她直接说："这样啊，没事，我找庄奶奶吧，如果下雨了让她给我送把伞。"

谢瑾年却说："不必，我让小郑在地铁口等你。"

林琅心里一暖，虽然不如他本人来好，但他安排来的人，心意也是一样的。

"好的，那我不打搅你了，你早点儿回来，拜拜。"

挂断电话，谢瑾年抬眼望向对面坐着的父女俩，林菁一脸若有所思，倒是林瑞正直接问出了女儿心中的疑惑："耽误谢老板什么事了吗？刚才那是女朋友？"

谢瑾年勾勾嘴角，不冷不热地微笑，既不恭维，也不谦卑，他这样不卑不亢的态度，倒是让林瑞正打心底里欣赏。

用人端来了沏好的茶，于是不等他回答这个话题就直接被略过了，林菁有点儿不甘心地听着父亲和他说着那些她不太明白的古董知识。

夜晚真正来临的时候，雷声越来越大了。而且，真的下起了大雨，谢瑾年微微蹙眉，看上去在担心什么。

不多会儿，他手机响了一下，他向林瑞正致歉，对方点点头，他取出手机看了一眼，脸色立刻缓和了许多。

手机上安静地躺着一条短信，发信人是林琅，内容很简单：我到家了，早点儿回来。

尽管还不到十个字，但谢瑾年眼底的阴霾一扫而空，面对林瑞正也更加游刃有余。

林瑞正隐约觉得这个年轻人不简单，林菁却在打别的主意。

她笑着说："爸，我出去看看，好像下大雨了。"

林瑞正没在意，挥挥手让她去了，林菁朝谢瑾年笑着点了一下头才出门。离开别墅后她撑着伞来到铁艺门外，看门的保安瞧见她立刻从保安室出来问好，林菁笑得天真无邪，问出的问题却叫人疑惑费解："刚才来的客人把车停在哪儿了？"

保安一怔，指了一下不远处，那里安静地停着一辆黑色的大众轿车，隔着雨幕仔细看看，应该是辉腾。

辉腾因为车头的设计，常常会被误认为是价格低廉的帕萨特，而车尾的设计又有点儿像新捷达，更糟糕的是，唯一能彰显它身份的徽标跟桑塔纳没什么区别，除非是特别懂车的，否则很难看得出这是辆价值上百万的豪车，如此不显山不露水，还真是适合谢瑾年那种韬光养晦的人。

谦谦君子，温润如玉，当真是见车如见人啊。

林菁攥紧了手里的钢针，迈开步子走向那辆车，丝毫不介意溅在腿上的雨水，笑得无比灿烂。

四十四

林琅走出地铁口的时候，果然看见小郑打着伞站在那儿正朝她的方向张望。

瞧见她，小郑使劲挥了挥手，快步走上前，撑着伞为她挡住雨水。

一切都那么完美，如果来的人是谢瑾年，她应该会更高兴。

“麻烦你了小郑。”林琅客气地道谢，“说实话之前我对你的态度不是很好，希望你也别介意，因为我那时候不知道你和谢老板的关系。”

小郑笑道：“没事没事，你把我当成搭讪青年了嘛，我理解，像林小姐这样漂亮的女孩子，平日里肯定没少受骚扰，小心一点儿没错，以后一样要保持啊。”

林琅笑了笑，站在伞下和小郑一起朝停车的方向走，上车之后，小郑像突然想起什么似的说：“林小姐是在和谢老板谈恋爱吗？”

林琅愣了一下，问他：“为什么忽然问这个问题呢？”

小郑挠挠头说：“因为很少见谢老板这么关心一个人，尤其是年轻女孩子。而且，谢老板以前都不用手机的，我每次找他都得打给庄奶奶，最重要的是啊，他的车子以前都是我开的，现在直接自己开了。”他一脸遗憾道，“说实话，他那辆车是真的很不错，虽然看起来很低调，但是价格一点儿都不亲民，顶配要这个数呢。”

小郑比了一个“二”的手势，当然不是二十万，毕竟谢老板是送个礼物都价值百万的人。

男孩子好像都比较喜欢电子产品和车这类东西，小郑一路都在说这些，什么最近苹果手机又出新系列了，某款车的限量发行款特别帅气，等等，林琅听着，倒也不觉得吵闹，小郑是个会讲故事的人，尽管说的不是她太感兴趣的话题，她也听得津津有味。

只是，她还是有点儿挂念谢瑾年。

他们快到达疏影路的时候，林琅随口问了一句：“谢老板去见客人，大概几点能回来？”

小郑一愣，纳闷地说：“这个我就不知道了，谢老板没跟我提这件事，林小姐大可以直接打电话问他，如果是你的话，他一定不介意的。”

林琅眉目一凝，小郑不知道这件事吗？那么他去见的不是客户？她心里疑惑万分，但也没表现出什么，和小郑道别后，撑着他给的伞回到了四合院的家。

因为下雨的缘故，林琅到家的时候已经八点多，但庄奶奶听见门响，还是立刻从房间出来，去给她热晚饭。

林琅看着厨房亮起的灯光心里一暖，本来因为谢瑾年不知去处的忐忑也消失了，其实何必太过担心呢，不管谢瑾年去做什么，他都可以照顾好自己，而她只要在家里等着他就好。

只不过，事情似乎有点儿出乎她的预想。

九点多的时候，谢瑾年还没有回来，真是鲜有，她和他认识这么久，他这个时间不在家的时候屈指可数，难不成真的出了什么问题？雨天路滑，车辆堵塞，每个人都归心似箭，该不会出了什么意外吧？

林琅担心的时候，谢瑾年其实正打算回去的。

但天公不作美，又或者，是有人不希望他就这么走。

雨越下越大，谢瑾年跟林瑞正一起下围棋，临近九点半的时候才完成最后一盘棋，以谢瑾年胜出收场。林瑞正虽然输了，但还是很高兴的样子，大概是这么多年终于棋逢对手，觉得十分欣慰吧。

“时间不早了，我也该告辞了。”谢瑾年朝林瑞正点了点头，接过用人递来的热毛巾擦了擦手，从榻子上下去，整理了一下外套，准备离开。

林菁一直在旁边看着，这会儿也放下茶杯站了起来，笑吟吟道：“谢老板要走了吗？我送您。”

林瑞正笑道：“也好，那就由菁菁送谢老板，我就不出去了。”

“林先生留步。”谢瑾年微微颔首，告辞后转身离开，他从认识林瑞正到现在，都没有称呼过对方一声“林董事长”，这在林瑞正看来没什么，“林先生”这个称呼也足够礼貌，并且不官方，而在林菁看来，“林先生”这个称呼要比那些人恭维地叫出“林董事长”更文雅。总之就是，当一个人对你产生好感时，你做的任何事都会让对方觉得你与众不同。但谢瑾年不称呼对方“林董事长”，仅仅是因为在他心目中，林瑞程才是林氏集团真正的董事长，而林瑞正，只是一个名不正言不顺的骗子而已。

从走进这栋别墅到现在，他与这个骗子谈笑风生，临走时还得到了林小姐的亲自送别，这在这栋别墅里的其他人看来，已经是相当重要的贵宾，更不要说，眼高于顶的林菁小姐居然打算撑着伞与对方一起走进雨幕中，送他到大门口了。

“雨下得很大，林小姐可以留步了。”

谢瑾年拒绝了林菁的“美意”，接过她手里的伞，并不在意她的回答，说完话转身便走。

他的背影渐渐消失在夜晚的雨雾中，像是本就来自另一个世界，那个地方她无法触及一样。

林菁也没强求，双臂环胸站在门口，在心里估算了一下时间，朝后一伸手，立刻有人送上雨伞，林菁审视了一眼自己身上的衣服，还不错，状态也还行，于是撑着伞，婀娜多姿地走进了雨幕中，在接近铁艺门时，果然看见停在门口不远处的黑色辉腾轿车亮着车灯，却没有开走。

“林小姐。”保安室的保安立刻出来打招呼，毕恭毕敬。

林菁漫不经心地点了一下头，轻声道：“开门。”

保安应声，马上顶着雨水打开了自动门旁边的铁艺门，林菁从门内走出去，在辉腾车灯的光线下缓缓靠近，谢瑾年站在车前，人半蹲着，在检查车前轮胎。

雨水太大，身后的脚步声就不那么明显，等林菁停在了他身后，他才发现对方的到来。

恰好这个时间，林琅终于克制不住给他打来了电话，谢瑾年起身望向林菁，口袋里的手机响声与雨水狠狠砸在地上的声音相比，实在有些微弱。

林菁停在谢瑾年面前，露出恰到好处的担忧之色，提高音量道：“谢老板还没走？是出了什么问题吗？”

谢瑾年扫了一眼车前轮胎，淡淡道：“轮胎扎了。”

林菁一脸意外，眨了眨眼说：“那可麻烦了，这里离市区有一段距离，这个时间恐怕修车也不方便了，谢老板要怎么回去？”

谢瑾年没有说话，就那么直直地看着她，像是猜到了轮胎为什么被扎一样。

林菁也不慌张，笑了笑说："不如这样好了，谢老板今晚就在寒舍暂留一晚吧，明天一早我就安排人帮谢老板拖车去修理，怎么样？"略顿，她又补充道，"相信我父亲也会很高兴的。"

她自以为谢瑾年和林瑞正相谈甚欢，必然关系也会不错，再加上父亲地位尊贵，搬出对方谢瑾年就不会拒绝了。

谢瑾年的眼神逐渐没了温度，甚至说得上有些冷漠，林菁一直很平静的心慢慢焦虑起来，就在她开始忐忑时，谢瑾年似笑非笑地点了一下头，那股子笑意，怎么看怎么让人脊背发凉。

"那么，就打扰了。"

谢瑾年冷淡地说完，将车子熄了火，撑着伞往回走，看都不看林菁一眼。

林菁立刻跟上他，目光凝视着他挺拔的背影，心里想着，虽然好像哪里不对劲，但至少目的达到了不是吗？今晚，他会留在这里了。

四合院里。

林琅站在窗前看着越下越大的雨，又因为电话没有接通，她越来越担心了。

那种刚刚得知父母死讯时的慌乱绝望席卷了她的内心，她下意识想要报警，但紧接着对方的电话就拨了回来，她万分担心接起来会是什么医生护士的声音，于是按下接听键之后就屏住了呼吸，像等待着最后的判决一样。

"是我，刚才有打电话过来？"

是谢瑾年的声音，他周围很安静，说话声音那么柔和动听，谁也伪装不了。

林琅没有很快说话，因为她发现自己竟然无意识地掉了眼泪，这实在太脆弱了，她不希望自己开口泄露了什么痕迹，所以只是不轻不重地“嗯”了一声。

谢瑾年闻言，声音放得更低更柔了：“还在等我吗？”

林琅吸了吸鼻子，又“嗯”了一声。

那边安静了一会儿才说：“但我今晚不能回去了。”

“什么？”林琅下意识反问道，语气里带着浓重的鼻音和惊讶。

谢瑾年皱起眉，轻声问道：“你哭了？”

因为害怕他担心，林琅立刻说：“没有，我只是……有点儿担心你。”

谢瑾年抬眼看了看这间欧式装修的客房，无一处不透露着主人的财富与权势，住在这种地方大概是很多人梦寐以求的事，但在这里，他却根本无法安枕。

“对不起，让你担心了。”他轻声道歉，站起来走到门口，看着虚掩的门外二楼的几个房间，放低声音说，“可以问一下，你在林家时住在哪个房间吗？”

林琅愣住，不解道：“为什么忽然问这个？”

要回答吗？恐怕不能。如果对方知道他现在在哪里，要做什么，大概不会接受吧，那样一个倔强的人，似乎也不希望他这样一个“外人”加入到林家的纠葛中，她大概会产生“连累”了他的意识，那不是他希望的。

于是，他只是说：“没什么，忽然想知道而已。”

林琅也没多想，抹了抹眼睛说：“我啊，我住在二楼最里面的房间，我爸妈在主卧，我……”她想说“我叔叔”的，最后改口道，“林瑞正和他女儿住在我旁边那两间。”

谢瑾年将二楼快速看了一遍，关上门说：“我知道了，晚上早点儿睡，不用担心我，我很好。”

林琅好像叹了口气，又好像没有，半晌才说：“你好就行，我会好好睡觉的，你也是。”

他会好吗？

谢瑾年今晚就没打算睡觉。

在这种地方，他也睡不着。

四十五

晚上十一点多的时候，谢瑾年房间的门被敲响了，他坐在床边，也没休息，听见门响，便起身去开。

门口站着个女孩，对于他的年纪来说，林菁的确还算是个孩子。

她手里端着个瓷盅，换过衣服，大晚上的，脸上还带着妆，和林琅那种一到家就卸妆的性格完全不同。

“有事吗？”

谢瑾年站在门口，没有让开位置的意思，林菁笑笑说：“谢老板，刚才给我爸爸做了宵夜，也给您做了一点儿，尝尝我的手艺？”

其实，现在林菁连谢老板的全名叫什么都不知道。父亲和他下了那么长时间的棋，聊了那么多，都没问到他的名字，她在一边干着急，挺无奈的。不过也没关系，晚点儿问他那个助理就可以了，那人应该会告诉她。

“我没有吃宵夜的习惯。”谢瑾年冷冷清清的脸面对着林菁，眼睛里是显而易见的排斥，“心意我领了，林小姐可以回去了。”语毕，他便要关门。

林菁上前一步夹在门那儿，她就不信在她家对方可以一点面子都不给。

“我都做出来了，谢老板不吃岂不是浪费了？”她换了长裙，胸口那是很低的V领，黑色的高跟鞋踩在地板上发出清脆的声音，令人厌烦。

很奇怪，如果是林琅，他会觉得十分悦耳，为什么换了一个人，就会如此讨厌？

谢瑾年沉默地看着对方，拒绝全都写在脸上，可林菁显然和他以前见过的那些人不一样，她有非常强大的脸皮厚度，完全无视他的拒绝，硬是挤进了屋里。

“来，谢老板也别在门口了，进来坐，尝尝我做的好不好吃，我熬了好久呢。”林菁将瓷盅放到桌子上，笑眯眯地望向门口，“过来呀谢老板。”

她笑得那么柔和，杨翌承都没见过她这样的笑，他估计也不想看见，因为看见之后搞不好会吓死。

谢瑾年思索片刻，走到桌子边坐下，目光赤裸地将她整个人打量了一下，那种被待价而沽的感觉让林菁有些不自在，她强笑道：“谢老板看着我做什么？”

谢瑾年收回视线，斜睨着桌上的瓷盅：“您觉得呢？”

林菁若有所思地望着他，半晌才说：“谢老板觉得我好看吗？”她嫣然一笑。

谢瑾年轻嗤一声，道：“不好看。”

林菁一怔，这事情发展得不太符合她的想象，不过没关系，越是这样，越能凸显出谢瑾年和其他男人的不同。

“是吗？那不知道谢老板喜欢什么样的长相？或者什么样的妆容？”

她坐到他对面，双手托腮，某个角度上看着特别像林琅，那个瞬间让谢瑾年不自觉柔和了脸色，林菁想当然地误会了，以为对方软化了态度，但紧接着他又恢复了如常的神色，说了一句让她不太下得了台的话。

“林小姐要去整容吗？”

他问得非常随意，像是真的那么以为一样，林菁开始有些尴尬，良久才说：“没有，只是好奇谢老板喜欢什么样的女孩子。”

谢瑾年取出怀表轻轻扫了一眼，林菁被他的怀表吸引了视线，正要拿这个当话题的时候，听见谢瑾年不紧不慢道：“我喜欢晚上十一点之前睡觉的女性。”

林菁已经很清楚对方的意思了，但她一点儿都不气馁，虽然现在局面对她来说很不利。

“那么，晚安了谢老板，明天早上见。”林菁说完抬脚离开，走的时候还是笑着的，出了门却直接沉下了脸。

她快步朝自己的房间走，忽然想起今晚在品牌专柜选衣服时发生的事，于是她拐弯下了楼，直接打开用人的房间，对方正准备睡觉，被她这么一闹也有点儿窘迫。

“林小姐有事吗？”用人恭敬地说。

林菁站在门口问：“刚才我上去的时候杨翌承有来过吗？”

用人说：“没有，林小姐，杨总今天没有来过。”

“是吗？”林菁自语了一下，转身离开，也没给对方关门。

用人皱皱眉，叹了口气，上前自己关上门，嘀咕了一句：“两个小姐明明都姓林，怎么性格就差那么多？林琅小姐从来不会这么没礼貌。”

其实林菁也不是没礼貌，虽然以前林琅在的时候她只是二小姐，可林家是什么家境？她上的都是和林琅一样的礼仪课，只是她的礼貌是针对人的，用人、保安这类人，她自认为不值得她礼貌相待。

夜里两三点钟的时候，偌大的林宅彻底安静了下来，外面还在电闪雷鸣，雨依然下得很大，这样的夜晚，最适合做一些隐秘的事。

谢瑾年的房间门缓缓打开，没有发出一点儿声音。他走出来，外面一片寂静，只开了能看清路的小夜灯，光线并不怎么明亮，他站在门口，周围没有人，他记得林瑞正上来之后是在东边一间卧室睡的，那边恰好是走廊的尽头方向，再往里面就是林琅住的房间吧，看来林瑞正在兄长和嫂子去世之后并没有搬到他们的主卧室，是担心做噩梦吗？

谢瑾年收回视线，转身走向主卧室，他看上去一点儿都没有做“坏事”的心虚，脚步很稳，很轻，速度也很快，停在主卧室门口时，忽然屋子里变得特别明亮，谢瑾年望了望窗口那边，外面还在下雨，刚才是闪电。

他的心情其实很平静，没什么害怕的，如果被发现解释一下就好，至于解释的理由，等被发现的时候再说吧。

谢瑾年抓住门把手，轻轻转动，门开着没上锁，这算好消息吗？

他慢慢将门推开，看了一眼身后，悄无声息地走了进去。

主卧室并没有想象中那么大，又或是客房的富丽堂皇给了谢瑾年某种印象，他原本以为主卧室也是十分浮夸的，但没想到里面装修得非常普通，家具也很平常。在双人床上方的墙壁上悬挂着一张婚纱照，瞧着有些年头了，照片边框缠了一串花边，上面的男人跟林瑞正长得很相似，女人应该是林琅的母亲，那时候她还很年轻，正对着镜头微笑，只是不知为什么，她的笑容看起来有些牵强。

谢瑾年皱了皱眉，转开视线看向桌子，桌面上很干净，应该时常有人打扫，上面供奉着两位逝者的灵位，香炉里的香还在燃，是刚换上的，看燃烧的长度来算，应该不超过一个小时。

用人入夜之后是不会上二楼的，那么，是谁为逝者上过香？

自然不会是林菁，她怕是对此唯恐避之不及。那么，应该是林瑞正了。他会觉得愧疚吗？

谢瑾年朝牌位鞠了个躬，安静的卧室里只能听见雨水砸在窗户上的声音，伴随着闪电亮起来，雷声也紧接着而来，谢瑾年打开桌子的抽屉，里面大多数都是空的，没什么有用的东西。他思索了一下，从外套里侧口袋取出一个微型的针孔摄像机，在屋子里转了一圈，来到床边，脱掉鞋子站到床上，抬起手臂将摄像机别在了婚纱照边框的花边里，调整了一下角度，刚好可以录制到牌位那边，他这才将摄像机打开。

下了床，将床上铺平，后撤一点儿距离仔细观察了一下，确认不会被发现，谢瑾年才开门离去，外面还是如他出门时一样安静。

他毫无声息地回到自己的房间，就好像未曾出去过一样。

四十六

谢瑾年不在家，林琅一晚上都睡得不安稳，平常他在家时他们也不在一起睡，为什么他不回来会影响她的睡眠呢？

大概还是因为不安心吧，第一次见他夜不归宿。

第二天林琅很早就醒了，坐到梳妆台前照照镜子，黑眼圈果然越来越严重，今天的粉又要打厚一点儿了。

拿起粉底液看了看，马上就该用光了，遮瑕也是，她现在的经济条件显然不足以支撑她再用这个牌子，还是省着点用吧。

这样的结果就是，化完了妆去吃饭的时候，黑眼圈十分明显。

“没睡好吗？”成臻瞥了她一眼客气地说。

林琅笑笑说：“昨晚又打雷又下雨的，有点儿失眠。”

庄奶奶端着油条过来，叹了口气道：“我也没睡好，昨晚谢老板没回来，这么多年了，还是头一次夜不归宿，也不知道有什么重要的事，就给我发了个短信。”

林琅捏了一根油条，正打算吃，就发现成臻和庄奶奶都看向了她，她一怔，道："我也不知道，他也没告诉我。"

庄奶奶失望地"哦"了一声，坐在那开始吃早餐，大概是因为谢瑾年不回家的事给家里三个女人都造成了打击，所以这顿饭大家吃得也很消沉。

林琅吃完饭准备去上班，成臻也换了衣服要出门的样子，出于礼貌，林琅说了句："要出去？"

成臻点头说："约了今天面试。"

林琅惊讶道："要开始工作了吗？"

成臻笑笑："不能总是在这白吃白喝白住吧，我年纪也不小了，得在国内找份养得起自己的营生，不能老靠谢老板养活。"

林琅赞同地点头："你的想法是对的，如果有需要帮忙的地方，随时联系我。"

成臻勾勾嘴角："我会的，谢谢。"

林琅回了句"不用谢"便先一步离开，因为昨晚下过大雨的缘故，第二天早上空气特别好，天也特别蓝，就是疏影路这边的排水系统不太好，路上有很多积水，林琅白色的高跟鞋都被污水给弄脏了，这一路的情况都不太好，现在擦干净估计一会儿还得脏，她索性就没管。

等好不容易上了地铁，林琅才有时间用纸巾擦一擦腿上和鞋子上的脏污，擦完之后又用干净的卫生纸将脏纸包起来，放在一边准备下了地铁丢掉。

她拿出手机给谢瑾年发短信，正编辑着"你在哪"这三个字就有电话打了进来，可在地铁里信号只有两格，她拿出来"喂"了半天那边都没声音，看看来电显示是王经理，对方要求她今天提前到秋季走秀的主会场，她今天起得够早，一会儿也能提前到，但电话信号不好，估计会被对方误会。

她皱了皱眉，干脆将电话挂断，编辑短信发过去，解释了一下。

另一边，杨翌承去公司之前先去了专柜，把昨天定下的衣服拿到了车上，直接去林琅今天会去的秋季走秀主会场找她。

他打听过了，林琅今天会提前去那边，而林菁今早也不知是怎么了，打电话告诉他不用去接她了，她有点儿事会晚到，这正好合了他的心意，让他有时间去给林琅送礼物。

从后视镜看了一眼后车座上包装很好的衣服，杨翌承的嘴角扬了起来。这很难得，他已经好长一段时间没有这样发自内心地笑过了，看来他和林菁还是不行啊，如果真的和对方在一起，他大概会痛苦一辈子吧，她也不会幸福，可婚约已定，他们都别无选择。

林琅到达主会场的时候，王经理正好在外面打电话，瞧见她的身影就皱起眉，等她走过来时也打完了电话，冷着一张脸说："都说了要提前来，我都到了你还没到，还想干好工作吗？"

林琅看了看表说："王总，现在才八点半。"

"你的意思是现在已经很早了？"王经理笑了，扯着嘴角道，"林小姐，你已经今非昔比了，我接下来的话可能不好听，但也是为你好，我希望你认清自己现在所处的位置，我让你提前来，你就应该比我更早来，别人可以做到，为什么你不行？"

林琅看了一眼她身后，其他人的确来得都更早，这件事是她不对，她很诚恳地低头认错："是我错了，我以后会注意的。"

王经理冷笑一声，抬脚离开，林琅跟上去，无视周围戴着有色眼镜看她的人，烦恼忙碌的一天就此开始了。

杨翌承到的时候，他们已经开始忙着安排会场事宜，他站在外围看了看，觉得人太多，直接把东西给她太扎眼。思忖半晌，他将东西放到了后台的一个化妆间里，并委托提供场地、与林菁不相识的一个朋友，让他看见林琅告诉她来这里拿东西，这才转身走了。

林琅一上午都非常忙，谢瑾年那边也没主动跟她联系，她心焦又心烦，工作也不在状态，又被王经理骂了几次，差点儿崩溃。

中午的时候，好不容易得了闲，她正想趁着吃饭的时间联系一下谢瑾年，却被提供场地的管理员拉住了。

"您是林小姐吧？"对方客气地问。

林琅点头说："我是，您有什么事吗？"

那人笑着说："是这样的，杨总让我告诉您，忙完了之后去西边第一个化妆间里拿他给您的东西。"

"他给我的东西？"林琅疑惑地问。

那人道："是的，他是这么说的，具体是什么我也不清楚，您去看看吧。"

说完那人便先走了，林琅抹掉额头上的汗，回头望了一眼化妆间那边，最终还是走了过去。

杨翌承给她的东西会是什么？难不成和她父母的事有关？

带着这种幻想，林琅进了那个化妆间，找到了杨翌承留在这里的手提袋，里面是她喜欢的那个牌子的包装盒，不用想都知道里面是什么。

原来只是衣服。

林琅有些失望，颓丧地坐在那儿，正心情低落，手机忽然响了起来，她无精打采地拿起来一看，谢瑾年的名字显示在屏幕上，她一喜，立刻接听，听见他的声音，忽然又有点儿生气。

“你回家了吗？”林琅皱眉问道。

“刚到。”

谢瑾年说话的时候刚停好车，因为拒绝了林菁帮忙叫人修车的“好意”，谢瑾年自己找人过来修车换轮胎耽误了不少时间，林菁全程在旁边看着，他又不好当着她的面给林琅打电话，只能等到现在才联系她，听得出来她不太高兴。

“我还以为你要在外面不回来了。”林琅赌气说，“这么晚才给我打电话，是不是我不联系你你就不联系我了？不知道我会担心吗？”

这的确是他的错。

谢瑾年沉默片刻，道：“下次不会再有这种事。”

听他这么说，林琅莫名奇妙地更烦躁了，她单手撑着头，疲惫地说：“这也不怪你，每个人都有自己的个人生活，我不该过问你太多，我现在心情不好，对你乱发脾气了，对不起。”

谢瑾年比较关心的是她为什么心情不好，他直接问出了口，可对方并不打算让他担心。

“没什么，只是工作上的事，你知道的，我在这里上班不会有多轻松，但还可以忍受，你回去了就好，庄奶奶很担心你。”林琅说话很快，好像生怕说慢了他就会继续追问她一样，“对了，成臻今天去面试了，也不知道她打算去做什么工作，我觉得你会比较关心这个，所以告诉你一声。”

谢瑾年的反应让她有点棘手，他根本没过问成臻的事，而是继续追问她上一个问题。

“谁欺负你了？”

五个字，简简单单，组合起来却让人心里又暖又委屈，她摸了摸脸，好半晌才说：“你要来给我出气吗？”

谢瑾年居然很快回答：“要去。”

林琅这下彻底被逗乐了，摸着红红的脸颊说：“算啦，没事的，谁工作上不会遇到难题呢？主要是你昨晚不回来搞得我心里不踏实，做事也心不在焉，所以被责备也有我的不对。”

谢瑾年注视着车窗外熟悉的街景，庄奶奶挎着篮子出来了，应该是要去买菜。

“我以后不会再这样。”

他再次跟她保证，林琅又觉得自己好像太作了，明明不是太大的事。

“好了好了，一会儿该吃午饭了，你早上吃过了吗？如果没有，中午就多吃点儿，我也该去吃饭了。”林琅看了一眼杨翌承给她的东西，她不打算收，但也不能留在这里，被人发现恐怕会另做文章，最妥帖的办法似乎就是把东西拿走给他送回去了。

这样想着，她把东西拎了起来，走出化妆间，又和谢瑾年说了几句，便挂了电话离开会场。

她在附近吃了饭，便坐公交去 CBD，快到林氏集团时给杨翌承打了个电话。

对方接到电话十分惊喜，几乎语无伦次：“琅儿？中午了，你忙完了是吗？收到我给你的东西了吗？应该拿到了吧？”

林琅无视他的问候，直接询问道：“你在哪里？”

“我在公司。”他回答得很快。

“好的，车停在地上还是地下？”

“地下，怎么了？你找我的话就在原地等我，我去接你。”杨翌承拿了车钥匙就要走。

林琅接下来的话直接让他从满面笑容变得面如死灰。

“不必了，我会把你给我的东西放在你的车子旁边，你一会儿再下来，不要跟我碰面，另外……”林琅下了公交车，直接朝林氏集团地下停车场的方向走，继续说道，“请你以后不要再跟我有任何联络，谢谢了，就当我求你。”

语毕，直接挂了电话。

杨翌承看着手机，心好像跟那电话一起挂掉了一样。

林琅很快就在地下停车场找到了杨翌承的车，她打算走过去将手提袋放到他车边就走，但碰巧林菁这个时候来公司，车子恰好停在她身后不远处，正好看见她提着那个袋子经过，袋子上的品牌让敏感的她一下子就知道了是怎么回事。

林菁冷笑一声，摘掉墨镜，打开车门，直直地朝林琅走去。

四十七

林琅发现林菁的时候，对方已经走到她背后。她下意识不想和对方交流，转身要走，但林菁直接拽住了她的手腕，她拧眉回头望去，两姐妹就在林氏集团的地下停车场对峙起来。

“想不到啊想不到，你都到这种地步了，还有那个能耐勾引男人。”林菁嗤笑一声，抬脚走到杨翌承的车边，将林菁刚才放在那的袋子拿回来，粗鲁地拆开盒子，把衣服甩出来扔到地上，冷笑道，“穷得连衣服都穿不起了，所以求别人的未婚夫来给你买衣服吗？”

林菁的话说得太难听，但林琅似乎并不在意，她早就有心理准备，也已经习惯了这些。

“如果你非要这么说，那你就这样以为吧。”林琅似乎言尽于此，说完便想离开，可林菁怎么可能放她走?

她想起之前父亲说的话，如果想和杨翌承解除婚约，那么现在就是最好的时机。

“你给我站住。”林菁快步走上前，拉住林琅的手腕就朝她的车子走去，恰好这个时候杨翌承下来了，瞧见这一幕立刻以为林菁要对林琅做什么，上来就把林菁推开了，林菁穿着高跟鞋，一不小心没站稳，直接摔在地上，难以置信地望向杨翌承。

杨翌承似乎也有点儿惊讶，没料到自己那么一推对方居然摔倒了，想要去扶她，可转头看了看使劲揉手腕的林琅，直接放弃了。

“你没事吧。”杨翌承担心地看着林琅。

林琅冷冰冰地瞥了他一眼：“托你的福，估计很难没事了。”

这次的确怪杨翌承，但他的出发点是好的，他只是想对她好而已，如果她没来送衣服，就不会和林菁碰上了，这些事情根本不会发生。

林琅不想和他们交流，挣脱了林菁的桎梏马上就要走，林菁从地上爬起来，大声说道：“你今天要是敢走，就别想再回林氏来！”

林琅站住了脚步，回眸睨着她，淡淡问道：“所以呢，你想干什么？要打我一顿吗？”

林菁睨了睨一脸失魂落魄的杨翌承，冷笑着对林琅说：“跟我去见我爸爸。”

杨翌承一怔，终于后知后觉地产生了一点儿后悔的想法，如果这件事真的闹大了，对他和林琅只有坏处没有好处。

杨翌承压抑着心中的不耐烦，上前牵住林菁的手，本想着安抚一下对方，可对方直接把他的手甩开了，似笑非笑道：“你居然敢推我，你居然敢这样对我，你一个吃软饭的小白脸，到底什么时候才能看清楚自己的身份呢？没有我，你们杨家什么都不是。”

杨翌承听了立刻冷下脸，本来想安慰她的意图也完全消失了，面无表情道：“你到底想怎么样？说这些话会显得你很高贵吗？”

“当然了。”林菁理所当然道，“我说的都是实话，怎么，戳到你痛处了？你对林琅念念不忘，不就是因为对方会顾及你那可笑的自尊吗？那现在呢？你看对方还会顾及吗？她还有那个本事来维持你们杨家可笑的富贵生活吗？”

杨翌承站在那儿一言不发，英俊的脸上没有一丝表情，林菁哼了一声，朝林琅勾勾手，笑得阴阳怪气：“你可能不知道吧？昨天我正好去那家专柜选衣服，专柜小姐跟我说那是杨翌承给我订的，我当时就觉得奇怪，他什么时候会主动对我好了？幸好我留了个心眼，没有当场就戳破事实，不然现在也不会抓到你们还藕断丝连，暗通款曲。”

林琅轻嗤一声，对她话里充满了脑补的内容甚至不屑于去反驳，林菁看着她那副高傲的样子就不爽，她拍了拍身上的尘土，指着杨翌承说：“你不是喜欢那个凤凰男吗？很好，我就让给你，你们在一起好了，我会帮你们做主的。”

她语出惊人，杨翌承吃惊地望向她：“你什么意思？”

林菁双臂环胸：“能有什么意思？渣男配贱女不是正好吗？杨翌承，你真以为自己是镶钻的吗，我一定非要你不可？不要忘了，现在林氏集团是我爸爸说了算，我要什么样的男人没有？你这样的，我现在还真看不上。”

杨翌承觉得有点儿难堪，但她言语中透露的意思又让他有点儿激动。

“你要成全我们？”他皱眉问道。

林菁还没说话，林琅便立刻说：“可能我一直没说话让你们有什么误解，从开始到现在，我都没想过要和杨总在一起，还麻烦林小姐不要乱点鸳鸯谱。”

林菁可笑地看着她：“你当我瞎了吗？这地上的衣服就是你们私会的

证据，走吧，去见我爸爸，当然还得有你的父母。”林菁指着杨翌承，“今天让我们把这些事全部解决掉。”

她说完就去开车，上车之前回眸笑道：“对了，你们谁都别想跑，必须跟着我一起去，因为你们没得选择。”

她说的是事实。林琅没得选择，她必须去，如果她不去，林菁单方面歪曲事实，扭转林瑞正的态度，很可能会影响她接下来想要回到林家找证据的行动。而杨翌承就更没立场拒绝了，整个杨家现在全靠着林氏集团吃饭，他如果不顺从林菁，下场只会比现在更难堪。于是，两人只能跟林菁一起去见林瑞正。

林瑞正此时正在保养他新入手的唐三彩花瓶，动作小心翼翼，对待女儿都不见这份耐性。当秘书汇报这件事的时候，林瑞正眉头轻不可见地一皱，半晌才说：“这丫头，有时候太任性，被我惯坏了。”

秘书笑笑说：“林小姐看上去不太开心，林董要推掉下午的安排先处理林小姐的事吗？”

林瑞正思索片刻，也猜得到林菁今天想做什么，又是为了谁才这样。那位谢老板他倒是还算满意，虽然家世还没有查得太清楚，年纪也不算小了，但人品和学识却颇受他欣赏，如果可以的话，放弃杨翌承选他做女婿也是不错的，毕竟杨翌承那小子对林菁的确不好，吃着碗里的看着锅里的，他素来都不喜欢这样的男人。

“就按你说的准备，去安排吧。”

林瑞正做了决定，秘书立刻下去安排日程，坐在等候室的三个人被允许进入林董事长办公室的时候，表情各不相同。

林菁是志在必得的，杨翌承是烦恼的，只有林琅面无表情。

林菁一进屋，便看见了坐在会客区的父亲，她将杨翌承买给林琅的衣服往地上一摔，噼里啪啦地把这件事的来龙去脉全都说完，中间还添油加醋地形容了一下林琅是多么高傲和不要脸，杨翌承的父母赶到时，他们正说到这里，对方有点儿难堪。

“林董。”杨母先是瞪了一眼杨翌承，随后便讨好地跟林瑞正打招呼。

林瑞正端起茶杯抿了一口，抬手指了指对面的沙发，客客气气地说：“坐吧，因为小孩子的事把你们请到这里来，实在是惭愧。”

“哪里哪里，林董事长是关心晚辈的人，这是那些晚辈的福气。”杨父坐下后谦卑地回应对方，那种低眉顺眼的样子看得杨翌承心中憋闷，曾几何时，他们杨家也是风光过的，只是时运不济，家道中落，这才成了现在这个样子，他一直都对此愤愤不平，却又无力改变现状，只能这样忍受着，期盼着未来某天有什么转机。

“大家都很忙，我一会儿还要去见个客人，我就长话短说了。”林瑞正朝林菁露出稍安勿躁的神色，淡淡笑道，“说起来，你们应该没听完菁菁的话，事情是这样的，最近我的侄女琅儿又回来上班了，贵公子似乎还对琅儿余情未了，跟琅儿纠缠不清，一直对她很好，忽略了菁菁。菁菁考虑到琅儿现在父母双亡十分可怜，所以想要跟贵公子解除婚约，成全他们这对苦命鸳鸯。”

“苦命鸳鸯”这四个字说得林琅差点儿拍手叫好，不等杨家二老做出什么表示，林琅直接站起来说：“抱歉，我不同意。”

林瑞正惊讶地看过去，似乎他真的很意外一样，好奇地问：“为什么呢？琅儿不喜欢翌承了吗？”

令人意想不到的是，林琅居然点了一下头，并且直言道：“叔叔，菁菁说的事是她误会了，我和杨总真的没什么，杨总只是想让我帮忙参谋一下他订的款式菁菁会不会喜欢，在停车场时我正要把衣服给杨总，让他送给菁菁。”

林瑞正讳莫如深道：“是吗？琅儿，事已至此，你也不用觉得过意不去，反正菁菁已经决定成全你们了，叔叔和杨家二位长辈也不会怪罪你们的，我说的是吗？”

他说完就看向杨家二老，他都这么说了，他们又怎么可能否认，只能强颜欢笑地点头：“是的，要是菁菁愿意，翌承又真的还喜欢琅儿，那他们再在一起我们也没意见，不过……”

杨父想说一说林氏注资杨家公司的事，林瑞正直接挥了挥手打断了对方，一时之间杨父也判断不出对方的态度。

林琅扯了扯嘴角，也不去看其他人，只是望着林瑞正说：“抱歉，就算是这样，我也不能够答应。”

“为什么？”林菁站起来愤怒道，“别给脸不要脸行吗？你以为你是谁？”

林琅看都不看她一眼，一字一顿道：“我已经有男朋友了，我很爱他，所以恕我无法答应你们说的事。”

这下轮到杨翌承惊讶了，他站起来高声道：“是谁？你爱上了谁？这么短的时间，你就喜欢上了别人？”

对于杨翌承的质问，林琅只觉得无语，她回眸望向他淡淡反问：“这么短的时间？杨总觉得近半年的时间很短吗？反正这件事我不会答应，和谁在一起是我自己的事，希望叔叔也不要乱点鸳鸯谱。”她鞠了个躬，转身离去，林菁想去阻拦，被林瑞正的眼神制止。

林菁隐忍半晌，冷声说：“反正我是不会再和杨翌承维持未婚夫妇的关系了，爸爸你看着办吧，我不会容忍我未来要嫁的男人心里还有别人。”

说完，林菁也抬脚走了，杨家二老看着这场面，貌似林家两位小姐都看不上自家儿子了，杨翌承平时还因此左右为难，有什么可为难的？他们这种情况，可以把住一个就不错了，居然还脚踩两只船，真是太狂妄了，这下可好，玩砸了吧！

杨父克制着怒火瞪着自己的儿子，再转向林瑞正的时候已经是一脸谦和的笑容，变脸之快令人不得不为之喟叹。

“林董，您看这可怎么办？婚约也不是儿戏，不能任由孩子们自己决定吧？”杨父的话里带着恳求，可惜对方根本不打算再给他面子。

“抱歉了杨总，我女儿的话您也听见了，贵公子看起来还真的是放不下我们家琅儿，可我们家菁菁也不能受这个委屈，婚约这个东西还是取消吧。”林瑞正站起来，朗声道，“送客。”

杨父立刻上前拽着杨翌承去给林瑞正道歉，杨翌承僵在那里眼眶发红，不言不语，林瑞正瞥了他一眼，冷哼一声，根本不予理会。

这是没有回转的余地了。杨家二老彻底绝望，杨翌承也没有留在这里的必要。他和林菁的婚约取消，那么杨家也不会再得到林家的注资，许多目前正在实施的项目都会被迫中止，陷入比之前几乎破产更严重的地步。

他到底算什么？召之即来挥之即去的玩物吗？想要就要，不想要就丢掉，也没有人管他的死活，他也曾是人人向往的天之骄子，难道就因为杨家败落了，他的人格也得低贱到尘埃里吗？

四十八

林菁根本不在意杨翌承那边如何，因为对方也没有真的在意过她。她的父亲无所不能，她坚信自己都那么说了，父亲一定可以帮自己解除婚约。她现在唯一需要做的就是折磨林琅，然后追逐自己真正看中的那个人。

她向父亲要到了谢瑾年的电话，离开大厦回到车上，平静了好一会儿，再拿起手机打给对方时，已经语调温柔面带笑容了，那副甜蜜的感觉，溢于言表。

只是，电话打过去的结果不太令她满意，对方的手机占线了。

是谁在给他打电话？林菁掌控男人习惯了，尽管谢瑾年根本不曾给过她半分青眼，她却已经在心里将对方划到自己的男人这个位置上。

那么，这会儿到底是谁在给谢瑾年打电话？当然是林琅。

今天发生的一切对她来说实在可笑，都已经这样了，林瑞正居然还妄图安排她的人生，他到底哪来的自信？说实话林琅有点儿受刺激，她现在急需见到谢瑾年，给对方打电话的时候语气都有点儿激动。

“你在哪儿？我要见你。”她站在街边，随时准备打车前往对方的所在地。

“……我在如意戏楼。”

谢瑾年的声音很稳定，与往常没有不同，林琅也没问他在那做什么，直接说了“马上到”，便挂断电话打车前往。

从CBD到靠近疏影路的如意戏楼有些远，按理说乘车的这段时间足够她稍微冷静一下，可她还是没办法控制住自己躁动的情绪。今天发生的事使她意识到自己必须加快进度，必须做出点儿事情来，不能让自己一直处于被动。现在这种情况完全对林瑞正有利，那些原本还举棋不定的股东显然就要因为她的归来而向林瑞正倒戈，她必须得抓紧时间，抓紧时间……

到达如意戏楼的时候，已是晌午，尽管已经过了立秋，但秋老虎还是很厉害，林琅一下车就感觉到燥热难耐，这样的温度让本就不好的心情更加糟糕，在给出租车付钱的时候上升到了顶点，从CBD到这里真贵啊！

林琅皱着眉付了钱，头也不回地进了如意戏楼。戏楼管理员正在外面和伙计说话，瞧见大白天来了人还有点儿意外，又好像瞬间想到了什么，热情地迎上来说：“是林小姐吧？谢老板在后台等您。”

林琅点点头朝对方道了谢便直奔后台，一路上碰到不少人，应该是今晚在这里登台的人，在表演方面林琅只中意谢瑾年，所以对这些人并不关心。

到了后台，就看见谢瑾年坐在一张桌子边，目光注视着敞着门的那间大化装间，进进出出的人都来自那里，应该是在准备晚上的演出。林琅走过去，谢瑾年发现了她，远远地瞧过来。他如画的眉眼和轻柔的笑容仿佛有安抚人心的魔力，林琅的心情立刻好了一半，但也仅仅是一半，另一半就得需要别的方式来化解了。

“这么急着见我？”

谢瑾年端坐在椅子上，手里拿着折扇，端的是君子如玉，如琢如磨，闲适淡定。他并不知道她刚刚遭遇过什么，如果知道，也不晓得会有什么反应。

林琅很好奇，于是干脆直接说出了口：“刚才我堂妹要和她未婚夫解除婚约，因为她觉得他心里还是喜欢我，可她以前就没发现吗？”林琅嗤笑一声，“现在来扯这些，恐怕是有别的心思吧。”她压低声音，“我那个叔叔啊，还真把我当成他的阶下囚了，居然在他闺女不想要那个男人之后，又想把我打发给杨家，我看起来会是那种任人宰割的人吗？”

谢瑾年听完，本来柔和的表情逐渐冷下去。林琅注视着他的表情变化，继续说道：“你放心，我没答应，我不会就范的，即便那个男人是我以前的未婚夫，但现在我的男人是你，谁也别想改变这一点，我会嫁给你，等我完成使命之后。”

谢瑾年没说话，但把手放在了她后腰上，将她压向了他，他坐在那儿侧脸贴着她的胸口，听着她急促的心跳声。

“我今天和你说这些，就是忽然不想瞒着你了，我干吗要一个人承担这么多事呢？你是我男朋友啊，我依靠你也没什么不对，你说是不是？虽然我也不希望你掺和进来，更不希望你被我牵连，又或者为我惹上什么坏事，但我跟你说说总没关系吧？”林琅将他揽入怀中，紧紧抱着说，“谢瑾年，你不是他的对手，听我说完安慰我一下就好，不要想着为我做什么，他的地位太高了，像座山一样，高到连我都不知道自己是不是能有翻过去的一天，你只要做我背后的男人，让我知道不管什么时候我身后还有你陪着我就行了。”

做她身后的男人？默默无闻，等待着公主去披荆斩棘，自己就在后面看着？怎么可能呢？他根本不是那种性格。有那么一瞬间，谢瑾年几乎就要说出他关于那件事的安排，但林琅下一秒就吻住了他的唇。这样公开的场合，他有些不自然地想要拒绝，可她好像急需安慰一样，直接扑到了他身上，拽着他衬衫的领口，加深了这个吻。

正在化装间里忙活的其他人偶然瞧见这一幕，立刻上前关住了大门，谢老板的好事儿，他们可不想打搅，这位的真实身份，他们现在已经完全知晓。

半晌，林琅才放开了谢瑾年，有点儿意犹未尽地从上往下看着他。

谢瑾年抬手抹掉唇瓣上的口红，抬眼睨着她说：“高兴了？”

林琅露出一个大大的笑脸：“不知为什么，看你无奈地皱眉，我就高兴。”

谢瑾年放在她腰间的手轻轻掐了一下，她身上一痒，跨坐在他腿上挪了挪，这一挪就发现有点儿意外收获。

两人碰触的地方，似乎有什么发生了变化。

谢瑾年一直注视着她，他倒是不怎么紧张的样子，淡淡地问：“怕？”

林琅红着脸别开头：“不怕。”

“呵！”他笑。

林琅转回来看着她：“你笑什么？”

“笑你说谎。”

“我哪有？”

“你有。”他无比笃定。

林琅不服气，示威一样又挪了几下，这下谢瑾年又皱起了眉。

“当我是和尚吗？”他问着，紧紧揽住她的腰，两人某个部位完全贴合，她红着脸看他，四目相对，暧昧的气氛不断升温，她几乎有点儿窒息。

“林氏那边的事，你可以不用太着急。”他忽然开口说这些，林琅的体温又开始回转到了正常温度。

“为什么？”林琅问他，但根本不需要他回答，直接说，“我必须加快进度，我等不及了，我要想点儿别的办法，不能这么慢慢磨到他放松警惕。”

“你要做什么？”他目光灼灼地看着她。

林琅沉默了一会儿说：“没事，我会做好的，别担心。”

“哦，那么我在做什么，也不要告诉你。”

他说得理所当然，说完就拍拍她的屁股，她立马站起来，捋了捋头发看着他。

“你在做什么？你得告诉我。”林琅执拗地说。

谢瑾年看了她一会儿，才开口：“虽然有点儿不公平，但等我成功再告诉你吧，现在告诉你，如果失败了会很没面子。”

林琅抿抿唇，嘀咕道：“你会觉得没面子吗？”

“自然。”他牵起她的手，一起朝外走，“在喜欢的人面前，当然会没面子。”

林琅心里一暖，看着他近在咫尺的侧脸，之前那些抑郁和纠结被彻彻底底地治愈。他就是她的药。

四十九

想到就要做到，自那天之后林琅就一直在寻找机会做自己想做的事。

她跟林氏集团的股东之一周峰见了面，将林瑞正的所作所为全都告诉了对方，林琅的父亲生前和周峰的关系非常好，不比跟林瑞正这个亲兄弟的关系差。听完了林瑞正的事，对方脸色非常难看，但眼中没有惊讶，似乎早就料到了一样。

“周叔叔，您会帮我吗？”林琅诚恳地说，“我不会要求您真的为我做到某种程度，我只希望在不久的将来，如果我找到了林瑞正的把柄，您会联合那些还没有站在他那边的股东帮我说几句话。”

周峰皱着眉，半晌才说：“琅儿，你有没有想过，你叔叔他为什么那么做？”

林琅一怔，立刻说：“还能为什么？肯定是为了钱和地位。”

周峰扯扯嘴角，轻声道：“你这样说也没错，这肯定是其中一个原因，但……长辈的事情，有些你可能不清楚。我一直想找机会和你谈谈，但你总很忙，我又不好太直接约你，这样恐怕你叔叔会不满，也会打草惊蛇。”

林琅沉默了片刻说：“我不清楚的事，是指什么？”

周峰看了她一会儿才说：“你父亲没和你说过吧，你母亲和他结婚时的事。”

林琅摇头：“没有，我爸和我妈结婚时有发生什么事吗？”

周峰叹了口气说：“如果你父母没有出车祸，我想这件事会被封存一辈子吧，你大概永远不会知道。”

“到底是什么事？”林琅追问道，“周叔叔，你可以直接告诉我，不用顾忌什么。”

周峰迟疑了好一会儿才轻声道：“你母亲原本是要嫁给你叔叔的。”

林琅怔住，诧异地看着他：“您什么意思？”

“你母亲原本和你叔叔是男女朋友，两个人几乎已经到了谈婚论嫁的阶段。”

这个消息有点儿太令人震惊，林琅一时之间不知道该作何反应。周峰继续道：“这件事说来话长，我长话短说吧。”他带着怀念的语气，将当年发生在林家兄弟俩和林琅的母亲沈思辰之间的事娓娓道来，林琅目瞪口呆地听着，脑子一片空白。

最开始，林琅的母亲沈思辰是林瑞正的女朋友，两人感情很好，如胶似漆，但令林瑞正没想到的是，自己的兄长也会喜欢上他的女朋友。

那个时候两兄弟的关系并不算太好，林瑞程很优秀，又是长子，一直被当作林氏接班人来培养，林瑞正在家里的地位远不如大哥，甚至大部分时间，林瑞程可以直接左右林瑞正的生活，不管是学习、工作，抑或是和谁交往。

人们都说长兄如父，林瑞正最初对此也并没什么太大的反抗，直到沈思辰出现。

林琅的母亲沈思辰的家世并不好，连最普通的工薪家庭都比不上，因为祖父染上了赌博，因执迷不悟而债台高筑，企业几乎破产，就和杨家现在的处境差不多。

林瑞正觉得自己不是长子，也不用继承家业，随便娶什么人都无所谓，于是便没有心理负担地和沈思辰交往。哪料这件事被兄长知道，对方大发雷霆，对他找这样一个门不当户不对的女朋友非常不满，勒令他以后不要再跟沈思辰来往。

只是林瑞正这次付出的感情尤为认真，不管大哥怎么说都不肯放手，林瑞程好奇对方是个什么样的女人让他的弟弟如此着迷，便暗地里查了弟弟女友的资料，并私下约了对方见面，希望可以用钱打发对方，让她不要再来纠缠弟弟。

也正因此，沈思辰和林瑞程相识了，周峰是林瑞程的好兄弟，几乎是一路看着他如何对这个女人付出了真心，再到最后私下写支票给沈家还钱，解决沈思辰的一切后顾之忧。

林瑞程帮忙还清了沈家的债务，沈思辰觉得愧对他，一直无法真正地与他断绝来往，可她心里又有林瑞正，在两个男人之间非常为难。

这个僵局一直到一年后沈思辰怀孕才被打破。

这个孩子就是林琅。

“所以……您的意思是，我是我叔叔的女儿？”林琅不可思议地看着对方。

周峰苦笑：“没有，你的确是你父亲的亲生女儿。”

“……那？”林琅白着脸，不知道该说些什么。

周峰继续道：“我也不太确定那件事究竟是怎么样，只是后来听你父亲偶然提起过几次，但都点到为止。据我猜测，应该就是这么回事……”

感情的世界里不可能多一个人。没有人会愿意跟别人分享爱人，更不要提对方还是自己的兄弟了。

最终，林瑞程作为兄长选择了退出，成全他们，他那样一个能言善辩仿佛无所不能的人，当然有能力说服父母接受弟弟不体面的妻子。甚至于即便是他自己想娶一个家世不好的女人为妻，也有办法说服父母。在林瑞正的心里，他的大哥就有这样的本事。他来跟自己抢女人，他最开始也是没信心的，但好在对方选择了退出，这样也好，以后他们可以相安无事了。

然而，他还是太天真，意外还是发生了。

林瑞程和沈思辰做最后道别的时候喝了很多酒，沈思辰送对方去酒店休息，临走之前，发生了无法挽回的事。

酒后乱性，情之所至，也许林瑞程那个时候心里是清醒的，但他还是那么做了。

因为这个意外，沈思辰一直无法面对林瑞正，觉得愧对于他，两人常常吵架，感情渐渐产生裂缝。直至沈思辰发现自己怀孕，他们脆弱的关系便彻底崩溃。

“所以后来……我妈为了我，嫁给了我爸？”林琅僵硬地说。

周峰微微颔首：“算是吧，但你母亲究竟怎么想我也无法确定，总之最后的结果就是，你父亲和你母亲结婚了，你叔叔离家了一段时间，回来之后身边就多了你堂妹林菁，他从来没提过孩子母亲的事，后来你父亲委托我去查过，林菁的确是你叔叔的亲生女儿，是他离家那段时间露水姻缘的结果，那个女人本来想打掉的，但他让对方留了下来。”

林琅有点儿无法接受这个爆炸性的消息，她需要好好消化一下。

“我跟你说这些也不是希望你原谅林瑞正，他犯了错，肯定要受到法律制裁，我只是希望你知己知彼，这样才能稳操胜券。”周峰低声说，“琅儿，我想，不管你母亲当初嫁给你父亲时有没有爱，她对你都是万分珍惜的，那个年代不像现在这么开放，她怀了你，再想如何也没有可能，她也只能认命。”

林琅轻轻点了点头，这一点她是认同的，母亲对她的好作不了假。

现在回想起来，在她很小的时候，父母的确是分开睡的，在她开始上小学时，他们才搬到了一个房间，再后来，他们的关系越来越好，她想，那时候母亲也是放下了吧。

老一辈的事，她作为后辈，并不想做一些不尊重的猜测，她现在能认定的是，也许父亲真的夺走了叔叔的爱人，但叔叔如果是为了报复而做到今天这样，不管怎么说都有些过分了。

他不该害死她的父母，无论他们曾有过多少仇怨，都不该把人害死。

周峰看了看表，轻声说：“我也该回去了，你说的事我答应你，如果你有其他需要帮忙的，就给我打电话。”

林琅站起来朝对方鞠躬，周峰点点头，转身离开。她看着他的背影，很久都没有动作。

周峰答应帮她，她应该高兴才是，可她为什么高兴不起来？

直到九月初，林琅一直都很安静，似乎没什么动作，又似乎是暴风雨来临之前的平静。

林氏集团自主品牌的秋季走秀正式开始了。

这一天，林瑞正亲自到会场看秀，作为品牌负责人，林菁会在会场，按理说，林琅则在现场做会场工作。走秀之前，林菁有意找她，见她正在忙碌，也就没搭理回到了自己的位置上。她坐在父亲身边，父亲的几个秘书和助理在一旁协助媒体采访以及疏散工作，董事长办公室只留了一个秘书。

走秀开始后，林琅并不太忙，她站在外围，看了一眼因专心看秀而暂时无法走开的林瑞正父女，悄无声息地退出了会场。

她需要回公司一趟，在此之前，她已经跟周峰联系过，对方会帮忙拖住林瑞正，让他不要太快回公司。

林琅今天开了谢瑾年的车来上班，这会儿正是上班时间，路上没有高峰期时那么多人，也没堵车，她以最快的速度回到了林氏集团，直奔林瑞正的办公室。

守在门口的秘书看见她要进去的时候愣了一下，站起来说："林小姐，您有什么事吗？"

林琅笑着说："没有，只是方才在楼下遇见一个人，好像是找你的，你是姓孙吧？"

孙秘书立刻点头说："是的，我姓孙，有人找我？"

"嗯，看上去还挺着急，你去见见吧，我还有事，先走了。"林琅说完话转身就走，连对方说句谢谢都等不及。

"有人找我？"孙秘书自语了一句，放下手头的事暂时离开了。

林琅等的就是这个时刻，等对方进了电梯，她便快速走到孙秘书的座位，从对方的抽屉里准确地找到了钥匙，打开了林瑞正办公室的门。

这原本是她父亲的办公室，每一样东西都带着熟悉的色彩。

林琅心跳得很快，直到又把门关上，才稍稍平静一些。

接下来，就要抓紧时间了，楼下根本没有人找孙秘书，她恐怕不会在下面逗留多久。

林琅吸了口气，快步走到林瑞正的办公桌前，开始翻找一切可能成为他犯罪证据的东西。

五十

林琅用最快的速度将林瑞正的办公室翻了一遍，他的抽屉都没上锁，可里面除了一些公司文件以及私人物品之外，没有任何可疑之物。

一无所获。林琅站在落地窗前，面如死灰地看了一眼挂钟，她不能再迟疑，孙秘书马上就该回来了。

她不死心地还想再找找，可真的一点儿痕迹都没有，她将书架上的书一本一本地翻开看，在翻到其中一本时，一张照片从里面掉了出来。

林琅一怔，捡起照片一看，上面是母亲和父亲？不是。不是父亲，是林瑞正。

看来周峰说的都是真的了，林瑞正真的和她母亲曾经有过一段感情。林琅靠在书架上闭了闭眼，将照片放回书里那一页，把书放回书架，抬脚离开。

她出来的时候，见孙秘书还没回来，便快步离开。走后几秒钟，孙秘书赶了回来，一边走一边纳闷道：“没人找我啊，怎么回事？”

走秀现场，气氛异常火爆，各国媒体和娱乐圈大腕云集，作为林氏集团在位的董事长，林瑞正自然要留在这里和他们好好寒暄，在走秀结束后还要接受媒体采访。

周峰一直在林瑞正身边和他交谈，以前不怎么热络的两人似乎突然多了很多共同话题，林瑞正一时无暇关心其他。林菁隐约觉得周峰的转变有点儿不太对劲，可又想不出哪里不对，她弓着腰站起来赶到后台，在人群中寻找林琅的身影，找了好半天都没瞧见，顿时察觉到了是哪里不对。

林琅不见了。

林菁紧紧蹙眉，立刻回到秀场，走秀进入收尾环节，媒体开始聚集在林瑞正身边，林菁虽然到了，但又不太好直接上前汇报这件事，她着急地在外围等着，实在等不及的时候拿出了手机，拨给在家看守的孙秘书。

接到林小姐的电话孙秘书有点儿紧张，这位小姐可不比以前的林小姐那么好伺候，说错一个字都是大问题。

“林小姐，您好，有什么吩咐吗？”孙秘书问。

林菁快速问道：“你有没有见过林琅？”

孙秘书一怔，迟疑片刻说：“见过，刚才林琅小姐来过一趟。”

“她回去过？”林菁声音不受控制地提高，搞得孙秘书也有点儿紧张。

“是的，林小姐从这里路过了一下……”她匆忙叙述着那件事。

“只是路过吗？”林菁冷笑，“你确定她没进过我爸爸的办公室？”

如果林琅真的进去过，那就是孙秘书的过失了，她很可能失去这份工作，为了保证自己的利益，孙秘书将自己经历过的一切原封不动地告诉了林菁。

“林小姐，我确实没见到林琅小姐进去，只是她路过时告诉我楼下有人找我，然后她就走了。”

林菁眯起眼：“那你呢？你出去了？”

孙秘书噎住了，半晌才说：“我、我下去看了看。”

“所以呢，到底有人找你吗？”林菁追问道。

孙秘书如实回答：“没有的，林小姐，我是不是做错什么了？”

林菁冷哼一声道：“你很快就会知道你做错了什么。”

说完，她挂断电话，越过那些媒体走到父亲身边，准备将林琅回去过还进了他办公室的事告诉对方，可恰好就在这时，林琅出现在会场，身边跟着今天要给林瑞正做专访的媒体记者，林菁愣了一下，她在这里？

林琅和记者一起走过来，表情镇定，若无其事，见到林菁还点头示意，看不出任何心虚。

林菁想赶到父亲身边把自己的怀疑告诉对方，可林琅已经先她一步将记者带了过去，不管她要说什么，都得等专访结束了。

今天的走秀办得不错，算是圆满结束，林瑞正心情挺好，看见林琅尽职尽责，对她态度也不错，林菁在不远处看着，简直把她恨到了骨子里。

林瑞正接受采访时比较低调，并不多透露什么，说的都是官话，时间把握得也很好，只有五分钟。五分钟结束，林瑞正的助理和秘书便上前簇拥着老板离开，林菁抓住机会上去，在快到林瑞正身边时被林琅抓住了手腕。

“菁菁，忙完了，一起吃个饭？”林琅笑着说。

林菁瞪着她："我和你？你确定你是想吃饭不是想打架？"

林琅嘴角笑意加深，见林瑞正已经走开一段距离便放开了她，柔声说："既然你不愿意就算了，那么我们等庆功宴再见吧，我先走了。"她挥一挥衣袖，不带走一片云彩，搞得林菁云里雾里，等再去寻找父亲的身影时，对方已经不见了。

糟糕，被绕进去了！

林菁怨恨不已，掏出手机给父亲打电话，电话过了一会儿才被接起来，林瑞正在那边淡声说："怎么了？"

林菁直接说："爸，出事了，林琅在我们看秀的时候偷偷回过公司，很可能还进了你的办公室！"

林瑞正一直和煦的表情僵了一下，慢慢沉下来，冷声问："你确定？"

"当然，我打电话问过孙秘书，林琅去过你的办公室，还使诈把孙秘书骗下了楼，她肯定是想找什么东西，她这次回来根本不是真心想为公司做点什么，完全是想找到她父母发生意外的证据！"

林菁说话时有点儿激动，声音有点儿高，林瑞正听完立刻说："你身边有没有人？说话办事小心点儿，怎么长这么大了还那么不冷静？"

林菁立刻意识到自己犯下了什么严重的错误，转眼去看周围，除了几个有一段距离的过路人，再无其他。

"没事，我这边没人，爸你抓紧回去看看，不要着了她的道。"林菁焦急地说。

林瑞正冷着脸应下来，挂断电话对司机说："回公司。"

助理一愣，说："林董，一会要见陈氏集团的陈董，已经约好了……"

林瑞正面无表情道："推后，就说我忽然有很重要的事，陈董事长会给我这个面子的。"

助理尴尬地应下来，去安排推后见面的事，车子调转方向，朝CBD驶去。

林琅这会儿也回到了公司，正在办公室里坐着，她面对电脑，手指敲击着键盘，像是在写今天的走秀总结，其实心思根本没放在这上面。

今天在会场，看林菁的反应可能是发现了什么，是她太鲁莽，做得不够完美，如果对方真的查，孙秘书为了保住工作一定会供出她回去过的事，但也没关系，她有准备。

事情也正如林琅所想，好的不灵坏的灵，本来要去见陈氏集团董事长的林瑞正忽然回了公司，并且刚到办公室便让林琅过去，说是有很重要的事跟她谈。接到消息时林琅就知道自己肯定被怀疑了，她站起来，面不改色地走出办公室来到电梯前，按下董事长办公室所在的楼层，全程都十分平静，不见丝毫慌张，好像真的问心无愧一样。

在门口等她的孙秘书还有林菁看见她时，她就是这副样子，林菁不由轻嗤一声，不屑道："你看起来倒是挺淡定的，一点儿都不心虚啊。"

林琅不解道："我为什么要心虚？"

林菁意味深长道："还装蒜是吗？你做过什么，你自己不清楚？"

林琅困惑地说："我做了什么？菁菁，你有话不妨直说，要是我突然莫名其妙地问你'你做过什么你自己不清楚吗'，你会作何感想？"

林菁一愣，有点儿心虚，强撑着冷笑瞪回去，淡淡道："我看你能装到什么时候，进去吧。"

说完，孙秘书便低着头和她一起进去，林琅看了一下她们的背影，面无表情地跟上。

董事长办公室里只有林瑞正一个人在，他对着笔记本电脑的屏幕在看什么，见他们进来，就合上了。

“坐吧。”他指着会客区的方向。

孙秘书和林菁走过去坐下，林琅站在一边看了林瑞正一眼，他正走过来，面上倒是不见有多愤怒，依旧很冷静的样子，姜到底还是老的辣。

“琅儿也别站着了，坐下。”林瑞正笑着招呼她落座，林琅只得坐下。

“我今天找你们来是什么事，相信你们心里应该都有数了。”

林瑞正坐下之后，叠起双腿，双手交握淡淡地出声，话音刚落，孙秘书就激动地站起来替自己解释。

“林董，我真的什么都不知道，林小姐她路过这里告诉我楼下有人找我，我以为是什么要紧事，就下去看看，走了一共不到十分钟，在楼下也没见到要找我的人，这之间发生了什么事我真的一点儿都不知道！”

孙秘书的解释无疑将林琅送上了风口浪尖，可她还是一副问心无愧的样子，等孙秘书说完才站起来淡淡地说：“孙秘书这是什么意思？是我设计你了？”

孙秘书一怔，低声道：“不是，我不是那个意思……”

林琅也不忍心为难她，坦然道：“其实孙秘书也没说错，我的确路过了这里，她也的确在楼下见了她要见的人，好心替那人传个话而已，可能那人没等到她就走了，那就不是我的责任了。”

林瑞正似笑非笑地看了林琅好一会儿，抬抬手说：“你们都坐下。”

林琅立刻坐下，孙秘书迟疑片刻，也坐了下来。

“那么，琅儿忽然回公司是要做什么？”林瑞正似不经意地问话，脸上没什么求知欲，好像并不在意她的答案。

林琅立刻说：“我替别人来拿忘在公司的文件，会场当时急需要用的，叔叔可以去问王经理是不是有这件事。”

林菁质疑道：“拿文件需要你回来？随便找个人不行？”

林琅望向她笑着说：“菁菁，你忘了一件事，我现在可不比以前，也不是什么林小姐了，大家都愿意听从你的使唤，这样做不是刻意讨好你吗？”

林菁一愣，半晌无语。

林瑞正看了林琅好一会儿，才对孙秘书说：“好了，事情弄清楚就没事了，你出去工作吧。”

孙秘书如蒙大赦，立刻起来鞠躬离开。

林琅看着她的背影，心想着，没有牵连她，那就好。只是，她的处境依然不容乐观。

少了外人，有些话就更容易说了。

“琅儿，我不需要去找王经理询问事情是否属实，但我需要你向我解释另一件事。”林瑞正站了起来，望向一旁十分兴奋的林菁说，“菁菁，你也先出去。”

林菁愣住，指着自己说：“为什么啊？”

林瑞正笑了笑：“你出去，爸爸单独和你姐姐聊一聊。”

林菁还太年轻，甚至不如林琅老成，很可能会在激动的时候口不择言，他不想看见意外发生。

林菁万分不情愿，可还是不得不先出去，关门时力道很重，带着浓浓的怨气。

“好了，这下人都走了，就剩下我们叔侄俩，说话也方便了。”林瑞正温和地笑着说，“琅儿，你进来的时候我在看电脑，你知道我在看什么吗？”

林琅面色镇定道："不知道。"

林瑞正没说话，只是站起来走到办公桌后面，打开电脑后才朝她招招手。林琅疑惑地走过去，在他的示意下看向电脑，屏幕上赫然是董事长办公室的监控录像，上面有她翻找东西的身影。

林琅的脸一下子白了，她明明记得父亲在这里办公时没有装过摄像头，进屋时还特地检查了一下，怎么会这样……

"找不到摄像头在哪儿是吗？"林瑞正随便指了几个方向，"到处都是，我搬进来的时候新安装的，怎么样，不错吧？"他依旧笑着，却笑得林琅脊背发凉。

她白着脸，紧抿唇瓣，保持缄默，这个时候说多错多，不如不说。

"我看见你发现了那张照片。"林瑞正坐到椅子上，好整以暇道，"今天周峰还特别热情地和我交谈，我那时就觉得很意外，想来是你拜托他拖住我的吧。"他眯起眼，"所以，你应该什么都知道了，对不对？我，你父亲，还有你母亲之间的事。"

五十一

现在似乎已经没了反驳的必要。

林琅就站在那看着林瑞正，不言不语，眼神呆滞，没有焦距，没有任何回应。

林瑞正看着这样的她，仿佛看见了她母亲。

“你不说话，应该是我猜对了吧，别紧张琅儿，你始终是我的侄女，我看着你长大，赶尽杀绝这种事，我并不那么喜欢做。”他不紧不慢地说话，脸上的笑十分刺眼。

林琅聚焦视线盯着他，轻嗤一声说：“是吗？我爸爸还是你的亲兄弟呢，我母亲也是你曾经喜欢过的人，可你最后是怎么做的？而我这个你看着长大的侄女，还不是被你陷害，搞到现在这副有家不能回的地步。”

林瑞正若有似无地打量她，缄默不语。

林琅继续说：“你凭着自己的良心想一想，你就真的没有想过斩草除根，把我也弄死吗？”

她阴沉恶劣的视线让林瑞正嘴角的笑容慢慢消失，他缓缓站起来，走到林琅面前，一本正经道："把你口袋里的东西拿出来吧。"

林琅一怔，没有说话，也没有动作，林瑞正自己伸手把她口袋里的东西取了出来，是一支录音笔。

"琅儿，我劝你不要跟我玩花样，就算要玩，你也玩一点儿有难度的，这种东西……"他晃了晃手里的录音笔，丢到办公桌上，"太小儿科了。"

林琅继续沉默，林瑞正就那么看着她，良久才再次开口。

"你这个样子可真像你母亲当年，好死不活地非要嫁给你爸爸，可她忘了啊，我才是她的男朋友，第三者是你父亲。"他的表情逐渐有点儿扭曲，"你父亲已经什么都有了，父母的关注，不错的事业，可是我呢？我背着一个林家二少爷的名号，到最后连自己喜欢的人都保不住，我和她在一起那么久，连碰都不舍得碰她一下，你爸爸居然让她怀上了你，你说我能不恨吗？"

林琅脸上露出难以言喻的表情，她咬着唇瓣说："那你也不该害死他们……"

"我没有啊。"林瑞正矢口否认，笑得特别阴险，"是他们自己出了车祸，这叫报应，你知道报应这两个字怎么写吗？所以说啊，善恶终有报，老天爷是看得见的，趁着还年轻，多积福报，不要做一些损人利己的事。"

林琅冷笑道："叔叔这是说你自己吧？就算害死我爸妈的事你不承认，你骗我签下放弃股权继承的协议总是真的吧？"

林瑞正回到办公桌后坐下来，忍俊不禁道："琅儿，你太傻了，那有什么，那不是理所应当的吗？我只是夺回属于我的东西罢了，你父亲他享了那么多年的福，我只是等他死了才拿过来，我已经仁至义尽了，没有在他活着的时候抢夺。”他抬手按着心口，一顿一顿道，“因为我答应过你妈，在她有生之年，让她安安稳稳地当林家的阔太太，不去打搅她和‘恩人’的生活。”

林琅红着眼睛说：“叔叔，请你不要看着我回忆当年了，我一点儿都不想听你过去的丰功伟绩，我只知道，你骗了我，骗了和你朝夕相处二十几年的亲侄女，我那么信你，你不但害得我家破人亡，还抢走我父亲辛辛苦苦经营下来的一切，这个仇，我死都不会忘记的。”

林瑞正无可无不可道：“你死都不会忘，那你就活着好好记着，看我怎么掌控林氏，怎么把它变得更加繁荣。”略顿，他睨着她，“至于你，我给过你机会的，是你自己不珍惜，从这里离开吧，以后不要再出现在我面前，否则的话，我也不确保会发生什么事。”

说完，他转开了头，明显是送客的意思。

林琅看着他，浓浓的绝望席卷而来，到底还是输了啊，还是失败了，她可怎么办？

事已至此，她已经不想再服软，就算服软也没用，被抓个正着，只能说她没本事，就像林瑞正说的，她过了太久养尊处优的生活，即便想挽回点儿什么，可行为也小儿科，至少对他来说是那样，因为她没有抓到对方的任何把柄。

人生好像就是这样，需要做着各种心理准备，成功抑或失败，都是转瞬间的事。

林琅收拾东西离开了林氏集团，林菁全程都在旁边含笑看着，她太得意忘形了，以至于周峰和几个股东过来的时候，正巧看见她不太礼貌的嘴脸。

周峰皱着眉，几个股东也是，林菁瞧见他们脸色也不太好看，但还是勉强保持着礼貌。林琅朝他们鞠了一躬，一个字也没说，抱着东西离开了。

周峰叹了口气，按按额角，和其他股东一起离开，林菁望着他们的背影，不知道为什么，总觉得很不安。

离开林氏集团，林琅只有一个去处，就是那间四合院，现在唯一可以让她称之为家的地方。

她回到四合院的时候，庄奶奶和成臻不在家，应该是有事出去了吧。

林琅望了一眼谢瑾年的房间，门关着，安静极了，他应该也不在家。

他去哪儿了呢？

林琅抱着东西回到自己的房间，刚关上门，转过头来就看见谢瑾年坐在她房间的椅子上，瞧见她这个时间回来，好像一点儿都不惊讶。

“回来了。”

他站起来，若无其事地上前接过她手里抱着的东西放到一边，不等她发出疑问，便转身抱住了她。

“难受的话就哭吧，但不要绝望，坏人终将受到惩罚，只是早晚而已。”他的手轻抚过她的长发，“我会帮你的，虽然，我好像也没什么可以帮得上忙的地方。”

林琅在他怀里使劲摇头，有些哽咽，本来不想哭的，也一直在心里告诉自己不要哭，不要那么懦弱，可听着他关心的话语，她还是忍不住掉眼泪。

大概，一个人知道自己无枝可依的时候，总能够坚强地撑住，不让自己太狼狈，但知道世界上还有人在关心自己时，就会不由自主地暴露软弱的一面，希望得到别人的安慰和心疼，相比起来，前者与后者，也不知道哪一种比较悲哀。

“我不哭。”林琅在他怀里吸了吸鼻子说，“你并不是什么忙都帮不上，你什么都不需要做就已经是帮了我大忙，因为有你在，我才觉得这个世界还有希望。”

谢瑾年低头看着怀里的女孩，时间倒退回一个小时之前。

林菁再次给谢瑾年打来电话，听上去心情很好，谢瑾年似不经意地询问对方为什么这么高兴，林菁并不知道他和林琅的关系，抹掉了身份名字，只说一个意图留在他们身边做坏事的人被抓住了把柄赶出去了，他那时还不太确定是不是林琅，可从林菁的态度分析来看，如果是别人，她不会那么高兴。

肯定是她。

谢瑾年在林琅的发顶落下一个吻，哑着嗓子说：“今天晚上我可能会晚点儿回来，不要等我，明天早上，或许我可以给你一个惊喜。”

林琅有点迷茫地抬起头：“给我一个惊喜？”

“嗯。”他摸了摸她的头，“现在不要问我，明早再问，也不要太期待，或许我会失败。”

“……你到底在做什么？”林琅茫然地看着他。

他不再回答，只是紧紧抱住她。在那一刻林琅下意识觉得，似乎只要有他在，有他这样的怀抱让她依靠，她就可以再战三百年。

五十二

傍晚时分，谢瑾年开车出去了，林琅站在巷子口送他，总觉得心里不踏实。

谢瑾年从后视镜看着她的身影，高挑纤细，有点儿太单薄了。她最近都不怎么好好吃饭，因为心情的缘故又经常失眠，人已经瘦了两圈，抱起来也都是骨头，轻得好像只有灵魂的重量。

这一切的因果都来自于住在那栋豪宅里的人，谢瑾年将车停在别墅门口时，没有直接从车上下来，而是坐在上面等。

离他和林菁约定的时间还有几分钟，林菁已经准备好迎接了，林瑞正应该也得到了他今晚又来作客的消息，别墅外的车库门还没关，里面并没有车子，对方应该没回来。

林瑞正还没回来，那么做事就会方便一些，林菁和她父亲到底是没办法比，只有她一个人的话，谢瑾年有十成把握将之前留在那间主卧室的针孔摄像机拿回来。

他咨询过律师，一般情况下，民事案件需要在对方知情的情况下录制的视频来作为证据，但在刑事案件上，比如林琅父母那种严重到致人死亡的刑事案件，私自录制的可以证明其有犯罪事实的视频，也是可以作为证据。

谢瑾年关闭车子里的空调，稍稍打开窗，外面的温度很高，庄奶奶早上还念叨这是个鸡蛋打在街上都会被煎熟的温度，即便到了傍晚，也没有什么改善，这样燥热的天气让人厌烦。

他一直坐在车上，没有要下去的意思。离约定时间只差五分钟时，林宅门外忽然出现一个人影，她显然精心装扮过，一头长发整齐地绾在脑后，水蓝色的小洋装，白皙的皮肤，精致的妆容，一颦一笑都像是测量好的弧度一样，煞是好看。

林家的确是个出美人的地方，不管是林琅还是林菁，甚至是林瑞正，皮相都非常好，只是在这张美人皮下生长着的，却是截然不同的一颗心。

林菁一到门口就看见了谢瑾年的车，这辆车她太熟悉，车牌号只看了一次就记住了，这是非常难得的事，她平时对数字并不敏感，由此也可知，她对谢瑾年抱有多大的执念。

“谢老板来了呀！”林菁直接走上前，谢瑾年方才开了一扇窗，她就透过那半扇窗朝车子里看，那人端坐在驾驶座，侧眼睨着她这边，露出平淡凉薄的表情，有句诗可以很好地形容这幅画面：“千呼万唤始出来，犹抱琵琶半遮面。”

在谢瑾年到达这里之前，宫辰也到了四合院。

说实话，做他们这一行，在对手那里安插个眼线并不叫个事儿，宫辰也算是在第一时间知道林琅又离开了林氏集团的事，简单想想就知道她的真实意图肯定是被发现了。她没出事的时候，他还可以袖手旁观，做一个看客，可等她真出事了，他就有点儿控制不住自己，上赶着要来安慰和帮忙。

林琅打开门的时候就瞧见他站在外面，依旧是西装革履，仪表堂堂，但他怎么都觉得有点儿不自在，似乎对自己这么急匆匆跑来的举动感到万分的厌倦。他怎么总是无法抗拒她的事?

“宫先生? 稀客啊，今天怎么想起要来找我? ”林琅站在门后，明显不打算让开，也不想请他进去，就让他站在这里热着，哪怕进去喝口水的客气话都不曾有。

“林琅，我千里迢迢大热天跑来看你，你就让我站在这儿和你说话? ”宫辰不太高兴。

林琅现在心很累，没力气伪装，也不太想应付他，所以直言道：“我现在不太舒服，想休息了，宫先生如果没什么事的话就请早些回去吹空调吧。”

宫辰瞪大眼看了她好一会儿才说：“你该不会就这么认输了吧? 这可不像我认识的你。”

林琅拧眉，半晌才说：“不然呢，你觉得我还能怎么样? 宫老板给我出个主意吧。”

宫辰深吸一口气，忽然拉住了她的手腕说：“你跟我走。”

林琅愣住了，诧异地看着他：“你要做什么? ”

“跟我走。”他不由分说地拉走林琅，直接把她拉到了自己的车上，驱车驶向林家位于郊区花园的安静别墅，“我带你去见他们，这个时间他们应该都回家了吧，这件事不会就这么算了，我不会让你白白被欺负的。”

林琅瞠目结舌地看着他，半晌才说：“所以呢? 你要怎么做? ”

“林瑞正太自大，和你之前一样，不怎么看得起升荣，觉得我没资格和林氏集团较量，但不管是以前的你还是现在的林瑞正，都大错特错了。”宫辰冷着脸说，“在证券方面，还是我比较专业。”

“所以呢，你带我去见他们干什么？”林琅十分抗拒，“停车，我要回去，我现在完全不想见到他们。”

“我当然是去给你挣面子。”宫辰一本正经道，“我让他们知道，你现在也不是没人可以依靠的。”

林琅有些为难，宫辰的出发点是好的，可他有点儿太激动了。

“这么做太幼稚了，宫辰你冷静一点儿，现在不是激林瑞正的时候，你这样只会让他加快对付升荣集团的脚步。”林琅无奈地说。

宫辰目视前方道：“我做的决定从来不会改变，不管会怎么样，今天我一定要带你去，无论未来要付出多大代价也在所不惜。”

林琅有点儿崩溃了：“你疯了吗？做这种搬起石头砸自己脚的事，你想被人笑死吗？为了一个女人跑去跟人家宣战，你有点儿总裁的样子好不好。你脑残了！”

宫辰用更高的音量大声说：“我愿意！我就脑残！怎么着吧！”

林琅无言以对，也无法拒绝，他怎么都不肯停车，她又不能不顾安危地去扰乱他的方向盘，只能坐在副驾驶看着周围的景色越来越熟悉，然后脸色越来越白。

到达林宅附近的时候，他们正好看见林菁从里面走出来，打扮得花枝招展，走到一辆黑色的大众轿车旁，弯腰对着半开的车窗跟里面的人说话，她笑得那么甜蜜，宫辰看得牙都快酸掉了，车子也渐渐停了下来。

“我没看错吧，那个是林菁？”宫辰惊讶地说。

林琅同样也发现了对方，但那不是她最在意的，引起她关注的是那辆黑色的大众轿车。

是谢瑾年的车。他的车牌号她肯定不会记错。

他怎么会在这里？难不成是别人借走了他的车？林琅忽然想起谢瑾年之前跟她说的话，他说明天早上会给她一个惊喜。难不成这就是他要给她的惊喜？

不可能的。她相信他，尽管她曾经因为信任自己的叔叔而被骗得一无所有，可她现在还是愿意选择相信谢瑾年，因为她现在必须得相信他，如果连他也不可信，那她的世界真的没剩下什么了。

当谢瑾年从车上下来的时候，宫辰简直震惊了。

“这不是你的房东吗？我记得是姓谢吧？”宫辰的表情有点儿扭曲，“他和林菁看起来很熟悉很亲密呢，我还是第一次见林菁对哪个男人这么殷勤温柔，之前对杨翌承她可都没这样过。”

是啊，她也没见过，但是林琅什么也没说，就那么看着林菁双手背着，好像个少女一样浅笑嫣嫣地领着谢瑾年进了林宅，他的身姿依旧挺拔瘦削，对林菁热情表现的回应也仅仅是冷淡的眉眼，毫无起伏的面容。她现在虽然不敢自称完全了解他，但至少也了解一部分，他这样的表现，说明他对林菁是没有任何感觉的，甚至是厌烦的，那么，他为什么会出现在这里？

宫辰可不这么想，他马上就阴谋论了一番：“搞不好，连你住在哪里，你的房东是谁，同住的人又是谁，会怎么发展，全都在林瑞正的掌控之中啊。”他皱着眉说，“林琅，你马上搬出去，这个姓谢的有问题，你再住下去会万劫不复。”

他如此紧张，林琅的反应却异常平淡，她甚至还笑了一下，说：“哦，那就万劫不复吧。”

“你什么意思？”这下轮到宫辰问她了。

林琅面不改色，脸上还带着那抹笑，轻声说：“字面意思，我不会搬走的。”

“你想要被他们算计死吗？”宫辰嘴角狠狠一抽。

林琅瞥了他一眼，认真地说：“我相信谢老板。”

宫辰露出显而易见的吃惊表情，林琅继续说：“除了选择相信他，我没有别的选择，他说要给我一个惊喜，我会等的。”

“惊喜？”宫辰按着额头无奈道，“我看你是疯了，林琅，那是惊吓还差不多吧！”

林琅没说话，突然在他不注意的时候伸手开了车锁，拉开门跳下车，快速跑远。

宫辰愣了一下，反应过来后下车去追，已经找不到她的身影。

他站在原地，呆了半晌，才喃喃道：“竟然这么急着回去，怕我把你锁在身边不让你走吗？我看起来那么卑鄙？好像……还真的有这种想法。”

由于是毫无准备被宫辰给拉出来的，身上没带钱包，一块钱都没有，林琅要想回去，就得步行，可这么远的距离，步行回家就得到深夜了，她刚才有点儿冲动，应该让宫辰把她送回去的。

林琅皱了皱眉，拿出手机打算给他打电话，可一想起刚才宫辰那个充满了占有欲的眼神，就担心再见面的话会得不偿失，还是想别的办法回去吧，大不了打车回去，让出租车师傅在巷子口等一会儿，她拿了钱给送出来，左右不会太久，对方应该不会介意。

这样想着，林琅便开始找出租车，可这边靠近郊区，是江城市的一个市区形象工程所在地，绿化特别好，又安静，有世外桃源的感觉，因此她父亲当初才会把新家安在这里。能住在这儿的都是有身家的人，所以出租车一般都不来这边，要想打到车，林琅就得走进市区，那也有很长的距离。

带着长途跋涉的心情，林琅抹掉额角的汗珠，在炎热的街上慢慢行走，走着走着，手机响了，上面是个陌生的号码，但她却记得。

是杨翌承。

现代人很少能记住彼此的电话号码，一般存进手机之后就只看名字。

林琅刚和杨翌承在一起的时候，什么事都要求得很严格，包括电话号码这种事，她要求杨翌承必须记得清清楚楚，每天都要考一遍，而为了公平起见，她也背下了对方的电话号码。

现在这种情况，过得最不好的，除了她，就是他了。

失去了林氏集团的支持，成为弃子的杨翌承，大概也没在父母那里讨到好处，搞不好还会被当作商品一样推送到其他有女儿的富有家庭，就像当初被父母推销到她面前一样。

他这样活着，也挺悲哀的。

林琅没接他的电话，直接挂断了。她是换过电话号码的，杨翌承现在打来，应该是从别人那里问到的，至于是谁，现在也不重要了。他已经不是林菁的未婚夫，和哪个女人在一起林家也不会过问，只是一个电话号码，完全没必要隐瞒。

林琅挂断电话，给对方回了一个短信，内容很简单，就五个字：不要再打来。

在机场准备登机的杨翌承收到对方的短信后彻底死了心。

母亲还在不断催促他赶紧登机，他们要连夜赶到美国，去见一位父亲的“老朋友”。听说对方在国外发展得很好，财力雄厚，女儿比他小几岁，出落得如花似玉，是个良配。

他已经习惯这些事了。

自从杨家败落之后，他便不断地被父母往外推销。他以前觉得只有女性会在联姻这上面占到便宜，后来才发现，男人其实也一样。有不少有钱人家只有一个独女的，都会乐意找一个条件不错的上门女婿，像他这样曾经是贵公子，现在家道中落，外貌条件也优秀的，是最好的选择。

所以他才会被林琅的父亲挑中吧，因为即便结婚之后，他们的女儿也还是可以和他们住在一起。

“快走啊，还磨蹭什么！飞机马上起飞了！”

母亲又在催促了，杨翌承鼓起勇气又给林琅拨了个电话，对方再次挂断，他心如死水，找到对方的号码，编辑了一条短信，随后关闭手机，拉着行李箱上了飞机。

林琅挂断电话后正打算把手机收起来，就听见有短信进来。

她猜测是杨翌承，事实上也的确是。

他回了一条短信，上面写着：“琅儿，我要去美国了，也许不会再回来，希望你如愿以偿，对不起，还有……我爱你。”

林琅脚步一顿，心里滋生出一股莫名的情绪，手指在屏幕上迟疑半晌，最终还是将短信全部删除。

飞机上，看着窗外逐渐缩小的江城夜景，杨翌承忽然想起一句话，那大概就是他此刻心中所想：“我多想拥抱你，可惜时光之里山南水北，可惜你我中间人来人往”。

五十三

目前的确是林菁一个人在家。

因为林琅的事，林瑞正下午推掉了本来和陈董事长的会面，对方虽然表面上不说什么，但大家都是日理万机的主儿，怎么会一点儿情绪没有呢？

所以即便知道谢瑾年要来，林瑞正也只能等和陈董事长吃完饭再回去，如果那时候他还没走，那他不介意再和对方下上几盘。这些年难得碰上一个棋艺不错的知己，可以跟自己对上几盘，林瑞正还挺欣慰。

谢瑾年跟林菁一起进了屋，今天来并不是他自己提出的，林菁已经很久联系不上对方，不是打不通电话，就是打了也不接，今天对方终于接起来了，她当然得抓住一切可能约对方见面。说实话，虽然他们还没有什么进展，但她就有点儿思念他了，这种心情真是难得。

“谢老板坐吧，喝点儿什么？我来给你倒。”

林菁的话让用人有点吃惊，这位谢老板来头可真不小，这还是林琅小姐走之后，林菁小姐第一次主动为客人端茶倒水。

只是这位客人对此反应十分平淡，也不觉得有多难得，无波无澜道："普洱，多谢。"

林菁一怔，有点儿为难，过了一会儿才说："龙井可以吗？或者铁观音？毛尖？普洱的话……"

林琅的父亲很爱喝普洱，家中以前常备着不少茶叶，但他们夫妇去世之后，林菁便把那些东西全都扔掉了，不希望这个家里再留下他们任何的痕迹，而他们住过的主卧室，除了用人会去打扫，父亲偶尔会进去坐一会儿外，从来都是紧闭着门的。

说到底，林菁还是不如林瑞正段数高，因为担心某种报应，总会小心翼翼地避开和对方有关联的所有，大概也是因为这样的心虚，面对林琅时，才会总保持着高度紧张，像随时准备和对方开战一样。

"没有普洱吗？"谢瑾年望向林菁，露出遗憾的表情，牵着嘴角说，"那就算了吧，我不喜欢喝林小姐说的其他茶。"

林菁不忍心他失望，抿了抿唇说："这样，谢老板稍等一会儿，我出去一下，马上就回来。"

谢瑾年微微凝眸，一直疏离淡漠的神色稍稍缓和了些，似乎动容般道："林小姐要亲自去买吗？不必那么兴师动众，一杯茶而已，喝与不喝，都没什么关系。"

看他终于稍微对她和颜悦色一点儿，林菁立刻坚持道："怎么会？谢老板是贵客，难得来一次，如果招待不周，过后父亲知道也会责怪我的。"她笑得那么甜蜜，眼睛里透露着无法忽视的情意，谢瑾年看了一眼，转开视线望向别处。

"那我就先去了，谢老板随便坐，无聊的话可以到花园里转转，在宅子后面，现在正是百花盛开的季节，很美的。”林菁推荐着林宅的美景，得到对方点头应允后便有点儿不舍地转身离开。

她走之后，这间宅子便只剩下用人。谢瑾年慢条斯理地站起来，似不经意地朝周围看了看，用人以为他要去花园，立刻上前带路。

“谢老板是要去花园看看吗？林小姐说得没错，后面的确非常美。”用人笑着说。

谢瑾年微微勾唇，却不是在笑，只是平淡地说：“出门的话就算了，有点儿热。”他抬起头望向二楼，十分自然地说，“站在那里应该可以看到花园吧？”

用人顺着他的视线看去，是二楼一扇朝宅子后面开的窗子，从那里的确可以看见整个花园的全景，他说得一点儿都没错，用人自然也不会否认。

“是的，谢老板要从那里看吗？”对方下意识问道。

谢瑾年点了一下头，随意说道：“就从那里。”

用人立马要上去开窗，谢瑾年却忽然阻拦说：“我有点儿口渴，麻烦您倒杯水，我自己上去就可以了。”

用人怎么会违背这位贵客的意愿？想办法讨好都来不及。

“好的谢老板，需要一些小点心吗？您还没吃晚饭吧？”用人谄媚道。

谢瑾年停顿片刻，道：“那就麻烦了。”

用人立刻应声去准备，谢瑾年又观察了一下四周，确定没有其他人，便抬脚上了楼梯。很快到了二楼，他快速打开窗户，朝外看了一眼，又回头看了看楼下，估摸着要准备点心的用人没那么快回来，便立刻朝主卧室走去，打开门毫不犹豫地走了进去。

主卧室里的摆设一如之前，没有任何变化，只是供奉着林琅父母牌位前的香炉里插着已经燃尽的香，算起来林瑞正今天还没回来，所以没有人来上香。

谢瑾年不曾犹豫，直接来到双人床前，上去取下了婚纱照四周花边里的针孔摄像机放进口袋，铺平了床铺，转身走出了主卧室，来到了二楼的那扇窗子前。

外面的花园的确很美，夜晚的林宅灯光辉煌，光晕照耀着整个花园，还有园丁正在浇水。秋老虎正盛，夜里也没有多凉爽，园丁会不时撩点儿水抹在脸上，那样大概可以凉快些。

身后依然十分安静，用人还没回来，谢瑾年双手抄进口袋，嘴角牵着一抹似有若无的笑，直到楼下响起开门声，他才不紧不慢地走下来，等林菁走进来，他恰好也下了楼，双手背后淡淡地望着她。这种感觉真好啊，一回来就能看见他。

林菁高兴地走进来说："我回来了，谢老板稍等片刻，我去给你沏茶。"

她心情极好地朝厨房走，可谢瑾年接下来的话却彻底毁灭了她的好心情。

"林小姐，实在抱歉，茶我不能喝了。"

林菁闻言立刻回来，紧蹙眉头道："怎么了？"

谢瑾年英俊古典的脸上浮现出一种她看不懂的表情，有点儿嘲讽，又有点儿玩世不恭，再加上他骨子里透出来的那种清高，高挑修长的身子往那笔直地一站，她即便有再多不满，也全都消失得无影无踪。

看来，找另一半，还是要找一个完全符合自己审美的，这样即便以后要吵架，看见他的脸，顿时就没什么脾气了，这超级有利于夫妻关系和谐。

林菁这边脑补着有的没的，谢瑾年那边却完全不给面子，随便扯了个理由，说忽然有点儿别的事，需要马上回去处理，改日再来拜访。话讲完就要走，林菁快步追上去，可人家个高腿长，她追到大门口才追上。

“真的要走了吗？”她面露不舍，这倒是真的，好不容易见到对方，就这么结束了，总觉得很浪费。

谢瑾年微微颔首，不做任何口头上的回应，但对方还是不死心地继续说：“那谢老板，以后不要老是不接我的电话。”

谢瑾年脚步一顿，回眸看向她，她叹了口气说：“我以前给你打过那么多次电话你都不接，今天你能接电话我也挺意外，希望下次你也可以像今天这样接听我的电话。”

目前还不知道摄像机有没有录到他想要的东西，似乎还得暂时保持对方的好感，谢瑾年微微蹙眉，夜色下不太明显，他瞥了她一眼，平声道：“因为是陌生号码，所以之前一直没接听，今天看到又打来，感觉可能是认识的人，所以才接了。”

原来是这样，林菁恍然，立刻笑着说：“没关系，之前是我想得不周到，应该先给谢老板发个短信自报家门的，那么……谢老板把我的电话存起来吧？”

带着点儿少女的悸动，林菁目光灼灼地看着谢瑾年，可惜对方并不看她。

“那么，我告辞了。”

他没说好或者不好，只说了这么一句模棱两可的话便开车走了，林菁站在门口看着他远去的车子，总觉得心里莫名不踏实，也不知道是为什么。

这会儿，林琅刚走进市区，这段路出租车不多，偶尔碰上几个也都有乘客，她走得太累，干脆便坐在路边休息，低头捶着小腿儿，眼睛看着地面，脑子里其实什么也没想。

她克制着自己不要胡思乱想，努力保持着大脑空白的状态，虽然那很难，但她不愿意让自己的猜测毁坏目前所有她所珍惜的感情，尤其是……跟谢瑾年，那是她的精神支柱。

只是，虽然抱有这样的心情，却还是忍不住觉得难过。

宫辰的质疑犹在耳畔，尽管她不相信，却还是难免因为那些话心情低落，她想，这会儿找个地方睡一觉才是最好的吧，因为睡着了就什么都不会想了。

夜色正浓，林琅吐了口气，站起来，准备拖着酸疼的腿继续去找出租车，可一抬眼，就发现一辆熟悉的黑色轿车停在她面前，驾驶座上下来一个人，正是她左思右想的谢瑾年。

“怎么一个人坐在这儿？”他皱着眉走过来，看了一眼她的衣服和鞋子，立刻问道，“是谁把你带到这里来的？”

林琅不想隐瞒，如实说道：“是宫辰，他听说我今天……离开了林氏，所以强行载我到这边，想去找那两个人给我出气，让他们知道我也是有人挺的。”说到这里她顿住了，因为担心谢瑾年不高兴所以很快补充道，“但是我没去，你别担心，我从车上下来了。”

虽然她没直接跟谢瑾年说过自己到底发生了什么，但她就是下意识觉得他是什么都知道的，就像现在一样，他似乎对一切都了如指掌，拉住她的手腕把她塞进了副驾驶，系上安全带，才回到了驾驶座。

谢瑾年可能真的是她的天神，因为每次她走投无路的时候，他总会准确地出现在她身边，她从来没有遇见过那种明明很需要他却不在身边的情况。

林琅觉得心潮翻涌，开口道："我今天……"

她想告诉对方她究竟发生了什么，可谢瑾年直接打断了她："不用说，我知道。"

他真的知道吗？也是，他那么聪明，怎么会不知道？而且他还见过林菁，可能知道的远比她以为的多吧。

林琅垂下头，神色恍惚，谢瑾年侧眼看了看她，忽然从车子前面的抽屉里取出一张碟片，放进了播放器，车子里的显示屏便慢慢出现了画面。

呃，是猫和老鼠。

熟悉的动画片音乐响起来的时候，一切阴霾好像都被吹散了，林琅的表情轻松了许多，有点儿好奇地问："你车上怎么会有这种碟？"

谢瑾年面不改色道："为了避免今天这样的情况发生，特地为你准备的。"

"……谢谢，它很有效，我心情已经没那么差了。"

五十四

坐车的确比走路舒服多了，到家的速度也快了很多，因为时间已晚，街上车子不多，车速可以加快一点儿，到家时，大概是晚上九点左右。

林琅从车上下来，谢瑾年和她并肩往回走，她不时偷偷看他，很想问他今天去林宅那边做什么，为什么林菁一脸和他很熟悉的样子，可又担心得到的回答会让自己难受，也不想听他说谎骗自己，所以最终还是没问出来。

唯一值得高兴的是，他至始至终都牵着她的手，力道不轻不重，大手刚好可以把她的小手包裹住，这种安稳可靠的感觉让她暂时忘记了去寻找那些难题的答案。

两人回到四合院的时候，庄奶奶和成臻都在家，这个时间她们也不会在其他地方。

庄奶奶一直和成臻睡一个房间，这会儿两人好像在屋子里忙碌什么，林琅看过去，疑惑道：“怎么这么晚了她们还没休息？”

谢瑾年走上台阶，抬手敲了敲门，庄奶奶从卧室那伸头一看，发现是他们俩，立刻走出来说：“你们俩最近是怎么了，总是找不见人，回来这么晚，去哪里疯了？”

成臻跟在庄奶奶后面出来，笑着说：“庄奶奶，看你说的什么话，谢老板和林小姐还年轻呢，出去约会很正常啊。”

庄奶奶叹了口气：“吃饭了吗？”

林琅的肚子很给面子地响了起来，在场其他三人全都看向她，她尴尬地转开头，成臻忍俊不禁道：“好啦，我去给你们热热晚饭，一会儿过来吃吧。”

她说完就走了，庄奶奶这次难得没跟着一起去，肯定是有别的事要说。

果然，等成臻走开，庄奶奶就上前几步小声说：“臻臻要搬出去了。”

林琅一愣：“搬出去？为什么啊？”

庄奶奶表情难过：“说是找到工作了，公司给配了宿舍，不愿意在这里挤着我，已经决定搬到宿舍住了。”

林琅看向谢瑾年，他望着窗外，那是厨房的方向，成臻正在里面忙碌。

庄奶奶睨了他一眼说：“你倒是说句话啊，怎么把这孩子留下？她一个女孩子，这么多年没回来了，在这里人生地不熟的，万一有个好歹怎么办？还是住在我们身边安全啊。”

林琅想了想说：“我的房间挺大的，可以再放一张床，不如让成小姐和我一起住好了，这样就不会挤着庄奶奶了。”

庄奶奶欣慰道：“没事的林丫头，我这边也很宽敞，床铺很大，臻臻并没挤着我，她非要走，我估摸着，应该是不想再麻烦谢老板了。”说完，她又看向谢瑾年，着急道，“谢老板你倒是说句话啊，到底怎么办？”

谢瑾年收回视线望向庄奶奶，平静地说：“孩子长大了，肯定要有自己的生活，与其把她保护在大人的羽翼下，倒不如让她去做她想做的事。”

庄奶奶愣住，林琅的表情也有点儿微妙，谢瑾年好像不觉得自己说得有什么不对，继续道：“如果她想好了，搬去住宿舍也可以。让她留下宿舍和公司的地址，有时间我们去看看。”

说完，他便转身朝他的房间走去，林琅跟庄奶奶道了别，追上他说：“你要睡了吗？”

谢瑾年头也不回道：“你要一起吗？”

林琅立马就脸红了，嘟囔了一句“才不要”，力气不大地拽住了他的衣袖。

他停下脚步看向她，她迟疑半晌才说：“其实，成小姐和我差不多大啊，你管她叫孩子，那我……”

“你和她不一样。”他回答得很快，声音保持着正常的音量，院子对面从厨房出来打算叫他们吃饭的成臻刚好可以听见，“她是成玉的妹妹，成玉不在了，她就是我的妹妹，不管将来她长到多大，在我看来都只是孩子。”

“……那我呢？”林琅懵懂地问。

谢瑾年唇瓣轻抿，片刻后才说：“虽然我比你大了十岁，但还是希望你不要嫌弃，我会好好照顾你。”他转身抱住她，温暖的手掌在她后背拍了一下，温声道，“先去吃饭吧。”

林琅抬头看他：“你不去吗？”

“我还有事，一会儿再去，你先过去。”

林琅点头，放开他转身朝餐厅那边走，成臻看见立马回了厨房，靠在门后，耳边还回响着谢瑾年刚才的话。

看来，他是真的很喜欢林琅，也是真的不喜欢她。

不，确切地说，他是喜欢她的，也关心她，但那是长辈对于晚辈的照看，永远不可能掺杂任何男女之情。

算了，不是早就看开了吗？既然注定得不到，那么就和姐姐一样，只要他幸福就好了。

成臻抬手抹掉眼角的泪水，端着晚饭去餐厅，走进去的时候，已经满脸笑容。

谢瑾年在房间里，打开吩咐小郑买回来的笔记本电脑，回想着对方告诉他的流程，将线缆插在针孔摄像机上，导出里面的视频。

小郑在摄像机里放的是最大的内存卡，可以储存大约七天的录像，谢瑾年拿出一张纸，上面是小郑写下来的如何操作才可以在电脑上找到摄像机内存卡的步骤。他照着纸上写的一步一步操作，眉头始终皱着，不知道的还以为他遇上了什么难以破译的密码。

虽然不太擅长使用高科技电子设备，但只要有心，谢瑾年依然可以很快学会。

照着小郑写下来的流程，他很快在电脑上看见了录像文件，非常多，大概是一个小时一个文件，七天下来是一百六十八个小时，为了不错过任何他想要的画面，他必须一秒不差地全部看完。

今夜，注定无眠。

林琅都快吃饱的时候，谢瑾年依然没有过来，她皱起眉，放下筷子对成臻说：“我去叫他。”

成臻在一旁看手机，听见她说就笑着点了一下头，目送她离开，笑容渐渐变得有些遗憾，但也仅仅如此。

谢瑾年的房间关着门，窗户也关着，林琅看了一下门外的空调室外机，应该是开了空调，她琢磨了一下，还是敲响了房门。

“谢瑾年，你在干什么？为什么还不来吃……”

“饭”字还没说出口，门就被打开了，谢瑾年直接把林琅捞进了屋子里，随后朝着厨房那边提高音量道：“臻臻，早点儿休息。”

言下之意，他不吃晚饭了。

成臻有点儿惦记，可她也看见了，林琅被他拉进了房间，也许人家小两口有别的安排呢。

成臻慢慢吐了口气，收拾了餐厅，回房间休息。夜晚还很长呢，要好好休息一下，明天才有精神上班啊。

只是，刚才一起进屋的另外两个人，就注定没有时间休息了。

五十五

当林琅看见一向不青睐电子设备的谢老板房间居然有笔记本电脑时，已经够惊讶了。再看看电脑上的画面，三观已经基本被推翻重建。

“这个是……”林琅愣愣地看着，都不知道该发出什么疑问了。

谢瑾年翻看着文件夹：“有一百六十多个录像，我一个人不可能太快看完。”

林琅坐在他身边，将他的话补全了：“所以需要我来帮你一起看。”

谢瑾年微微颔首，他一直都很平静，仿佛这录像不是什么了不起的东西。

“去把你的电脑拿过来。”他吩咐道。

林琅已经完全蒙了，只能按照他的指示办，起身去自己的房间把笔记本电脑抱了过来，继续坐在他身边等待下一步指示。

谢瑾年看了她一会儿，忽然说：“你是机器人吗？”

林琅抿唇：“不是啊。”

“我不说，你就不知道该怎么做？”

他皱着眉，倒不是生气的模样，反而像是有点儿恨铁不成钢。

林琅吐了口气，将谢瑾年插在他电脑上的内存卡里的内容复制到自己的电脑上，然后留下了大约一半的文件，打开了一个对他说：“一人一半。”

谢瑾年点头，开始看录像，其实他也不确定能不能录下他们想要的东西，如果没有，估计会让林琅空欢喜一场。不过说起来，她好像也没有多高兴，表情一直比较严肃，偶尔还会皱起眉，她看着录像画面，心情会比他沉重许多吧，毕竟那是父母住过的地方，录像正对的位置还是她父母的牌位。

“真没想到，他还会给我爸妈立牌位呢。”林琅看了一会儿轻声说，也不需要谢瑾年回答，自顾自道，“可能是为了让他自己心安一点吧，毕竟做了那么多害人的事。”她轻嗤一声，用快进的方式查看录像，快进的速度并不算特别快，但也比一秒一秒地看快了很多。

谢瑾年偶然看见，表情空白了几秒，低声问：“怎么弄的？”

林琅望向他，发现他的电脑只是很平常地在播放录像，要真的照这个样子看下去，估计得看好几天吧。

林琅无奈一笑，手把手教谢老板怎么快进视频又不错过画面。谢老板到底是睿智的，她一说他就知道了，于是两人便开始熬夜看录像。

但很可惜，看到半夜一点多的时候，他们还是没有任何收获，偶尔有几次看见林瑞正进了房间，两人不可抑制地兴奋起来，到了最后却瞧见他只是上了一炷香，没有做任何别的事，也没说一句话。

看着剩下的视频文件，林琅渐渐地有些灰心，她抬眼去看谢瑾年，他依旧目不转睛地盯着电脑屏幕，明明不是他的事，可他却做得那么认真，那她有什么理由懈怠呢？

林琅咬住下唇，继续看视频，两点钟的时候，谢瑾年忽然开口说：“去休息。”

林琅虽然的确困了，但还是不甘心，靠在他身上继续看录像，不说话。

谢瑾年直接低下头来和她面对面，她下意识按了一下鼠标将录像暂停，眼前的他也不说话，只是沉默地和她对视，两人对视几秒，她还是败下阵来。

“好吧，我去休息，那你也休息。”林琅直起身，不情不愿地说。

谢瑾年看了看电脑右下角的时间，也不知道答应了没，只是说：“去睡吧，明早再看。”

林琅有点儿不舍，忍不住抓着他的手说：“我在这里睡好不好？”

这下轮到谢瑾年愣住了，半晌才瞪着她道：“你知不知道自己在说什么？”

林琅点头：“知道啊，我想和你一起睡。”

谢瑾年闻言，彻底不说话了，就那么坐着盯着她，等她不自在地想败退时，他才抿唇说道：“我看起来那么像柳下惠吗？”

林琅先是茫然了一下，等反应过来顿时红了脸，捧着脸站起来：“不是……我只是，心里有点儿不舒服，不想离开你。你拿到这些录像不容易吧，虽然不知道你怎么做到的，但你做这些肯定都是为了我，让你为了我去做你本来不屑做的事，我觉得很内疚，所以……”

“所以想要以身相许？”

谢瑾年眼神复杂地看着她，黑白分明的眸子里分明有着除了疑问之外的东西，那东西带着些色彩，林琅对上这种视线，心跳变得更快了。

他一点点靠近她，直到两人的鼻尖几乎贴着鼻尖时才停下，她心慌慌地直视他，他望回来，薄唇开合，轻声道：“下次再这样，就不会放过你了。”

林琅整个人都已经快烧起来了，好在他很快就后撤了身子，她连滚带爬地站起来，居然还像晚辈对长辈那样鞠躬致歉，随后才转身跑掉，看得谢瑾年本来不算太好的心情也愉悦了些。

这应该就是恋爱的感觉，恋人的存在，就是让你随时随地感受到一种幸福。即便你上一秒还在沉郁和纠葛，下一秒却又能会心微笑。

门被林琅从外面关上，她没有拿回笔记本，这样也好。谢瑾年将她的电脑放在他的电脑旁边，关了房间的灯继续看录像。

回到房间简单洗漱后，林琅换了衣服躺到床上，尽管一直在说服自己早点睡，睡醒了就可以继续看录像了，可还是不太能睡得着。

她不甘心地爬起来走到窗边，透过窗户看向谢瑾年那边，屋子的灯虽然关了，但还是可以在夜晚中察觉到一些亮光，那应该是电脑发出来的。

她才不会觉得是对方睡着却没关电脑，按照谢瑾年一贯的个性，今晚肯定不会休息了。

他总是在不言不语的情况下为她做很多，照顾她的情绪。她现在无比庆幸自己没有因为看见他出现在林家门口，和林菁彼此熟悉而产生误会，那样的话，就太对不起为她做了那么多的他了。

再次回到床上的时候，林琅吃了两片安眠药，盖上被子闭起了眼。

不是没想过再回去，也不是没想过让谢瑾年也休息了，但这种时候，总觉得顺着他的意思会更好，如果这样擅自跑过去，想起她临走时他的威胁……今晚说不定他们真的会发生什么。

只要一联想到这些林琅就忍不住脸颊发热，她干脆蒙上了被子，开始在脑子里数羊。

安眠药开始生效，林琅渐渐进入了梦乡，这时已经凌晨三点了，天黑得彻底，万籁俱寂，一切都静悄悄的，除了谢瑾年的房间。

录像带有声音，谢瑾年会在林瑞正出现在画面上时才打开，但一直都没什么发现。

他有时候会在牌位前面站很久，可什么也不说，就那么看着，因为是背影，又无法确定他的表情，事情就变得有些难办。

看着录像文件一个一个减少，谢瑾年的心情不比林琅好太多。如果这条路不可行的话，连他都不太清楚接下来还能怎么帮她。

她已经走上了绝路，而他并不希望她将绝路走完。

此时此刻，宫辰同样也没休息。

因为林琅的事，他打定了主意要和林瑞正死磕到底，想起林琅狼狈难过的样子，他就睡不着觉，也免不得在心里替她祈祷，可以出现一些转机。

或许是老天听见了这些人的祈祷，凌晨六点多的时候，谢瑾年终于在录像里有了发现。

看一下录像的时间，应该是林琅上次提到过的，林瑞正乱点鸳鸯谱，要让她和前未婚夫恢复婚约那一天，当天具体发生过什么，谢瑾年并不清楚，但可以猜到一个大概。林菁想解除婚约，林瑞正想让林琅来弥补对杨家的失约，可是林琅拒绝了，非常果断，林瑞正对此挺有感触，因为这让他想起了她的母亲。

在录像里，他就是这么说的："琅儿这孩子，有时候真的很像你呢，当初你也是这么果断地拒绝我，头也不回地跟大哥在一起了，难道就因为你怀了他的孩子吗？”画面上，林瑞正背对着录像，声音却十分清晰，他手里摆弄着一炷香，轻声细语地说，“不过也罢了，你就是这样的，觉得自己不干净了，配不上我，又觉得大哥帮你家还了债，所以无以为报吧……”他嗤笑一声，“所以不难理解啊，我明明告诉了你，我不会放弃报复的，你还是替我隐瞒了大哥那么多年。真想问问你，出车祸的那一瞬间有没有恨过我呢？我明明给你发了短信让你不要上车，你真以为把车子送去检修一下确定没人动过手脚就不会有问题了？”

这句话让人不得不兴奋起来，谢瑾年紧盯着屏幕，画面上的林瑞正慢慢转过了身，一步一步地走向婚纱照的方向——也就是针孔摄像机所在的方向。

谢瑾年皱起眉，双手不自觉地握成了拳，这种和林瑞正对视的微妙感觉令人心绪复杂。

忽然，林瑞正对着镜头笑了，这个笑当真是把人吓一跳，好像他已经发现了摄像机一样，但下一秒，他便再次开口不屑道：“婚纱照上明明笑的如此牵强，为什么非要嫁给他呢？”

谢瑾年刚才凝住的心慢慢松下来，原来他只是在看婚纱照。

林瑞正说完，就坐在了床边，因为角度问题，现在拍不到他所在的画面，录像里也有很长一段时间没有声音，过了将近十分钟，林瑞正的身影才再次出现在画面里，他回到牌位前，将手里的香插上去，转开了身，似乎要走。

谢瑾年有点儿失望，原以为可以录到一些什么，可最终不还是模棱两可的东西吗？

可是，在林瑞正打开门的时候，一切又峰回路转。

他回过头，盯着牌位后的照片说：“一起生活了二十几年，你一直替我隐瞒想要复仇的想法，是想弥补我？你也知道你欠我吗？”他扯扯嘴角笑道，“算了，反正现在你们都死了，我就原谅你的始乱终弃和大哥的横刀夺爱好了。至于你们的女儿，她今天拒绝和你们之前给她安排的女婿复合了，不过别担心，我会替她找个好男人的。”他莞尔一笑，将“好男人”三个字咬得很重，笑容阴鸷而刺眼，额头青筋凸起，显然情绪激动，“不要怪我，不是我要害死你的，是你自己非要上车。蠢女人，有问题的根本不是车，是车上的香水，估计到了天堂，你还以为是因为司机疲劳驾驶才出的事吧。”

林瑞正最后的表情已经有点儿狰狞，谢瑾年停止了录像，望向门口说：“进来。”

正在门口鬼鬼祟祟偷看的林琅立刻站直身子推开了房门，高声道：“是！”

五十六

林琅走进去的时候，谢瑾年端坐在椅子上，面前的桌上有两台笔记本电脑，屏幕亮着，显然是忙碌了一整夜，只是看向她的眼睛里没有疲惫。

“过来坐。”

他轻声开口，语调有些沙哑，到底还是暴露了一丝彻夜未眠的倦意。

尽管林琅很想知道在录像里有没有什么发现，但看见这样的他就顾不上那些了，看来女人真的很容易被感情冲昏头脑，即便是背负了如此过往此刻也无法将注意力从谢瑾年身上移开。

“累了吧？为什么不睡觉？不是说好了一起睡觉吗？”

她坐在他身边，一只手抓着他的手，另一只手轻抚过他的眉眼，明明是那么暧昧的动作，两个人做起来却没有丝毫的情欲色彩。她轻颦着眉，眼中有显而易见的心疼，谢瑾年的反应相对而言有些过于平淡，他的五官总给人冷冷清清的感觉，尤其是在不笑的时候，就更显得凉薄冷漠。如果用颜色来形容的话，他就是白色。

但就是这样一个冷色调的人，在她眼中却泛着温暖的光。

“那些不重要。”他开口说话，低柔的嗓音带着特别的质感，“我发现了一点儿东西，想看吗？”

这诱导性的话语，其答案自然是肯定的。只是到了这个地步，林琅忽然有一丝怯意。真的要看吗？一直以来她都在寻找事情的真相，可当真相就要揭开时，她又有点儿迟疑，不知道是否要面对那些丑陋的东西。

“是他做的吗？”她轻声问着，眼睛注视着电脑屏幕，画面被暂停了，暂停在林瑞正站在她父母卧室的门口处回头的那一瞬间，他的表情狰狞恐怖，她从没见过他这样的模样。

在林琅的印象里，她的叔叔就是君子如玉的代表，她从小到大都没见过他发脾气，他对待任何人都谦和有礼，对待她父母也从来都礼数周到，但凡遇见与父亲意见相左的时候，都会自然而然地退让，将父亲的意见视为圣旨，即便他可能心里对此颇有异议。

她念书时，有时候父母会没时间接她放学，都是林瑞正和司机一起过来接她。其实他根本不必这样，因为有司机接送，不会有什么事，可他还是坚持如此。他总会说，除了亲人之外，没有人是可以完全信任的，她是林家的大小姐，是父母的独女，身上的价值足以让一个司机为了财富和权势而伤害她，所以在没有父母照看时，他作为叔叔，一定要担负起责任。

她那个时候感动得都哭了，小女孩的心终是柔软而脆弱的，可以轻易地被对她好的人俘虏，她也没有例外。从那之后，她就一直很喜欢自己的叔叔，每次他过生日，她都会费尽心思地准备特别的礼物，每次林瑞正都会先拆她的礼物，看到之后总会感动沉默，偶尔眼睛里有泪光闪过。那时候林菁还会吃醋，那明明是她的父亲，为什么要先拆堂姐的礼物，还对她的礼物那么感动？

现在想想，林瑞正可真是影帝，二十几年的朝夕相处，他步步为营，为的就是在二十几年后的某天，让她在无枝可依的情况下，完全信任地签下那份会让她丧失一切的协议书。

真的要看吗？当然是要看的。

“除了亲人之外，没有人是可以完全信任的。”

他到底是如何说出这句话的？说这句话时，心中是不是在冷笑？看着她愚蠢地为此掉眼泪，是不是沾沾自喜？

“打开我看看吧。”林琅吐了口气，轻声开口。之前她沉默了很久，其间谢瑾年一直很安静，他总能拿捏好分寸，既不打搅人沉思，又让人感觉到他的存在，从而倍感安心。

谢瑾年将录像的时间往回调了调，林琅看了一眼录像右上角的时间，她记得很清楚，这是她拒绝了林瑞正让她和杨翌承恢复未婚夫妻关系的那天。

那时候她丢下了绝对的拒绝转身离开，看来他也是不高兴的，否则不会在那天晚上来到父母的房间说一些暴露自己的话。他总会透过她的脸看着别人，那个人应该是她母亲，她让他想起了过去。

在录像里，他的言语也证实了这一点，林琅抬手轻抚过自己的五官，她无疑是美丽的，毕竟她的母亲沈思辰比起林菁那个不知道在哪儿的母亲要好看得多。林琅完全继承了母亲五官中的优点，不笑的时候有七分相似，她忽然很想知道，如果她穿着母亲的衣服，打扮成母亲的样子站在林瑞正面前，他会不会觉得有一点儿心虚和难过？

视频的时间不短，中间有一段林瑞正一直沉默着坐在床边，后来他走的时候，才说出了事情的真相，那些真正让林琅和谢瑾年期待的东西。

这段画面即便谢瑾年已经看过一次，现在再看还是令人不适。

他一个外人尚且如此，更不要说林琅了。

录像播放完，谢瑾年从抽屉里取出U盘，将录有证据的视频拷贝进去，交到林琅手中。

“我在公安局门口曾经碰到过你一次，还记得吗？”他轻声询问。

林琅表面上没什么特别的表情，有可能是太过激动，以至于已经没有表情了。

她握住那个U盘，点了一下头，有点儿自嘲地说：“那个时候我精神不集中，差点儿被车子撞到，是你救了我。”

谢瑾年柔和的目光注视着她，温声道：“是去见处理你父母案子的警察了吧。”

他总是那么聪明，不用她回忆，不用她描述，他就可以猜测到所有，这让她感到前所未有的轻松和安稳。

她颔首，算是应了下来，谢瑾年朝她伸出手说：“手机交给我，我来找他谈。”

林琅抿了抿唇，她现在的心情的确不适合亲口和霍远警官说这件事，恐怕说到一半就会激动得语无伦次，谢瑾年总能考虑得很周到。

她拿出手机，找到霍远的电话，将手机交给他，望着他的眼中带着期许。

在林琅期盼的注视下，谢瑾年拨通了霍远的电话，霍远此时正在外面处理案子，身边还有吵吵嚷嚷的闹事者，他稍微一抬手对方就大喊着：“警察打人啦！”霍远白了他一眼，从口袋取出手机，对方一看他只是拿手机，黑黝黝的脸上浮现出尴尬的神色。

“喂，你好，我是霍远。”霍远接起电话自报家门。

“霍警官方便听电话吗？”谢瑾年客气地询问，得到对方肯定的回答后，便在对面嘈杂的环境里做了自我介绍，“我姓谢，是林琅的……男朋友。”

他说完这句话，林琅顿时红了脸，紧张之中多了一丝窘迫和欢喜。

霍远想了一会儿才说：“林琅？是……林瑞程的女儿？”

谢瑾年表示了肯定，霍远接着问：“谢先生有什么事吗？”

谢瑾年看了林琅一眼，只是说：“关于林琅父母的车祸案，我们有了新的发现，可以证明那不是一场意外。”

霍远眼前一亮，瞥了一眼还在吵闹的小摊贩，直接钻进了车里，对同事说：“我有大案子要查，你们处理这件事，我先走了。”他说完就开车离开，目视前方勾着嘴角道：“电话里说不方便，我现在马上回局里，你们也过来吧，我们见一面，带上你们的‘新发现’。”

谢瑾年应下来，随后挂断电话，他开了免提，霍远的话林琅听得很清楚，电话一挂断她就攥紧了U盘站起来说：“我去换衣服，我们马上出发。”

谢瑾年看了看电脑右下角的时间，才早上七点多，这会儿庄奶奶刚起，还在院子里浇花，看见林琅一大清早穿着睡衣从谢瑾年的房间里出来，必然会多想。

她目瞪口呆地盯着谢瑾年的门口，等他本人从里面走出来的时候，庄奶奶就抽着嘴角道：“我说，你们发展得也太快了，我们老年人真是跟不上节奏了。”

谢瑾年猜到她误会了，但也没解释，因为即便解释了对方也不会信。

他只是点了一下头说：“今早不在家吃饭了，不用做我和她的。”

庄奶奶丢下水壶站直身子说："谢老板，我是看着你长大的，现在就问你一个问题。"

谢瑾年本来要进屋换衣服，听见她说话又停住脚步看回来："什么？"

庄奶奶严肃地说："你打算什么时候娶林丫头过门？"

林琅换好衣服背着包出来时正好听见庄奶奶这句话，脸上的表情比谢瑾年冷清面瘫的样子精彩多了，她半晌才说："庄奶奶，怎么忽然问这个啊？"

庄奶奶回头看向她："你出来了正好，你们都发展到这一步了，谈婚论嫁不是理所当然的事吗？谢老板无父无母，我就算是他的长辈了，林丫头你爸妈也不在了，提亲这事儿我直接跟你自己说就可以了吧？"

这话越说越偏了，林琅硬着头皮说："庄奶奶，你是不是误会了什么？"

庄奶奶瞪大眼睛："我能误会什么啊？你一大清早衣衫不整地从他房间里跑出来，除了我想的那个，还能有别的吗？"她苦口婆心，"林丫头啊，你别害羞，事到如今，结婚的事必须提上日程了，我不能让人家说我们谢老板吃了不负责。"说完，她也不听林琅解释，念叨着要去看黄历，找个好日子把亲事定下来，就直接回了房间。

林琅站在院子里，远远地与谢瑾年对视，他倒是十分闲适，一点儿都不着急的样子，她无奈地跑过去，站在台阶下面仰头看着他："你难道不去解释一下吗？"

谢瑾年靠在门边，有那么一瞬间林琅觉得这位总是云淡风轻的世外高人身上，多了一股纨绔子弟的散漫和轻佻，但眨眼间又不见了。她揉揉眼睛，嗯？眼花了？

“随她去。”他只说了三个字便转身进了房间，林琅猜想他肯定是去洗漱换衣服了，想进去看看又不好意思，只好站在外面等。

过了约莫十分钟，谢瑾年便走了出来，这么短的时间，他洗漱过，只换了一件衬衫，身上还是昨天那套深灰色的西装，领带搭在颈项上没有系，应该是时间来不及。

“走吧。”

他握着车钥匙先行一步，林琅磕磕绊绊地跟上，两人并肩走在胡同里，她眼睛一直盯在他的领带上。

等两人上了车，她的视线依然没有挪开。

谢瑾年终于转头看她，一针见血道：“想替我系？”

林琅猛点头：“我帮你吧，我会哦，你喜欢什么结？”

谢瑾年说了最简单的一种：“温莎结。”

林琅喜滋滋地倾身上前为他系领带，他迁就着她朝前倾身，在她系领带的时候一直目不转睛地看着她。温热的呼吸吹在她脸上，她感觉浑身燥热难耐，车里的空调已经不足以让她冷静下来了。

偏偏就在这时候，谢瑾年不紧不慢地说了一句：“替我系过领带，就要嫁给我。”

林琅瞬间愣住，惊讶地望着他，他不闪不避，就那么回望着她，她噎了半晌，才小声说：“这是求婚吗？”

谢瑾年的目光柔和极了，像温暖的水一样，将她整个人包围着。

然后就看见他点了一下头。

林琅顿时觉得，她人生中最幸运的时刻大概就是今天了，找到了林瑞正犯罪的证据，得到了意中人的求婚，她灰色的天，终于又拨云见日了。

五十七

霍远很快回到了公安局，一进门就开始寻找林琅他们的身影，可惜一无所获。

“没人找我吗？”他拉住一个熬了夜的同事问。

同事顶着两个熊猫眼说：“你想让谁来找你啊？破案狂！”

霍远呵呵笑了一下，放开同事，对方没精打采地端着浓茶离开，他来到窗边朝外看，又抬手看看腕表，嘀咕了一句：“是堵车了吗？我都回来了他们还没到。”

其实这会儿还不算堵，没到早高峰，只是谢瑾年开车一向很稳，速度不快。

他们八点多到达了公安局门口，霍远早就等得不耐烦了，正准备拿出手机催促，他们要是晚进来一分钟，他电话就打过去了。

林琅和谢瑾年一进门，就看见霍远迎面走了上来，看上去有点儿焦急，不等他们打招呼便说：“来，跟我走。”

他挥挥手，走在前面带路，把他们带进了一间办公室，招呼他们坐下之后立刻说："前情先略，把你们的新发现给我看看。"

霍远很急切，他会因为他们一通电话就直接放下手里的事赶回来，说明他对这个案子也很看重，这对他们来说是件好事。

林琅也没兜圈子，直接把U盘交给他，霍远特别熟练地起身走到电脑前坐下，插上U盘，查看里面的文件。

里面就一个视频文件，倒是不难找，点开之后是某个房间一个小时的录像，因为之前他负责侦办林琅父母的案子，所以这间屋子的布景他都非常熟悉。

"你们怎么拿到这个视频的？"霍远停住了视频，皱眉看向他们俩。

林琅张张嘴不知道怎么回复，谢瑾年直言道："霍警官先看视频，看完之后我们再说这些。"

霍远锁着眉看了他们好一会儿，才收回视线继续看视频。

因为电脑没有外放音响，所以看这段录像时霍远戴上了耳机，他的表情随着时间的推移越来越严肃，林琅这边听不见耳机里的声音，也不知道他什么时候可以看完，只能紧盯着他的侧脸，期待他摘下耳机的那一刻。

过了足有半个多小时，霍远才摘掉了耳机，里面的内容让他不得不为之震惊。

"虽说是这样，"霍远语气生硬道，"下次也不要擅自这么做，你们可以联系我，作为警察，我做一些事会比你们方便和专业。"

林琅快速点头，她有点儿着急地说："那这个视频可以用来证明林瑞正是害死我爸妈的凶手吗？"

霍远关闭视频，将U盘攥在手里，望向林琅说："虽然它的来源有点儿瑕疵，但里面的内容很完善，林瑞正自己说的话足以证明他和你父母的车祸有直接关系，但是……”他皱起眉，“目前只剩下视频这唯一一个证据，恐怕提起公诉时会被对方的律师掐着视频来源作为突破点，还有没有第三个人知道录像是怎么拍摄的？”

林琅看向谢瑾年，谢瑾年摇头道：“只有我们三个人知道。”

霍远摸了摸下巴说：“之前林先生和林太太出车祸那辆车在事故科做过检查，没在车体本身上发现问题，那辆车在定案之后已经做了报废处理，估计早就被林瑞正销毁了。车上的香水就算他没处理掉，车祸时也很可能被损坏了，当时的情况很严重，车子猛烈撞击后引起燃烧，车内的装饰已经面目全非。”霍远琢磨了一下，忽然说，“我们这样做……”

傍晚时分。

林氏集团董事长办公室里，林瑞正如往常一样签完了最后一份文件，起身准备离开。忽然，口袋里的私人手机响了起来，他拿出来一看，眉头皱起，有些意外。

是林琅的号码。

他停顿片刻，接起电话，换上和蔼的声音说：“琅儿？真意外你还会打给我。”

林琅那边安静了一会儿才说：“叔叔，我想见你最后一面，可以吗？”

林瑞正轻笑一声：“是吗？为什么？”

“大概就是失败者最后的不甘心吧，我有很多疑问想问你，你可以和我聊聊吗？”

按照林瑞正小心翼翼的性格，他是不会答应的，但就在他要拒绝的时候，林琅忽然说：“我母亲告诉过我一些事，是关于你的，你不想听听吗？除了周叔叔告诉我的那些，还有别的哦。”

只要提起林琅的母亲，林瑞正的心情就会发生转变，就像此刻，他本来都要果断拒绝了，最后却答应了下来，由他挑选了见面地点，和对方约定了时间。

晚上七点半的时候，林琅跟谢瑾年还有霍远到达了林瑞正订的餐厅。

西餐厅很奢华，霍远今天穿的便衣，并不惹眼，他和谢瑾年先是装作不认识林琅的样子，单独在大厅坐下，点了餐，等林琅问到房间号的时候，才跟她用短信交流，然后由谢瑾年留在座位上等待，以免引起侍者们的怀疑，霍远则打着上卫生间的幌子起身去找林琅。

霍远是专业搞刑侦的，甩开几个侍应是小菜一碟，他有很强的方向感，很快找到了林琅所说的包间，等周围没人的时候，快速开门走了进去。

“霍警官，接下来怎么办？”林琅紧张地问。

霍远将耳朵上的耳机给她看了看，笑着说：“别担心，我现在把窃听器安到桌子下面，你看顾好。这个耳机我和你男朋友一人一个，一旦有什么问题我们会马上进来，至于你们的对话，我会全部录下来，你想办法套他的话，到时候拿这个作为证据，会更加无懈可击。”

林琅点头答应下来，看着霍远蹲下来将窃听器安装好，他安好之后就离开了，速度非常快，总共不到五分钟，十分专业。

接下来的一切，就全靠她了。

林瑞正那么小心的人，会把真实情况说出来吗？

在他理智还在的时候，肯定是不会的，林琅想了想，把头发绾了起来，身上只穿了一件单薄的白裙子，没带手表，手机也锁着屏幕放在桌上，这样一来，对方在说话前观察她身上没有可以录音的设备，应该会更放肆一点儿吧。

这样想着，林琅坐到了椅子上，下一秒，包间的门被人打开，林瑞正出现在门口，淡淡地看了她一眼，走了进来。

外面，谢瑾年和霍远已经知道他来了，他们坐在角落里，目睹了林瑞正来了之后询问侍者林琅是不是一个人来这里的全程。等对方走进包间，霍远意味深长地笑了。

“下面就得看林小姐的了，谢先生会担心吗？”他望着谢瑾年问。

谢瑾年按了按耳中的耳机，淡淡说道：“不担心，她可以做得很好。”

霍远有点儿意外，嘴角笑意加深，耳机里开始出现一男一女的对话声。

时间到了。

好戏开场了。

五十八

林瑞正走进来的时候，林琅站了起来，她已经不再掩饰自己对他的怨恨和厌恶，从眼神到表情都透露着讽刺和嘲笑，好像他不是一个人，只是一具行尸走肉。

林瑞正几秒钟便将她整个人的状态分析过了，头发上、衣服上，没有可以留下证据的东西，桌面上放着手机，屏幕朝上，正黑着，没有打开，也不会有问题。

这间西餐厅是林氏集团旗下的，他在这里见面自然也说明他对这里很放心。外面的人都是他的眼线，她是一个人来这里的，进来之后就没出去过，从包间的环境来看，她也没动过什么。

“坐下吧，站着不累吗？”林瑞正判断完毕，抬脚走到林琅对面坐下，见她还是站着，好整以暇地靠到椅背上说，“见我要说什么？你知道的，叔叔很忙，没什么时间陪你在这里浪费时间。”

林琅闻言忽然露出一个笑容，她慢慢坐下来，用一种从未有过的眼神望着他，那是她母亲拍照时喜欢的姿态和眼神，她这样看着他，让他一时间有些恍惚，坐在他面前的到底是谁。

察觉到林琅的用意，林瑞正皱起了眉，不再扮演笑面虎，露出了他的本来面目。

“怎么，叔叔为什么不笑了？二十几年了，你一直都笑得那么温和，现在你把我爸妈都害死了，又骗走了我手里的股份，一个人在林氏集团独大，应该只会更高兴吧？为什么不笑了？”

林琅的话充满了陷阱，林瑞正并不打算踩雷，只是冷淡道：“琅儿，饭可以乱吃，话可不能乱讲，我们虽然是叔侄，但你再乱说话，我一样会去告你的。凡事要讲证据。”

林琅挑挑眉，语笑嫣然道：“你真的要去告我吗？你在我妈心目中，可不是这样一个人啊。”

提起沈思辰，林瑞正的表情就有点儿凝结，林琅抓住机会继续说：“她到死都不知道是你害了她，亏她之前还一直跟我说叔叔是个好人，只是一时糊涂，她愿意替你赎罪。二十几年了，她每周去教堂礼拜，你知道是为谁吗？全都是为了你啊，我爸他很清楚，可他从来没说过一个字，这就是你和他的不同。你只要受到一点儿不公平对待，就会记在心里，等到日后报复，你说我妈到了天堂知道了他们死去的真相，会作何感想？”

林瑞正皱起眉，面目冷然，刚要说什么，林琅直接打断他：“林瑞正，我真看不起你，你不值得我妈妈曾经那么喜欢你，你看看你自己现在是什么样子？你就是个杀人犯！”她站起来，凝视着林瑞正道，“你一直觉得我妈对不起你，她欠了你是不是？可欠了她的人明明是你才对！”

林瑞正显然有点儿被激怒了，他拧眉瞪着她，双拳紧握，半晌才说：

“不要胡言乱语，琅儿，上一辈的事，你作为一个晚辈，是不会明白的。”

林琅笑了一下说：“我当然明白了，你今天肯和我见面不就是想知道我妈告诉过我什么吗？我现在就告诉你。”她一字一顿道，“她什么都没说过，如果我不这样说，你根本不会来。”她嗤笑一声，“她没有跟我提起过任何你和她的事，是不是忽然觉得很失望？抱着希望而来，却发现曾经喜欢过的人根本不曾对她的孩子提起过你，是不是更恨她了？”

林瑞正使劲拍了一下桌子，从椅子上坐起来，看着林琅的眼中是几乎喷洒欲出的愤怒。沈思辰是他的死穴，他们那段夭折的爱情和最终痛苦的感情走向是他这辈子的枷锁。二十几年过去了，当年的知情人死的死，散的散，偶尔留在身边的，也对这件事唯恐避之不及，林琅是第一个敢在他面前如此激烈提起此事的人，他有点儿失去理智，但关键时刻还是忍住了，冷笑一声，抬脚想走，却被林琅挡住。

“让开。”林瑞正冷漠道。

林琅眯着眼说：“我不让开，你为什么要走？心虚了？”

林瑞正抬手想把她推开，林琅直接说：“你让人放在我爸车上的车载香水，味道一定很好闻吧。”

林瑞正表情猛地一变，阴沉沉道：“你说什么？”他回过头，又将包间用眼睛检查了一遍，直接走过去，将林琅的手机强行关机，又把她背包里的东西朝地面全部倒了出来。

噼里啪啦，林琅背包里的东西掉在了地上，除了一些女孩子常常会带的化妆品和纸巾外，还有一张照片，上面是他们一家人的合照。

这里的一家人显然是字面意思，因为上面有林菁和林瑞正。

林瑞正看着那张照片，眉头紧锁，那上面他和林瑞程并肩坐着，林琅的母亲靠在林瑞程身边。作为林瑞程的女儿，林琅本该站在林瑞程身后，可照片上的她却和林菁交换了位置，不为别的，就因当时他们叔侄俩的关系特别好。那时候，林琅根本不知道自己一向亲近的叔叔正在筹划着什么阴谋诡计。

林瑞正慢慢蹲下，将那张照片捡起来，林琅走到他后面，继续刚才的话："那香水，叔叔准备了好长时间吧，也给我准备一个吧，我最近睡眠特别不好，闻了叔叔准备的香水，肯定可以睡到天荒地老，说不定还会产生幻觉，你说是不是？"

林琅细弱的声音就在身后，林瑞正回过头去，两人四目相对，过往的一切好像视频快进一样掠过脑海，林瑞正冷笑一声，问她："你真想要的话，我不介意给你一个。"

林琅心头一跳，知道关键时刻到了，她稳住呼吸，接话道："然后让我像我父亲一样，因为闻了你加了料的香水产生幻觉，直接从包间的窗户那儿跳下去，回头你可以说我嗑药了，把责任推得一干二净，是不是？"

林瑞正朝前走了一步，逼视着她意味深长道："琅儿，我本来想给你一条生路的，可你不识好歹，那就怪不了我了。"他抬起手，将那张照片一点点撕碎，似笑非笑道，"你是怎么知道那件事的？是那个司机的家属透露了什么吗？"

此话一出，在外面监听的霍远立刻打电话给外围布控的其他同事，让他们去抓紧寻找林瑞程夫妇出车祸时开车司机的家属，随后继续关注包间里的情况。

"是又如何，不是又如何？叔叔，那个司机已经死了，难道你还打算把他的家人也赶尽杀绝？"林琅咬着下唇，看上去有点儿强撑的模样，但没关系，事情已经朝着好的方向发展了。

林瑞正扯了扯嘴角，冷然道："看来真是贪心的一家人啊，拿了我那么多钱还要出来乱搞事，有好日子不过，偏要走上绝路，这能怪得了我吗？”他用可惜的目光看着林琅，“琅儿，你现在还有钱来收买他们吗？你付出了什么代价？该不会和你妈一样，为了钱，出卖自己的身体和感情吧。”

林琅想起周峰的话，她父亲曾为母亲家还了一笔巨额债务，那是作为林家次子的林瑞正当时拿不出的数额。他大概心里一直记恨着这一点，觉得她母亲就是因为钱和权力才倒戈她父亲的吧。

“别管我做了什么，总之我抓到了你的把柄，老老实实告诉我吧，就是你让司机把有问题的车载香水放在车里，你算好了我二十四岁生日那天我爸妈肯定会连夜赶回来，所以你把这场谋杀伪装成意外事故，拿钱收买了那个司机的家人，让他们不要乱说，是不是？”

她越问越激动，看着她愤恨的样子，林瑞正不屑道：“是又如何？不是又如何？现在的你太弱了，琅儿，你知道了这么多事，我不可能再放过你，这条路是你自己选的，到了另一个世界，可不要怪我没给你机会，看在我也当了你二十几年叔叔的份上，我原本是想放过你的。”

林瑞正狰狞地笑了，他忽然从口袋取出一个试剂瓶，那应该是他来的时候就准备好的，他将试剂瓶打开，用力地抓住想要逃跑的林琅，用巧劲扣住她的胳膊就要给她灌下去。有那么一瞬间，林琅似乎感受到了父母出车祸前的不甘和绝望，他们还没来得及和她道别，即便每个人都会有死的那一天，可谁会希望这样不清不楚地死去呢？更不要说，死后连遗容都那么糟糕。

林琅有点儿恍惚，试剂瓶里的液体几乎就要被倒进她的口中，包间的门被人从外面撞开，霍远在前，谢瑾年在后，两人将林琅拉了过来，霍远控制住了林瑞正。林瑞正不可思议地看着忽然冲进来的两个人，他们都不算陌生，一个是他前段日子新认识的知己好友，另一个……是处理林瑞程夫妇车祸案的警察霍远。

“林先生，打搅你杀人灭口了。”霍远冷笑一声，“跟我走一趟吧，林董事长。”他讽刺地叫出林瑞正现在的名号，后者反应过来后表情变得特别激动，他急促地喘息着，像是压抑许久的本性终于爆发了，他努力挣扎，想要挣开霍远的桎梏，霍远直接将手铐铐在了他和自己的手腕上。

等好不容易再次控制住他，霍远才舒了口气说：“林董还是别挣扎了，您刚才所说所做我们都知道得清清楚楚，这玩意儿可都录下来了。”他用另一只手扯下桌子底下的窃听器，在林瑞正眼前晃了晃。

林瑞正目光如炬地望向林琅，她靠在谢瑾年怀里，感觉到他的视线便回望了过来，那一刻他才猛然发现自己被设计了。

恰好这时，其他警察也赶到了这里，其中一个对霍远说：“霍队，那个司机的家人已经联系上了，对方已经承认他们收了林瑞正的钱，将林瑞正的作案事实给隐瞒了下来。”

林瑞正如梦初醒，他这是被诈了啊，其实他们还没有查出是谁将香水放到那辆车上，是他自己说错了话，给了对方机会。真是令人讨厌的失败感。

林瑞正站直身子，吸了口气，又慢慢吐出来，他忽然望向谢瑾年，意味深长道：“是你吧，你在林家留宿过一晚，是你做了手脚。”

他想起来了，在认识谢瑾年之后，他只有一天去给那对夫妻上香的时候说了几句话，除此之外他完全想不出自己哪里做得还不够完美。而且，谢瑾年后期还去了一趟林家，没等他回去就走了，他那时做了什么，昭然若揭。

“你在那个房间里做了什么？”林瑞正问着，其实也已经想明白了，

“你在那个房间放了东西，你居然……”

他的话还没说完就被谢瑾年打断了，他很平静地用林瑞正刚才对林琅说的话反驳了对方：“林先生，饭可以乱吃，话不可以乱讲，尽管我们曾经算是客户，但乱说话我一样会告你的，凡事要讲证据。”

因为那份录像的来源可能会成为对方律师辩护的关键，他们已经打算放弃那份证据，现在有了其他更有利的录像证据以及人证，那些就当作从来没存在过。

林瑞正怒极反笑，指着他说：“你和林琅什么关系？为什么要掺和我们家的事？”

林琅直接挡到谢瑾年面前，她已经冷静了下来，目不转睛地看着林瑞正说：“那是‘你’的事，没有所谓的‘我们家’一说。从你害死我父母开始，你就不是林家人了，死去的爷爷奶奶和我爸妈都不会承认你。”略顿，她看了一眼谢瑾年，再次望向林瑞正，冷笑道，“另外，介绍一下，这是我的未婚夫，他才是名正言顺的林家人。”

林瑞正面色苍白，一砖一瓦垒起来的心防彻底崩塌，临近深渊的绝望以及害死人之后每日每夜的不安席卷了他，他极度慌乱，甚至有点儿眼前发黑。

真没想到，他聪明一世，竟然栽在了一个认识不到一个月的年轻人身上。

林瑞程，沈思辰，他们的在天之灵也该瞑目了吧，那么，就不要再来缠着他了。

现在这一切，不都是对他的惩罚吗？

五十九

得知父亲被捕的消息，林菁立刻带着林氏集团的法律顾问赶到了公安局。当她看见谢瑾年和林琅一起站在那儿的时候，就知道事情不简单了。她用一种遭背叛的眼神瞪着谢瑾年，紧握双拳激动地走上来，却在下一秒被人挡住了视线，这不是别人，正是站在谢瑾年身边的林琅。

“林小姐，恕我直言，盯着别人的未婚夫看，可不是一个好习惯。”

她笑得张扬却不失温和，与林菁记忆里那个养尊处优的林琅慢慢重合，林菁忽然有点儿心虚，后撤了一步，但片刻后又咬着唇朝前走，指着林琅说：“你让开。”

林琅比林菁高一点儿，两人对峙的时候身高优势就显了出来，她嘴角笑意加深，那么长时间的憋屈日子已经快磨掉她的本性了，如今可以尽情释放出来，她何必再忍着？

而且，谢瑾年就站在她身后，那是她名副其实的男人，虽然没有戒指和玫瑰，但她也不需要那些冠冕堂皇的东西，她打心底里相信谢瑾年，并且愿意嫁给他，只要他开口，那她就是他的人，这是以前和杨翌承订婚时完全没有的感觉。那时候虽然也叫作未婚夫妻，但说到底，两个人两颗心，从来都没串到一起过，他们都不是彼此的心上人，最后也只能不欢而散。

林菁是真的被气坏了，再加上父亲目前水深火热的处境，她扬起手便要给林琅一巴掌，这次阻拦她的却不是林琅，而是谢瑾年。

他从后面站出来，将林琅拉到身后，微凉的手抓着林菁的手腕，阻拦下来后便马上松开，好像多抓她一会儿就浑身不舒服一样。林菁看得红了眼眶，这种委屈和难过，就连发现杨翌承还关心林琅的时候都未曾有过。她现在那么无助，可那个真的有动过心要与对方交往的人却这样对待她，林菁忍不住泪流满面，美丽柔弱的样子简直是我见犹怜，可惜她待错了地方，这里没人会给她一丁点儿怜爱。

霍远从办公室出来，手里拿着卷宗，看见站在那里的林菁，立刻走过来说："林菁小姐是吧，又见面了，我正要去找您呢。"

林菁抹了抹眼泪说："你找我干什么？"

霍远一笑："您涉嫌包庇一起故意杀人案的主谋，当然是麻烦您来配合我们调查了。"

说完他朝后抬抬手，立刻有人上来将林菁围住，林菁被迫跟着他们到问讯室，律师上前想说什么，林琅直接挡住他说："王律师，相信你对我也不陌生了吧，林瑞正做过什么，你应该也心知肚明，这次的案子证据确凿，你最好想清楚自己站在哪一边。"

林琅的话让王律师皱起了眉，他像是在权衡利弊，很久没说话，直到另一拨人到了公安局。

"王律师这么早就到了啊。"周峰率领一众董事来到公安局，林琅看见他时愣了一下，周峰投去稍安勿躁的眼神，脚步停在王律师身边，拍了拍他的肩膀说，"林氏集团到底还是林家的企业，林瑞程董事长和夫人去世后的闹剧今天也该收场了，林小姐手上被骗走的股份迟早也会被拿回来，警察可是明察秋毫的，王律师说是不是？”

王律师已经很清楚周峰的意思，他明里暗里都在告诉他，林氏集团当家做主的早晚会变成林琅，现在和林琅作对对他没好处，识时务者为俊杰，只要他好好配合，今后他只会有比以前更好的待遇。

王律师一笑，立刻便说：“那是当然，犯了罪就理应受到法律的惩罚，林小姐流落在外这么久，真是受苦了。”

林琅看着站在她面前的一众人，竟有片刻的茫然。当你有一天翻过了你以为这辈子都无法翻过的大山时，有一个瞬间会突然觉得未来没有了目标，不知道接下来的路该怎么走。

但很快就恢复了正常，她游刃有余地和股东们及王律师寒暄，随后一行人离开公安局，打算回到林氏集团准备召开董事会的事。闹成今天这样子，林瑞正是不可能再回到林氏集团的，股东们也不会允许一个杀人犯来做董事长，他们自然要召开董事会罢免林瑞正，而董事长之位的最佳人选无疑最有资格的就是林琅。

林瑞正身上讹诈来的股权等警方调查清楚后会还给林琅，她自己本身就有股权，加上父母的那份，在董事会中所占比例是最高的，她又是林瑞程的亲生女儿，没人会抗拒她出任董事长。

林琅还有点儿恍惚，上了车才发现谢瑾年并没有跟上来。她焦急地打开车窗朝后看，谢瑾年站在公安局门口，淡淡地望着她的车子离开的方向。也许，他最开始说他们不是一路人时，就想到会有今天的画面吧。

林琅虽然年纪小，但她名正言顺，迟早会成为高不可攀的人物，而谢瑾年呢？即便有机会成为和她一样的人，可他本身并不喜欢那种生活。

他的世界永远都是那样，有花有草，养一缸鱼，每天练练功，有心情了就登台唱上一段，古董店里进了新样子就去掌掌眼，有时间了和何伯聊聊天下下棋，惬意安然。

他不需要每天山珍海味，也不需要锦衣加身，他想要的生活很简单，就像林琅没有回到林氏集团时那样，日出而作，日落而息。

谢瑾年回到了他的四合院，继续过着他与世无争的生活，林琅肯定是很忙的，否则也不会几天都没出现过。

她会每天给谢瑾年打个电话，但通话的时间都不长，基本都是一些日常问候，没说几句周围便会有别人的声音响起，每当这时，他都会很通情理地主动挂断电话，即便那边的她一直出口阻拦。

其实他还是在意的，否则为什么执意挂断电话，对她的态度也冷冷清清呢?

心里还是不高兴吧，摆出云淡风轻的样子又有什么用?

吃午饭的时候，庄奶奶做了一桌子菜，可林琅不在，成臻也搬出去住了，家里只剩下他们两口人，吃也吃不完，扔了又可惜，她坐在椅子上不断叹气。

“哎，林丫头最近去忙什么了？总是看不见人，也不回来吃饭。”庄奶奶抱怨道。

谢瑾年夹菜的动作顿了一下，片刻后说：“也许她以后都不会回来和我们一起吃饭了。”

庄奶奶怔住：“什么？”

谢瑾年面不改色道：“每个人都有自己的路要走，她找到了她的路，自然要回去。”

庄奶奶半晌才说：“她回家了？”

谢瑾年没说话，但点了一下头。

庄奶奶脸上浮现出失望的神色："这丫头，走了也不说一声，可她行李都没拿啊，应该还是会回来的吧？"

谢瑾年瞥了一眼窗外，林琅的房间关着门，就和以前她去上班时没什么区别，但实际上，区别太大了。

"她现在已经不需要那些东西了。"

她恢复了过往千金小姐的生活，那些东西对她来说已经算不了什么，她不会再回来拿了。

庄奶奶还是不甘心，也吃不下饭，拿着筷子说："怎么就混到今天这个地步了呢？连个陪吃饭的人都没有。"

谢瑾年抬起眼："我不是人吗？"

庄奶奶嗔怪道："你当然是啊，可除了我们俩就没别人了，我真的很难适应啊，孤孤单单的。"

谢瑾年不在意道："这么多年都过来了，以后再多几年也无甚大碍，若你实在觉得孤单，可以将她住的房间再租出去。"

庄奶奶有点儿难受："真的要这么做吗？"

谢瑾年直接撂了筷子："做吧，这样你就会高兴吧。"

这话何尝不是在问他自己？这样他就会高兴了吧？当她曾经生活在这里的痕迹都没有了的时候。

林琅最近是真的很忙，不但要配合警方处理林瑞正的案子，还有林氏集团庞大的工作需要接手，一个普通上市公司的董事长每日的工作就十分繁忙了，更不要说是林氏这样的大集团。

林琅每天工作完回到林宅的时候基本上已是深夜，不是没想过回四合院，可谢瑾年接电话时态度冷淡，她又回去得晚，担心吵到他们睡觉，再加上现在每天早上都是司机送她去上班，这样的生活做派，她又担心会被庄奶奶和谢瑾年讨厌，所以就一直搁置了回去的念头。

其实她也有点儿担心，她记得庄奶奶对宫辰的厌烦，也很了解谢瑾年的喜好，她担心自己就这么回去的话，会给谢瑾年造成心理负担，从而影响他们的感情。

每当想起这些，她就一点儿工作的心思都没有了，趴在办公桌上的文件堆里开始畅想，今后她的生活就要这样过下去了吗？其实最开始，她就对经商没有兴趣，但照目前来看，她也没得选择。

办公室的门被敲响，林琅立刻坐正身子吐了口气说：“进来。”

周峰开门进来，瞧见林琅严阵以待的模样忍不住一笑：“琅儿很用功嘛。”

林琅瞧见是他立刻苦了脸：“周叔叔，你别取笑我了，我真是做不来，这几天已经心力交瘁了。”

她起身去会客区给周峰倒茶，周峰也没拒绝晚辈的客气，坐到沙发上说：“其实这只是初期，后面你稳定下来，把这些最开始的工作捋顺了以后，就没有这么忙了。”他教悔道，“你总要有这么一天的，这是你必须要走的路，你要学着适应。”

林琅按了按额角说：“可我总觉得我不可能有适应的那一天。”

周峰一笑：“那你有想过，你能有报仇雪恨的那一天吗？”

林琅沉默下来，表情复杂地看着对方。周峰端起茶杯抿了一口，片刻后道：“总之，为了你父母的事业，你也要努力经营下去，就算自己觉得搞不定，不是还有那么多董事吗？我也是在的啊，我们总不会让你做出错事的。”

林琅心里还是不踏实，这可能并不是直接来自于公司，她想起谢瑾年，安静了一会儿说：“如果可以的话，今天下午我想休息一下。”

周峰点点头：“可以啊，你自己合理安排时间，如果忙不过来，可以直接跟我说。”

林琅松了口气，谢过周峰，等对方走后，便去办公室的卧室里换了件衣服，拿了背包出门。

司机就守在门口，随时为她服务，林琅上车之后又觉得这样不太好，于是放弃了让司机送她，直接随手打了辆车，把四合院的地址报给了出租车司机。

她的司机站在车边，戴着白手套，茫然地看着这一切，完全搞不懂董事长的想法。

这会儿正赶上中午下班的高峰期，林琅坐在车里干着急也没用，拿出手机想给谢瑾年打个电话，又担心接通之后对方还是那么冷淡影响心情，索性不打了，给他一个惊喜。

其实，她忽然出现，对谢瑾年来说真的算是惊喜了，他正在院子里喝茶逗鸟，正式入秋之后天气越来越凉爽，微风吹动花架上的植物，他心情似乎还不错，倒茶时会轻哼几句小曲儿，听见门响他也没在意，因为庄奶奶刚才出去买菜了，他以为是对方回来了。

只是，等了半天进来的人也没说话，他抬眉望去，瞧见林琅站在那儿满脸的疲惫和愤怒。

等等，愤怒？

他视线下移，在她手中看见了庄奶奶贴出去的招租启示。

“我才几天没回来啊，这家的女主人就要换了是吧？都要招租了是吧？”林琅气得眼睛都红了，也不管三七二十一，把招租启示两三下给撕得粉碎，瞪着他说，“不准！”

谢瑾年看上去并不怎么惊讶，放下茶杯慢慢站了起来，他这副淡定的样子让人更气愤了，被愤怒冲昏头脑的林琅直接上去把谢瑾年扑倒在椅子上，坐在他腿上恶狠狠道："谢瑾年，你是不是想反悔了？我告诉你，你别想，你必须得娶我。"

谢瑾年将脸稍稍后撤，半晌才说："可是我不太喜欢女总裁。"

林琅表情空白了几秒，特别不讲理道："我不管，你喜欢也得喜欢，不喜欢也得喜欢，反正你必须娶我，你得对我负责。"

谢瑾年微微颦眉："我对你做什么了吗？为什么要负责？"

林琅噎住，半晌无语，接着在他开始推她的时候，她直接拉住他的手腕朝他的房间走，谢瑾年一时发怔，竟然忘记了反抗，等他回过神来，已经被林琅给按在了床上。

她熟练地脱掉他的外套，凝视着他的眼睛，一颗一颗解开他衬衫的纽扣，谢瑾年目光灼灼地望回来，一种暧昧热烈的气息弥漫在两人身边，两人的身体迅速升温，林琅低头吻上他的唇，喃喃道："早就想这么做了，今天终于可以毫无负担地做了。"

谢瑾年的手一直放在床上，没有反抗但也没有迎合。听她说完这句话，他的手指动了动，在她几乎将他的衬衫全部脱掉的时候，终于克制不住抬起来环住了她。

"想我吗？"他问着，声音低沉沙哑。

林琅"嗯"了一声，小声说："到底怎么样才肯娶我啊？"

谢瑾年勾勾嘴角，将她抱进怀里，亲吻她的侧脸，柔声说："等你学会唱《嫦娥奔月》的时候。"

林琅一怔，衣衫不整地凝视他："要我学唱戏吗？……那太难了，我不行。"

谢瑾年十分认真道："不学？那就不结婚。"

"为什么啊？"林琅苦了脸。

谢瑾年看着她，眼中是执着的神色："你会努力学着支撑林氏集团，那是不是也可以为我学着做一些我喜欢的事？”

如果她可以，那他们那仿佛平行线一样永远不会交叉的未来，也算是有了交集吧。

他这样想着，看到她低下头来亲了一下他的脸，温柔地说：“好，我学，你让我学什么我就学什么，不管多累都学，一定学好。”她说完，将吻变成了咬，唇齿相依时问他，“那你让我唱谁呢？嫦娥？还是后羿？”

谢瑾年许久没回答，等林琅开始意乱情迷的时候，他才轻声说了一句：“虽然可能唱不好，但我想为你唱一次后羿。”

听见这话，林琅感觉整个人都酥了，她紧紧抱着他，红着眼圈说：“谢瑾年，我喜欢你，你永远都不要离开我。”

谢瑾年的手落在她头上，轻轻抚过，语调柔和，一如往日。

“我也喜欢你。”

这样简单的五个字，从别人嘴里说出来，她不会有任何感觉，可从他口中说出，她却仿佛拥有了全世界。

或许，她未来可能还会遇到很多难题。她还没来得及成长，父母便给她留下了那样一份重担后离开，她虽然措手不及，但也不能辜负了他们半辈子的努力。

也许她会做得不够好，也许还会犯错，不过没关系，有他在身边，便是刀山火海，她也能坚定地走下去。

庄奶奶买了菜回来，就发现谢瑾年不在院子里，花架下却还有他的东西。

她走到他房间外偷听，听见里面的声音，立刻意识到发生了什么，笑得合不拢嘴，还贴心地替他们把没有关严实的门给关好了。

庄奶奶仰头看天，秋高气爽，啊，真是个好天气！